石塚政吾 著

物書きブライ漢

杉田瑞子

秋田出身の芥川賞候補作家

新典社

目 次

はじめに

昭和二十年八月十四日午後十時三十分頃、土崎上空にＢ29およそ百三十機が襲来し、二千発を超える爆弾を投下した。

世紀の前夜秋田市民はまこと世紀の体験をこの身になしこの魂に感じたいまぞ我等は遂に見た米機の空爆、何んたる凄惨、何んたる苛烈さ、この目前にある歴史的な現実に我等は暫し拳を握り胸をひそめてうち続く裂烈の音を聴いた、

（『秋田魁新報』昭和20年8月15日）

土崎が空爆の対象となった理由は、背後に八橋《やばせ》油田《ゆでん》を抱え、輸入石油に依存しない製油所を有していたからである。その油田開発のためにロシアから招かれた技師の妾《めかけ》となり、陰で支えた女性の生涯を描いたのが杉田瑞子の芥川賞候補作「北の港」である。

ゆきは、ガスパリアンが異国からはる〳〵やってきて、心血を注いで造った製油所が、灼熱の坩堝となって炎上するさまに、足がよろめいた。自分は、あの火と共に、果てるべきではないのか。（中略）既に、この空襲に先立つこと一週間前に、ポツダム宣言受諾は決定していたというから、（中略）この爆撃による死者たち——製油所の従業員二十四名とその家族二十四名、その他、民間、軍関係を加われば、かなりの数にのぼったそれら

の人々は、考えてみれば、徹底的に愚かな死を強いられたことになる。

（「北の港」）

製油所の発展に貢献したゆきを「自分は、あの火と共に、果てるべきではないのか」と自責の念に駆らせ、爆撃によって亡くなった人々の最期を「徹底的に愚かな死」と表現する。そこには、空爆の火種となった自らの行為への悔恨と戦争の犠牲となった人々へのやるせない痛憤とが込められている。

大正十年二月十五日、土崎の地から一粒の種が蒔かれた。『種蒔く人』の創刊である。小牧近江《こまきおうみ》、金子洋文《かねこようぶん》、今野《いまの》賢三《けんぞう》といった土崎出身者を中心に編集・発行された一小冊子は、やがて日本プロレタリア文学運動の出発点として位置づけられ、日本近代文学史を語る上で欠かすことのできない存在となった。

偽りと欺瞞に充ちた現代の生活に我慢しきれなくなって「何うかに《ママ》しなければならない」という気持ちが一つとなって生まれたのがこの雑誌です。

（「編集後記」『種蒔く人』1巻1号）

土崎の地で蒔かれた一粒の種は、やがて同人等の活動を通じて様々に花開く。その一つは間違いなくこの土崎の地で開花した。

数えきれない位多くの先人たちを輩出した学校である。日本のプロレタリア文学運動は、ここから誕生したことを、一つの大きなエポック・メーキングだったことを、今の子どもたちも、はっきりと覚えてほしい。

（杉田瑞子「創立百周年を迎え、先輩の声を聞く」『港魂　土小百年史』〈創立百周年記念史〉昭和50年4月14日　秋田市立土崎小学校創立百周年記念協賛会）

杉田瑞子《すぎたみずこ》。土崎港の風土が育んだ類い稀なる「モノカキ」。その早逝を悼む声が巷間に伝わって四十年以上の月日が流れた。蒔かれた種は如何に花開いたのか。そして、開いた花の種を如何にして新たに蒔いていくのか。これはその一つの試みである。

なお、本書には付録として杉田瑞子の作品案内と略年譜を掲げた。適宜、ご参照いただければ幸いである。

第1章　蒔かれた種

第１節　『種蒔く人』と杉田瑞子

偽りと欺瞞に充ちた現代の生活に我慢しきれなくなって「何うかに《ママ》しなければならない」という気持ちが一つとなって生まれたのがこの雑誌です。

新産都市指定以来、日毎に相貌をかえて行く自分自身の生れ育った土地のことは、町を歩くたびに、書かねばならぬものと考えさせられます。

前者が雑誌『種蒔く人』１巻１号（大正10年２月15日）編集後記の冒頭である。後者は杉田瑞子が『種蒔く人』発刊メンバーの一人である金子洋文に宛てた書簡（金子洋文宛書簡①　昭和43年５月２日消印）の一節である。杉田は、「北の港」で昭和四十三年の第五十九回芥川賞最終候補に残った秋田市出身の作家である。「北の港」は、油田開発のためにロシアから招かれた技師の妾となった女性「播磨屋ゆき」の生涯を、土崎港の歴史と絡めながら描いた杉田の代表作である。「北の港」とは土崎港のことであり、土崎港の地こそは『種蒔く人』発祥の地である。「何うかに《ママ》しなければならない」として蒔かれた種は、どうしても「書かねばならぬ」という思いとなって結実し、この土崎港の地で花開いたのである。

「自分が生まれ育ち、現在も居住している港町の歴史を描くということは、かねてからの念願であり、ライトモチーフ（生涯かけた主題）の一つでもありました。その港の変貌に、実在した一人の女性を終《ママ》ませてみたのがこの作品です。／こういう女性がいたということを除き、あとはすべてフィクションです。歴史的な事実はすべて、できるだけ史実に忠実であろうとして、図書館その他で文献を漁りましたが、主人公についての取材は避けました」（『秋田警察』24巻４号　昭和44年４月10日）と杉田が言うように、「北の港」は丹念に史料調査を行い、土崎に伝わる「さばぐち」や「港祭」といった風土色豊かな行事、「油田開発」や「築港運動」といった社会動静を配し、見事に登場人物の心情表現に生かしている。

終戦を目前に空襲を受けた際、製油所の発展に貢献したゆきを「自分は、あの火と共に、果てるべきではないのか」と自責の念に駆らせ、米軍による攻撃を「鼬《いたち》の最後っ屁」、爆撃によって亡くなった人々の最期を「徹底的に愚かな死を強いられた」と表現する。

土崎は雄物川《おものがわ》河口に位置し、藩政の頃には県南穀倉地帯からの豊かな実りを集散させる港町、北前船《きたまえぶね》の寄港地として栄えた。ところが、明治末、奥羽線の開通により、土崎港は商業港としての生命を奪われてしまう。土崎が新たに工業地帯へと脱皮するきっかけとなったのが、背後に控えた油田の存在であった。油田開発が成功すれば、工業地帯の積み出し港として欠かせない存在となる。その油田開発に招かれたロシア人技師の元に差し出された女性が、ゆきである。

一旦帰国を考えた技師ガスパリアンは、ゆきのおかげで日本に残り、製油所と土崎の町を発展へと導くこととなる。ところが、その石油開発が仇《あだ》となり、八月十四日の晩を迎えることとなるのである。

昭和二十年八月十四日は、生ぬるい南東《だし》の風が吹く夜であった。

南東の風は、昔からこの北の港町では、鬼門とされ、度重なる大火はこの風によって発生している。

「北の港」ではこの後、Ｂ29による空爆の様子が続く。土崎が空襲の対象となった理由は、背後に八橋油田を抱え、製油所を有していたからである。「自分は、あの火と共に、果てるべきではないのか」には、自分の選択が町の人々に大きな災難をもたらしたことへの呵責《かしやく》の念が込められている。母を生かし、姪《めい》の冬子を生かし、そして土崎の町を生かすつもりが、結果として町をそして町の人々を大きな災難へと導いてしまった。その後悔と贖罪《しよくざい》の思いが見事に形象化されている。結局、ゆきは冬子に看取られて七十三年の生涯を閉じる。

◇

杉田瑞子（昭和４年８月25日～50年３月23日）は、南秋田郡土崎港町（現在の秋田市土崎）に、野口陽吉、テツの次女として生まれた。上に兄と姉、下に妹が三人いる。父陽吉は、大正元年に神戸に渡り、後の野口汽船創設の基礎を築いた直平の五男である。直平については、「波瀾万丈」（『原点』23～40号　昭和48年５月１日～50年１月１日）に詳しい。母テツは、平鹿郡横手町（現在の横手市）の丹波春吉、イヨの五女として生まれた。

秋田市役所の除籍簿によれば、野口直平、幼名亀吉は、明治二年七月十八日、秋田県南秋田郡土崎湊上酒田町に、当町平民野口銀平の二男として生まれている。（中略）

直平には、のちに本荘から婿周治郎を迎えて、秋田市上通町四十八番地に分家した姉はると、幼名を文吉といった四つちがいの兄銀平（襲名）がいた。直平は三人姉弟の一番末のおんつぁだったのである。

また、陽吉の母は、幕末の商傑山中新十郎の孫娘である。

（「波瀾万丈」第一回）

十七才の直平が娶った妻ソノ（園）は、幕末から明治にかけて、秋田藩の御用商人として活躍した山中新十郎の孫である。

市役所除籍簿によれば、ソノは明治六年一月七日、秋田市茶町扇ノ町平民山中富治の三女として誕生、同十九年一月十日、直平の許へ嫁いでいる。十三才の幼な妻であった。

（「波瀾万丈」第三回）

直平は、明治末期に単身で土崎から神戸へと赴き海運業を営み、第一次世界大戦の軍需景気によって、「船成金」となり、一世を風靡《ふうび》した。大正五年に四十九歳の若さで亡くなるが、その時の彼の遺産はおよそ一千万円（現在に換算すると約百億）とも言われる。

父の陽吉は、「雨郎」の号で明星風の短歌を作ったり、『種蒔く人』の同人たちと芝居をやるような文学青年であった。「文学の世界に足を踏み入れましたのは、亡父の勧めでございました」（金子洋文宛書簡①　昭和43年5月2日消印）と言うように、杉田が小説を書き始めるようになったのも、この文学好きの父の勧めによる。

昭和十一年、土崎第二小学校に入学する。国語を得意とし、非常に快活な少女として過ごしたようである。

音楽のＳ先生が結婚なさって（モーレツな恋愛の後）新婚旅行のあとご出勤なされ、われわれは二階の窓から拍手で迎えた。それが担任の先生のゲキリンにふれ（そういう時代であった）、児童たちは、御真影奉安殿（ああなっかしや）の側のサルスベリの樹の根かたに懲罰として立たせられた。あやまりにきた者は帰宅してもよろしいというのに、最後まで立ちつくして抵抗した。（当時からナマイキであった）。校庭の向うはしのサイカチの樹影がお化けのように見えだした頃、とうとうあやまらずに帰宅した。あの花のあかさは今でも眼の底にやきついている……。

（杉田瑞子「夕やみにゆらぐサイカチの樹」『港魂　土小百年史』〈創立百周年記念史〉　昭和50年4月14日　秋田市立土崎小学校創立百周年記念協賛会）

昭和十七年三月、土崎第二国民学校（昭和十六年改称）尋常科六年を卒業し、秋田高等女学校（現在の秋田県立秋田北高等学校）を受験するも、不合格となり、四月からは宮城女学校高等女学部に進んだ。

入学試験については、私は苦い体験をもっている。生まれてはじめて受験した当時の秋田高女―今の秋田北高に、土崎の二つの小学校から受験した十数人のうち、たった一人だけ落ちたことがあるのである。

小学校の成績にも自信はあったし、自分も家族もよもやと思っていた不合格であった。

合格発表の日、私は生まれてはじめての苦杯をのんだ。くやしいというよりは、こんなことがあってもいいものかという自分自身の失敗に対する思い上がった不条理感のようなものであった。（中略）

父は早速、仙台のミッションスクールの二次募集の受験のため、私を伴って上仙した。従姉（いとこ）が、その学校の先生をしていた関係もあったのか、幸い合格であった。

私は数え年十四歳、満十一《ママ》歳の四月に家をはなれ、教会の経営する女子寮に入った。宮城県出身の女学生のほか、韓国からの留学生や中国人の留学生、ビルマから日本で教育を受けるためにやってきた日本語を全く知らない姉妹もいるという。多彩な顔ぶれであった。

当時、秋田から仙台までは急行もなく、横手と北上で乗りかえて八時間はかかった。土曜日や連休などで喜々として帰省する寮生の中で、夏休み冬休みなどの長い休暇のほかには帰省できない一番幼い子が私であった。

日曜の午前は教会の日曜学校へ通い、午後は、ポツネンとして、本を読んだり、大きなシーツの洗たくに悪戦苦闘して、夜は、人気のめっきり減った寮で暗く寂しい夜をすごさねばならなかった。

夏休みが終わって、明日は仙台に戻らねばならないという日の夕方、私は、家の裏の塀（へい）にもたれて長いこと声をあげて泣いた。母はそんな私を見て、身を切られる思いがしたという。

◇

しかし、今になって考えてみると、私はあの時、不合格になってよかったとつくづく思う。私は早くから自分のことは自分で処理する方法をいや応なしに覚えさせられたし、秋田にいては知らなかった広い世界を知った。

そのうえ、両親は、その時のくやしさが忘れられず、この子だけは何が何でも上の学校へ進ませ、合格した受験生たちとは違った道を歩ませたいと思ったのだという。

私が、終戦の翌年、宮城女専―今の東北大学に進学したころ、父は結核療養の身であった。六人の子をかかえて、女の子を進学させられる家計ではなかった。

私の住んでいる土崎の町から、女学校を終えて秋田師範以外の学校に進む女の子は、年にひとりかふたりという時代であった。

米、豆、カボチャ、梅干し、ゴマ塩などの入った十六キロを超えるリュックを背負って、窓から汽車に乗る時代であった。

（杉田瑞子「灯ともる窓の下で…受験する若者たちに…」『秋田魁新報』昭和48年3月5日）

昭和十八年四月、秋田市立土崎高等女学校（現在の秋田県立秋田中央高等学校）に転校する。昭和二十一年三月に卒業すると、五月からは宮城県女子専門学校（現在の東北大学）国文科へと進学する。

これは私が、最終学校宮城女専を卒業する数日前、むりやりある大学生にとらせられた写真である。

彼は、そのころ―今もそうかもしれないが―数多くもっていた私のボーイフレンドの中のひとりで、私の一年先輩の女性と結婚して二男一女の技術屋になっている。私はそのころ、ほとんど同性の友人とはつき合わず、日を替え曜日を替え、毎日のように、かわるがわる男友達と会っていた。（中略）

「おれたち、一度も手を握ろうともしなかったし、抱き合おうともしなかったな。今の連中からみたら、アホみたいなもんだな」のことばの示す通り、レンアイ的感情を少しも伴わぬ交友で、ひたすら人生を論じ、世界の未来を語るといったイロケぬきのつき合いであった。彼らは私にとって、「わが友ヒトラー」のごとき存在だったのである。私はあのころ、何を熱っぽく、口角あわを飛ばして語り合っていたのだろう。よくもまあ、あきることも尽きることもなく。

今、彼らはことごとく頭は薄く、白髪まじりの腹の出た年齢となり、ＧＮＰ第二位を支える社会の文字通りの指導層に属している。（杉田瑞子「私のアルバム⑥ 不思議な時代 色恋ぬきの交際」『秋田魁新報』昭和48年8月24日）

昭和二十四年三月、宮城県女子専門学校国文科を卒業すると、四月からは弘前学院聖愛高校（ミッションスクール）に、教諭として赴任する。昭和二十六年三月で弘前学院聖愛高校を退職し、七月からは秋田県立秋田南高等学校（現在の秋田県立秋田高等学校）定時制課程の教諭となる。

私が秋田高校定時制課程に奉職したのは、昭和二十六年七月から、二十八年三月までの一年九か月である。

（中略）

それまでの二年間、私は石坂洋次郎の『青い山脈』のモデルとなり、氏の次女路易《るい》子さんの在学された弘前のミッションスクールにつとめていてリンゴ成金の令嬢ばかりを相手にしていたのに、今度は一転して、四十幾歳の町会議員あり、小学校で机を並べた土崎工機部の晩学の旧友などに接することになった。（中略）

夜の暗い電灯の下で、国語を教えたのがボーナスの出た日、忘年会を途中で抜けてきたおっさん生徒の居眠りには、すこぶる寛容と忍耐に富む理解あるオナゴ先生であった。

パチンコの景品をプレゼントされたり、教室の入口の戸を開けると黒板拭きが落ちてきたり、前の入口が開かないので、後に回ると今度は後が開かず、また前に回ると、逆に、後の戸が自動ドアみたいに開くといった、アラビアンナイト風の歓迎を受けたこともある。（中略）

この一年九か月は、おまけに、私に、丈夫で長持ちがフクを着ているような亭主まで授けてくれた。退職金は、いつも娘の帰宅を待っていてくれた母に西陣織の傘を買ってあげたら、ちょうどバッチリであった。

なつかしい二十一年前の話である。

（昭26～28年勤務）

（杉田瑞子「小便ポプラ」『秋高百年史』昭和48年9月1日　秋田県立秋田高等学校同窓会）

昭和二十八年三月、秋田県立秋田南高等学校を退職し、四月からは私立敬愛学園高等学校（現在の国学館高等学校）の教諭となる。昭和二十九年七月二十七日、杉田宏と結婚した。

昭和二十八年頃から創作活動を始めていたと思われ、『秋田魁新報』新年文芸短編小説部門には、昭和二十九年に「帰郷」（杉燁子）が、三十三年には「再会」（杉燁子）がそれぞれ予選通過作として示されている。二月に父陽吉が亡くなったのを契機に、創作活動は勢いを増してくる。五月に『婦人朝日』の「私の作文」に応募した「アベック」が入選した。六月には『奥羽文学』に加入し、「黝い海」（杉燁子）を発表した。九月には『河北新報』の読者文芸に応募し、短編小説「エンジェル・フィッシュ」（杉燁子）が入選する。十二月には『奥羽文学』解散後に創刊された『文芸秋田』に参加し、創刊号に「墓碑銘」（杉燁子）を発表する。また、秋田県警機関誌『秋田警察』十二月号から、小説「青い梅」（杉燁子）を、翌年五月号までの計六回連載した。

昭和三十四年九月に敬愛学園高等学校を退職し、十二月に長男を出産。昭和三十五年四月からは、ＮＨＫ秋田放送局学校放送シナリオライターとなっている。昭和三十六年一月、『秋田魁新報』新年文芸短編小説部門で「履歴書」（杉燁子）が第一席に入選する。選評で寺崎浩は、

「履歴書」（杉燁子）は菊池寛、芥川竜之《ママ》介などの流れをふむ作品で、胸のすくほどあざやかなさえを見せている。そして文章がうまく、その文章も個性的なものがある。

（『秋田魁新報』昭和36年1月1日）

と述べている。また、入賞者の言葉としては、

入選作「履歴書」はふと思いついた題材をひと晩でまとめたものという。「なにしろ子どもがいるので時間をとっていられませんから」というのが杉さんのことば。子どもに手がかからなくなったら腰をすえて大作に取り組みたいそうだ。

「私はこの作品でもわかるように、ローカル味のあるものはダメ、それに人物も若い人や女より初老の男性に魅力があるんです。でもこれを機会にもっと幅のある作風を築いていきたいと思っています」と抱負を語っている。

（『秋田魁新報』昭和36年1月1日）

と紹介されている。

昭和三十七年、『文芸秋田』（6号）に発表した「死期待ち」が、『新潮』全国同人雑誌推薦小説に推され、十二月号に掲載される。ただし、受賞には至らず、選評で取り上げたのは高見順一人だけで、しかも「『死期待ち』など実にうまいがいかにも古い」（『新潮』60巻1号　昭和38年1月1日）と評されるに止まった。

昭和三十八年二月に二男を出産。

「今何かカイテますか」と訊ねられることがある。冗談じゃないと内心冷汗をカキながら、「はァ。背中のあたりをカイテいます」とお茶を濁す昨今である。

忙しい！　全く忙しい！　朝起きるから夜寝る迄、いや夜の間さえも、我が家の小さき男性共は、解放してくれない。新聞の見出しにさっと目を通すだけの日が続き、そのうち、それさえも叶わなくなって空しく山をなす新聞を眺めながら、はけ口のない欲求不満が、寂しさとなって我が身を包んでしまう。
夏休みなどに町を歩くと、よく家々の戸口に「自由」とか「勉強中」とかいう札をさげている光景にぶつかるが、それにならえば、さしずめ「唯今育児中」というところであろうか。（中略）
私もそのうち「はア。唯今、素晴しい傑作をカイテいます」と答えられる日にめぐりあえるようになるのかも知れない。
（杉田瑞子「唯今育児中」『あきた』2巻6号　昭和38年6月1日）

昭和三十九年六月からは秋田市教育委員会社会教育講師を務める。昭和四十一年十月、「卯の花くたし」が『婦人公論』第九回女流新人賞の最終予選を通過しながら惜しくも受賞を逃す。昭和四十三年七月、『文芸秋田』（12号　昭和43年2月15日）に発表した「北の港」が、第五十九回（昭和43年度上半期）芥川賞候補作となる。『文芸秋田』（14号　昭和43年11月5日）の「編集後記」には、

前号発行の頃、杉田瑞子の「北の港」（十二号）が芥川賞候補作となったという情報が入っていた。が、正式決定になっていなかったので、この欄に書けなかった。芥川賞選考にかかわるいきさつは、先刻ご存知の通りである。われわれが定期的な雑誌発行をつづけたことの一つのあらわれといってもよいだろう。質的な転換の第一歩がはじまったといってもよい。自信をもってよい。

とある。「前号発行」は七月十日である。ちょうど十三号発行の日に芥川賞候補作の正式発表が行われたのである。すでに編集部からは五月一日に連絡が入っていたことは、杉田の書簡（金子洋文宛書簡①　昭和43年5月2日消印）から

わかる。

この度のことにつきましては、色々と御厄介を煩わし、本当に有難うございました。心から御礼申上げます。十日の正式発表以来、何となく重苦しい日を送っておりましたが、昨夜、文春より御連絡を受けまして、ほっと安堵の胸を撫でおろしました。台風一過、すが〳〵しい思いでございます。（中略）本当に、色々とお世話になりました。いい作品さえ書いていたら、いつかは認められると、昨夜も同人の一人申しておりましたが、今回のことは、先生の御助力なしには、あり得なかったことと深く感謝申上げております。父が生きていたらと兄妹たち申してくれましたが、父が存命でしたら、きっとこれは、俺の七光だよと、一笑にふして了ったろうと存じます。これからも、気楽に書きたいことがありましたら、今迄通りに書いて参りたいと思っております。何卆よろしく、御指導御鞭撻下さいますよう御願い申上げます。

（金子洋文宛書簡①　昭和43年5月2日消印）

この作品は芥川賞の候補にえらばれた。このことは幸であったか、不幸であったか、軽々には判断出来ないことで、私の判断では彼女の生涯にとっては、純粋の文人であり、良き妻、よき母でありたい可憐なのぞみを狂わせたものと受取っている。

この発表の日、文芸秋田の同人たちは集《つど》っていて、気おくれした彼女は、夫君と私とを用心棒にして辛うじて出席した。

この日以来、彼女は変った。世間も亦変るようにした。平凡な母でありたい彼女を、社会は公的な場に引出しはじめた。彼女にもそうしたものに捲きこまれる要素はあった。

（小野正人「杉田瑞子さんのこと」『秋田陶芸夜話』昭和54年11月27日　加賀谷書店）

昭和四十三、四十四年の二年間、文部省の教育モニターを務める。四十四年二月十四日、秋田放送婦人サークル（ＡＦＣ）二月例会で「二千万ＴＶ時代の個性的な子供の育て方」と題して意見発表、五月七日には、秋田県中央児童相談所から一日児童相談所長に招かれている。十月、秋田県立秋田図書館協議会委員となり、四十八年には副会長となっている。四十七年十二月には秋田県総合開発審議会専門委員（生活部会）、四十八年三月には秋田県性教育研究会に参加し幹事を務め、十一月からは国土庁整備委員会セカンド・スクール建設構想研究会委員となるなど数多くの団体の幹部を務め、生活は多忙を極めた。一方、四十六年十二月には筋腫の手術を受けている。

実は、私、去る四日、入院いたしまして、筋腫の開腹手術を受け、明後日、退院の予定でおります。経過は大変良好なので、思ったより早く退院の運びになりました。病巣をとって、来年は、もう少し元気になりたいものと思っております。

（金子洋文宛葉書④　昭和46年12月14日付）

昭和四十七年一月からヒューマン・クラブに参加し、三月には機関誌『原点』の編集委員となっている。

私は、港っ子である。港で生まれ、港で育ち、今も港に住んでいる。淡水ではなく、鹹《かん》水である。いくつになっても港の姐ちや《ママ》ん的なところからぬけきれない。（中略）

雄物川系と、日本海の鹹水と、その全く相反す二つの面をもって生まれた私は、特病《ママ》の内因性うつ病がおこってくると、隣にトーフも買いにいけなくなり、躁状態の時には、ひり《ママ》で、毎日、おまつりさわぎを演じている。

（杉田瑞子「秋田県人論　わが内なる秋田県人」『原点』12号　昭和47年4月1日）

昭和四十九年十一月、作品集『波瀾万丈』（宝雲新舎出版部）を自費出版する。タイトル作「波瀾万丈」に、「北の港」「小舟で」と併せて三編を収める。秋田グランドホテルでヒューマン・クラブ、文芸秋田社の共催による出版記念会を開き、約六十人の参加を得た。

多分この頃からと思うが、彼女は野口氏きっての事業家、直平氏の伝記を書こうと考えはじめた。この人こそ彼女のプライドの源泉であって、彼女の心の支柱であった。（中略）私の紹介状をもって、阪急不動産の常務遊上君をたずねた彼女は、阪神間の海運業に対する資料をもらって、得々として帰って来て、非常な意気込みで、「波瀾万丈」という作品にとりかかった。（中略）

私は彼女の〝陽〟の時、小説集出版の相談をうけた。私の経営する東京銀座の出版社から出したいというのである。どうしても禁じ得ない不安をおさえながら、私は彼女に三百部の冊数で出すよう勧めたが、意気盛な彼女は一千部を主張した。自らの兼ねている十余の役職からして、一千冊の消化は容易である。ある議員の如きは二百五十冊の消化を約束している——というのであった。

私はながい出版業の体験から、彼女の説得にあたり、やっと五百冊で妥協したのであった。果して、契約の段階で彼女の自負は崩れ去り、〝陰〟の壁の中に入ってしまった。

（小野正人「杉田瑞子さんのこと」『秋田陶芸夜話』昭和54年11月27日　加賀谷書店）

十一月二十三日、ヒューマンクラブと文芸秋田の共催で出版記念会をやっていただいたあと二日おいて、私は、亭主の至上命令で、急遽、入院させられてしまった。

家を新築したあとには、よく病人がでるというが本を出したあとにも、発病するものなのだろうか？　過労と睡眠不足が、悪循環となって、不眠症はつのる一方、とうとう、亭主にひきずり込まれて入院してしまったのである。（中略）

そろそろ、退院してもよさそうだと思うのに五十日以上たっても、退院の許可がおりないところをみると、ひょっとして、ドクターに、ホレラレタのではあるめえかと、この浮気ひとつせずに小説をかきつづけるモノカキは、思い悩んだりする。

（杉田瑞子「牢名主」『原点』41号　昭和50年3月1日）

昭和五十年三月二十三日、自宅裏で自裁して果てる。享年四十六。秋田市大町の善長寺にて葬儀は行われた。法名は文崇院禎月妙瑞。

第2節　土崎港

最初の発電所

㋓　エジソンの　明《あか》るい光《ひかり》が　土崎《つちざき》に

「土崎郷土かるた」（秋田市立土崎小学校　創立一一〇周年記念　平成元年）に読まれた「え」の一枚である。「明治三十四年に将軍野（今の土崎南小学校の地）に近江谷栄次《おうみやえいじ》氏が石炭による発電所を建設し、秋田県で初めて民家に電灯をつけた。当時は土崎の町の百軒ぐらいに電灯がついたが、後に秋田市の大工町、通町などにも電気が送られた」と解説されている。この近江谷栄次（明治７年１月20日～昭和17年６月８日）は、雑誌『種蒔く人』創刊の発起人の一人小牧《こまき》近江《おうみ》の父である。

昭和十六年四月一日、土崎港町、新屋町、寺内町、広山田村の三町一村全域が秋田市に合併した。この三町一村合併の機運が高まってきたのは、大正末から昭和初めにかけてで、雄物川放水路の開通や秋田港、秋田運河の修築促進、茨島工業地帯の発展などとの絡みで議論が交わされて来た。昭和十一年四月に土崎港町と秋田市が一丸となるべき申し合わせが成立し、一市三町の提携による運動が展開された。

その後も調査研究は続けられ、十五年二月十一日の紀元節の日に、土崎港町で一市三町一村の合併が決議される。土崎港町は歴史も古く、明治以来の大郡南秋田の郡都であり、秋田港を有するということもあって、合併の条件については、他の二町一村よりも多かった。

（秋田市編『秋田市史』第5巻　近現代Ⅱ通史編　平成17年3月31日　秋田市）

その合併の条件として出された提議は十四項目にのぼり、一番目に、「地名は秋田市の次に『土崎港』とすること」が示してある。すなわち、土崎は港町として機能・発展した地なのである。

此の土崎港は、秋田県の中央、海抜二十一尺の位置にあつて、雄物川の河口に臨み、日本海に面し、東に太平山を背負ひ、北に男鹿の三山を海面はるかにのぞんで居り、秋田市をわづか一里二十丁をへだてゝ隣りに見てゐる。さうして、むかしは、「北国七港の一」にかぞへられ、富裕、殷賑をきわめたところとして今なほ記憶されてゐる。（中略）とにかく、土崎港は「河口」を唯一のよりどころとして発生したもので、雄物川があつてこそ、土崎港が生れたのである。そこにこそ、此の土崎港の「特色」があり、「特異性」があるのである。

（今野賢三編『土崎発達史』昭和9年12月25日　土崎発達史刊行会）

雄物川。秋田県を流れる一級河川で、秋田県南部をその流域とする。山形県、宮城県との県境付近にある湯沢市大《だい》仙山《せんざん》に源を発し、穀倉地帯である横手盆地を北上、出羽丘陵を蛇行しながら北西に向かい、秋田市を経て日本海へと注ぐ。その河口に位置するのが土崎港である。

その封建時代の、土崎港は、秋田の中央部の好位置を占めて、商業上、交通上の中枢地であり、（久保田が屋敷町となつてかへつて、土崎が自由な商業都市になり得た）といふ理由もあり、その城下町の隣りといふ好条件も手つだつて、「雄物川、流域五郡の物貨集散地」として、絶好の活躍舞台であつたのである。もつとも便利な交通機関は、川や海を利用する船が第一であつたのだから、此の船のあつまり得る場所を持つたところ、すなはち川をひかへ、海に面した此の土崎港こそ「唯一の物貨の集散地」として、天然にその条件がそなはつてゐたのである。（前掲書）

秋田の生産物は言わずと知れた米である。横手・仙北《せんぼく》といった雄物川沿いの平野がその主たる穀倉地帯となっている。米以外の生産品を持たない秋田では、米と交換にその他の生活必需品を手に入れなくてはならない。秋に穫れた米は平鹿《ひらか》・仙北の倉で冬を越した後、雄物川を下り、土崎の港へと運ばれる。そして土崎の港を経由して、日本各地に生活必需品との交換のために輸送されるのである。言わば、秋田の内と外とを媒介する位置に発展した町が土崎港であると言える。

鉄道開通までの土崎はまだなんと言つても県内第一の商業地としての位置を保つてゐた。南秋、河辺の二郡はもとより雄平仙三郡の需給物資はすべて土崎に集散せられた。他の各郡の物価もまた、土崎のそれに左右されたもので、なんと言つても土崎は全県商業の中枢であつた。米穀は上三郡から土崎へ来て、廻船問屋の手を経て売り出されてゐたが、汽船時代になつてから、地主自身かまたは米商人の手で東京及び北海道へ送られるやうになつた。（中略）

和船帆船をもつて、土崎へ輸入された物資は、関西、四国、九州辺の物産を「下りもの」と言ひ、北海道の海

産物を五十集物と言つた。下りものは、
塩、砂糖、甘藷、紙、畳表、素麺、瀬戸物、竹、茶、生姜、空豆、石炭、繰綿、古着、仲継、鉄、石油、生蝋、木綿類、鉄器、焼物等であつた。（中略）
五十集物の輸入は、塩鮭、塩鱈、塩鰊、かづのこなどが主なものであつて、そのうち鮭と鰊がもつとも多く輸入された。
（前掲書）

明治三十八年九月十四日、奥羽線が全通する。これにより、青森及び関東方面との交易は鉄路で行うことが可能となり、仙北や平鹿・雄勝《おがち》の米穀はわざわざ雄物川を下って船で土崎へ運び出さなくともよくなり、北海道からの荷も短い海路と鉄路で運ぶことが可能となったのである。困るのは、土崎港である。それまで、土崎を経て出入りしていた物資が入らず中継地としての価値が大きく下がってしまうことは、町としての繁栄をも左右する。そこで、鉄路の完成を前に、土崎の港を汽船が入れるように改修しようとする動きが起こった。

土崎築港運動は、既に明治三十年頃から始まっていた。雄物川は、降雨時には大量の雨水が流れ込み、河口付近の支流である太平川や旭川では水が逆流し、秋田市内で洪水を起こすことがしばしばであった。また、土崎港は流砂の影響により川底が浅く、汽船のような大きな船が出入りするためには浚渫《しゅんせつ》（水底の土砂を取り除くこと）を要した。雄物川を新屋から海へと最短距離で流すことで逆流を解消すれば、流砂をなくすことができる。雄物川改修と土崎築港とは共に秋田市発展のために欠かせない事業であった。

西回り航路と雄物川舟運の接点として、土崎港は江戸時代から秋田地方の代表的商港として栄えてきた。日本海に注ぐ雄物川の川岸には、下り船荷（米・大小豆・木材など）や、北前船《きたまえぶね》の運ぶ塩・反物・魚類・その他の雑貨品を収める倉庫が並び、それに数多くの問屋商人、運送業者が店を構え、繁栄を極めていた。

しかし、雄物川の流砂と海岸の飛砂のため河口が浅くなり、港の発展の悩みとなっていた。明治時代になって船が大型化すると、そのまま放置できなくなり、港の修築が大きな課題となったのである。明治十三年（一八八〇）土崎港町の有力者が団結し、自費で港の修築に取り組み、五年後の明治十八年には古市波止場《ふるいちはとば》ができた。

明治三十年代に入り、奥羽線開通計画が進んで、貨物を鉄道に奪われる危険が生じるや、近江谷栄次《おおみやえいじ》（のち町長・代議士）を中心に土崎港築港同盟が結成され、明治三十五年には広井波止場がつくられた。さらに四十二年には第二種重要港湾の指定を政府からうけている。

大正時代を迎えると新屋に割山《わりやま》放水路を作り、雄物川の流砂を防ぐ計画が進められ、さらに昭和になると秋田市の商工業者と手を握って商港の発展を図るようになり、岩壁《ママ》、荷揚場の整備や浚渫《しゅんせつ》、突堤の造成などが行われて、商港として一層の発展がみられた。

（秋田市編『図説秋田市の歴史』平成17年3月31日　秋田市）

その土崎築港に最も尽力したのが、近江谷栄次である。栄次は、南秋田郡八郎潟町一日市《ひといち》に、父畠山源之丞、母ミノの七男として生まれた。幼名は留吉であったが、嫌って自ら晋《すすむ》と改名した。十六歳の時に土崎の近江谷家に養子として入った。近江谷家は、商家として知られた家で、いくつもの蔵を有し、金融業や雑貨の商いもしていた。

彼の活動は二十代から始まる。

他家から入ったとはいえ、活動家であり、常に正論を述べてやまなかったので、彼は土崎の人たちからも認められるようになった。

その証拠に明治二十六年（十九歳）には土崎港の有力者である野口銀平、竹内長九郎、それに秋田市の三浦伝六（先々代）らと共に土崎米穀取引所設置運動で上京し、時の農商務大臣後藤象二郎に会って陳情している。

明治二十九年（二十二歳）秋田銀行創立者の一人となって尽力、ついで翌年は監査役として上京、頭取池田甚之助を助けて、主として第一銀行頭取の渋沢栄一と折衝し、渋沢の後援のもとに秋田銀行の基盤をつくった。

その後三十一年、四十八銀行が倒産しかかった時は、父のすすめで、土地の有力者の一人として取締役となって加わり、専務にあげられ、その立て直しに当たった。

明治三十四年に資本金五万円をもって土崎港（現市立土崎南小学校付近）に近江谷発電所を起こした。このころは人間が電気をつけるなんて罰が当たるなどといっていたころだったので、だれもそういう事業に手を出すものはいなかった。

彼は自分の利益というよりも、世の中のため、ひとのためなら、率先してやる人だった。

また今の国鉄土崎工場を土崎に誘致するについても、所有の敷地を提供したり、河辺郡の岩見川水力電気の所有権を提供したりして、ついに実現に導いた。

彼の功績は一々あげると数えきれないが、なんといっても最も力を傾けたのは土崎港（現秋田港）の築港問題であった。

（石田玲水「近江谷栄次　土崎築港、点灯の大恩人」秋田県総務部秘書広報課編『秋田の先覚３』昭和45年３月　秋田県）


大正八年十二月、暮れも押し迫った神戸の港に降り立った一人の青年、近江谷《おうみや》駟《こまき》（のちの小牧近江）二十五歳。

「光は万人のものなのに、万人は闇の中にねむっている、このねむりから目覚めさせる」（小牧近江『ある現代史』昭和40年９月　法政大学出版局）という考えを抱いてフランスから帰国した駒は、土崎小学校の同級生二人とともに、日本のプロレタリア文学の土壌を耕すこととなる種を蒔いた。大正十年二月、『種蒔く人』はこの土崎港の町で産声をあげる。

「土崎郷土かるた」の「ろ」の一枚は、

野口汽船会社

ろ　六隻《ろくせき》の　汽船《きせん》で栄《さか》える　港町《みなとまち》

である。「港は和船、帆船の明治三十年ごろ野口銀平氏は、港町の産業を盛んにするためには汽船が必要と考え困難を克服して「野口汽船会社」を設立した。やがて努力が実り六隻も汽船を所有し土崎港の海運や産業の発展の基をつくった」と解説されている。この銀平を大伯父に持ち、軍国主義の子守歌を聴きながら育った少女こそが、杉田瑞子である。

第３節　蒔かれた種

昭和三十四年七月二十一日、第四十一回直木賞の選考会が持たれ、渡辺喜恵子《わたなべきえこ》『馬淵川』がその栄冠に輝いた。秋田県出身者による直木賞受賞第一号である。

「連作小説としては途中が飛びすぎているために脈絡のたどれない欠点もあるが、男女多数の人物をそれぞれに個性を持たせて書きわけている」（海音寺潮五郎「杞憂であれば幸い」『オール読物』14巻10号　昭和34年10月１日）という評言が、『馬淵川』の特徴を見事に言い当てている。

奥羽中央分水山地の間の縦谷を南流するのが北上川であり、北流するのが馬淵川である。

という書き出しで始まり、南部藩の御用商人となった池田屋万兵衛の許に、二十四歳で嫁いだ士族の娘さと子の生涯を軸に、さと子を取り巻く北東北の女たちが強《した》かに生きる姿を個性豊かに描いてみせる。関東大震災の翌々日、大正十二年九月三日にさと子は九十六歳でこの世を去る。最後は、祖母を看取った浜子が馬淵川を前に、その川の流れのような人生を噛みしめる。

新しい仏がまた一つ、浜子の手に渡されたのだ。足を少しひらいて、ふんばるような恰好で眺める馬淵川は、たそがれの昏さの中を、静かに、静かに流れてゆく。

浜子はこの川の中ほどに生れ、川上も川下も、この川の生態を少しも知らなかった。川に添《ママ》って下れば、きっとこの川の果てるところへ行きつくに相違ない。生きている中にはきっとこの川の尽きる姿を眺めてみよう。浜子は川に添ってずんずん歩いた。

『馬淵川』に登場する女性たちは、いずれもこの過酷な北国の風土に育まれ、強かに生き抜こうとする女性たちである。

『馬淵川』は十二のエピソードから成っている。その最初は「御用金弐千両」である。南部藩の御用商人となった池田屋万兵衛のもとに後妻として嫁いだ士族の娘さと子が、万兵衛の死後池田屋の妻として自らの意志を崩さず生き抜く決意をするまでが描かれる。

さと子が万兵衛のもとに嫁いだのは二十四の時であった。この時万兵衛は四十四。二十も年の離れた男の許に、しかも後妻として入った。二十九でさと子が妊《みごも》った時、藩の財政難から御用金二千両の調達を池田屋は申し渡される。寒さの緩んだ四月二十九日、上天気でうららかに鶯の鳴き声が響き渡る中、身重《みおも》のさと子が茶を点《た》てて力なく庭を眺める夫万兵衛に声をかける。夫の口から御用金の話が出ると、長閑《のどか》な春の縁先は一転して商人万兵衛と侍の娘さと子の御用金をめぐる修羅場と化す。池田屋の財政は逼迫《ひっぱく》し、二千両を用立てる目途《めど》は立たない。万兵衛が武士を「弱い者苛めをする卑怯者達だ」と怒りに任せてなじると、さと子はほほほと笑いながら「池田屋と見込んだ上なので御座いましょう」とやり返し、御用達できなければ死を選ぶしかないとまで言い切る。一週間後、端午の節句の早暁、池田屋万兵衛は自害し果てる。ところが、万兵衛は、先妻との息子幸蔵とさと子との息子省七に、千両箱の隠し図と思われる絵図を残していた。その絵図をさと子は二枚とも破り捨てる。

川底から万兵衛の呪詛の声がさと子の耳に聴えた。さと子はきつとなつてその声に耳を澄ませると、帯の間に握つていた絵図を眼の高さに持ち上げて破いた。重ねて四つに破り、八つにちぎつて立上るとこなごなにして川の面へ叩きつけた。手応えもなくちぎれた絵図は花びらのように冷たい春の川面へ散つた。岸辺をゆるく流れながら、やがてくるりと一片ずつ身を翻して流れに乗り、忽ち渦にのまれてしまった。不安な眼差しでちぎつた絵図を見送つたさと子は、紙片を見失うと勝ちほこつたように上体をくねらせ、気狂いじみた笑いを洩らした。

（中略）

「見ていて下さい。天も地も、神も仏も、商人道を貫いて死んだ池田屋の妻の歩いてゆく道を、私はきつと歩いて行きます」

きつちりと真一文字に口を結んだまま、そうでもしなければとても生きてはゆけないと思つた。そして又気の遠くなるような思いで歩き出した。

二千両の代わりに夫は命を差し出したのだと信じたいさと子は、絵図の存在に夫に裏切られた気持ちを抱えながらも、「私は武士の娘です」と覚悟を決め、自身の腹を痛めた一人息子省七を立派に育て上げることを心に誓う。「さと子は自分の意志を少しも崩さない女として御用金弐千両のゆくえをも握りつぶし久しく生き抜いたのである」と結ばれる。

さと子が一人息子省七の嫁として見初《みそ》めたのは御給人斎木源太郎の娘敏子であった。初め省七は斎木家の婿養子に入ったが、廃藩置県により帰農することとなる。斎木一家は、鹿角毛馬内《かづのけまない》の奥に開墾地を求めて移り住む。厳しい百姓仕事に音《ね》を上げた省七は、一人池田屋へ帰ってしまう。敏子は一人息子の正明を残して夫の後を追い、改めて池田屋の嫁となってさと子のもとで生活を始める。馬淵川の水を活かして酒屋の起業を計画するものの資金繰りに行き詰まり、敏子は父を頼って毛馬内へと赴く。


「母様、馬鹿の三杯汁を頂きとう御座んす」

「まるで飢えた人のようでありあんすなア」

「よいではないか。敏の好きなだけ食べさせろ。親の家へ来て、なにが遠慮が要るものか」

敏子の胸は父の一言でふさがった。

「父様、三杯汁は止めにします。どうかお酒をつくるお金をお貸しあって下さんせ」

ぱらりと箸を投げ出すように置くと、両手を突いて源太郎の顔を真向うに仰いだ。

「なんだ直ぐにつけ上つて、返す当てがあるのか」

「いいえ。ありあんせん」

「貰う気で来たのか？」

敏子は首を振つた。（中略）それこそ三杯汁、敏子は苦しまぎれ、

「よいお酒をつくつて売ります」

と、恐ろしく生真面目に頬を強張らした。

「そうでもするより手があるまいな」

父は案外真面目に受けてくれた。

しかし、「お前の顔を立てれば俺の面目は丸潰れだ」と父に言われ、敏子は結局馬一頭をあてがわれ、手ぶらで帰った。父の意味ありげな言葉を胸に、「深い吐息を洩らし、眼を妖しく光らせ」、憑《つ》かれた者のように白鳥川に沿って道をのぼる。

川は鳴つた。こくこくと鳴つた。川の中で酒の音がこくこくと鳴る。川上で鳴る音に送られ、下れば馬淵川へ注ぐ流れが俄かに速く、渦となり、巻きつつ鳴つた。川が鳴つた。たたむように流れてゆく水の音。四方の山々の樹々のしずくが白鳥川となつて、このあたりでこくこくと鳴る水の音。ああ、うまい酒と生れ変らなくてどうなるものか――きつとよい酒が出来る。よい酒を生んでみせる。

酒作りに魅せられた敏子が、父に金の工面を依頼し、不遜《ふそん》に川に向かって視線を投げかける様子は、「緩急あれば敢然と人生にいどんでゆく」(渡辺喜恵子「日本のおんな① 秋田県」『朝日新聞』昭和38年6月23日) 秋田女の性情を彷彿《ほうふつ》とさせる。父源太郎は、孫の正明に金を持たせて敏子のもとへ向かわせる。「よいか、お前には正明という息子がある。気強く思うがよいぞ」と言った父の言葉の意味を敏子は有難く思うのであった。

小説というものはどういう手順で書くものなのか、いまでもよく分っていない。それに、材料集めにしても、どういう資料を読んだらいいか迷うばかり。だが、古文書などを調べれば調べるほど、むかしの女はかえっていまより強い生きかたをしたような気がする。それを書いてゆきたい――と、はにかんだ。自分の文学の主題をしっかりつかんでいるひとだ。

（『人』直木賞を受賞した渡辺喜恵子」『朝日新聞』昭和34年7月23日）

『馬淵川』のあとがきによれば、東京に住んでいた渡辺は、戦時中疎開のため岩手県北部の石切所《いしきりどころ》という小さな村に一年ばかり住んだ。祖父の残した土地があったからである。その間に二千枚ほど書いた原稿用紙を持って東京へ戻り、「親切なおともだちがいて、ちよんぎつて少しずつ発表しなさいと教えてくれた」ので、昭和二十二年に「末の松山」を五十枚ほど書いて発表（発表誌不詳）したところ、豊島与志雄の目に止まってほめてもらった。雑誌『新文明』（5巻6号　昭和30年6月～7巻5号　昭和32年5月）が足かけ三年にわたって連載してくれたことがきっかけで本として世に出ることとなった。この「親切なおともだち」というのが、金子洋文であった。

昨年の六月二十二日、渡辺喜恵子さんが、新著「馬淵川」と一升ビンをさげてたずねてきた。夕食をともにしながら、直木賞を取るかも知れん、といった冗談からコマが出た。

渡辺さんがはじめて拙宅をたずねてきたのは戦前だが、文学座が渡辺さんの作品を脚色して秋田へもっていくについての相談だった。これは実現しなかったが、その後、ときどき遊びにきて、終戦直前、敗戦のニュースを教えてくれたのは渡辺さんだった。

終戦後「馬淵川」の原稿を持ってきて、読んでほしいとたのまれた。全編でなく、はじめの「御用金弐千両」だが、くわしく批評してやると、書き改めてまた持ってきた。さらに書き改めたものもよんでいるから、雑誌「新文明」に発表したものを加えると、作品の前半は三、四回読んだことになる。そして「文芸春秋」に発表した「末の松山」を、われわれの雑誌「明日」へ推薦発表した。「馬淵川」の「あとがき」で渡辺さんが書いている（親切なおともだち）というのは、どうやら私であるらしい。（豊島与志雄先生のお目にとまってたいへんおほめいただだいた）そうだが、われわれの仲間でも好評だった。しかし「明日」は平和と社会主義の雑誌のせいか「賞」の対象になり得なかった。それから約十年を経て、全編を「新文明」に連載したのは、渡辺さんにとってむしろ幸運だった。

（金子洋文「新春随想　めでたい二人の女性」『秋田魁新報』昭和35年1月3日）

もう十年位前のことだが、渡辺喜恵子さんが朝日新聞の家庭欄に、「秋田の女」のことを書いておられた。あやしげな記憶で恐縮だが、何でも秋田県人には、雄物川系と米代川系とあるということであった。

（「秋田県人論　わが内なる秋田県人」『原点』12号　昭和47年4月1日）

と後年杉田が書いている「朝日新聞の家庭欄」とは、昭和三十八年六月二十三日から始まった「日本のおんな」シリーズの初回のことである。渡辺は「県南に比べて県北の方がいっそう荒々しく、鼻柱が強い」とは書いているが、「雄《お》物川系《ものがわ》」とか「米代川系《よなしろがわ》」とかは一言も書いていない。「気性は大らかで、一旦（いったん）緩急あれば敢然と人生にいどんでゆくのが秋田女だ」と結んでおり、『馬淵川』のさと子や敏子にその片鱗をうかがうことができる。

◇

昭和四十三年五月一日、杉田瑞子は一通の封書を認《したた》めた。

拝復、御懇篤なお便りありがたく拝見いたしました。未熟な作品でございますのに、お眼にとまり光栄に存じました。厚く御礼申上げます。（中略）いろ〳〵御配慮賜わりまして、恐縮に存じます。生れてはじめて、百枚を超える作品を書きましたもので、まだまだ習作の域を脱しない御粗末なものでございますのに、お心にかけていただきまして、本当にありがとう存じました。同人誌の財政と、一挙掲載（分割して発表するだけの自信がございませんので）を目論見ました関係で、百六十枚というのが、限度でございました。「文学界」の同人誌評でも指適《ママ》されておりましたが、もっと枚数をかけ、じっくりと書くべき素材であったと思っております。後半が、急ぎすぎまして、それが全体のペースを乱してしまいました。

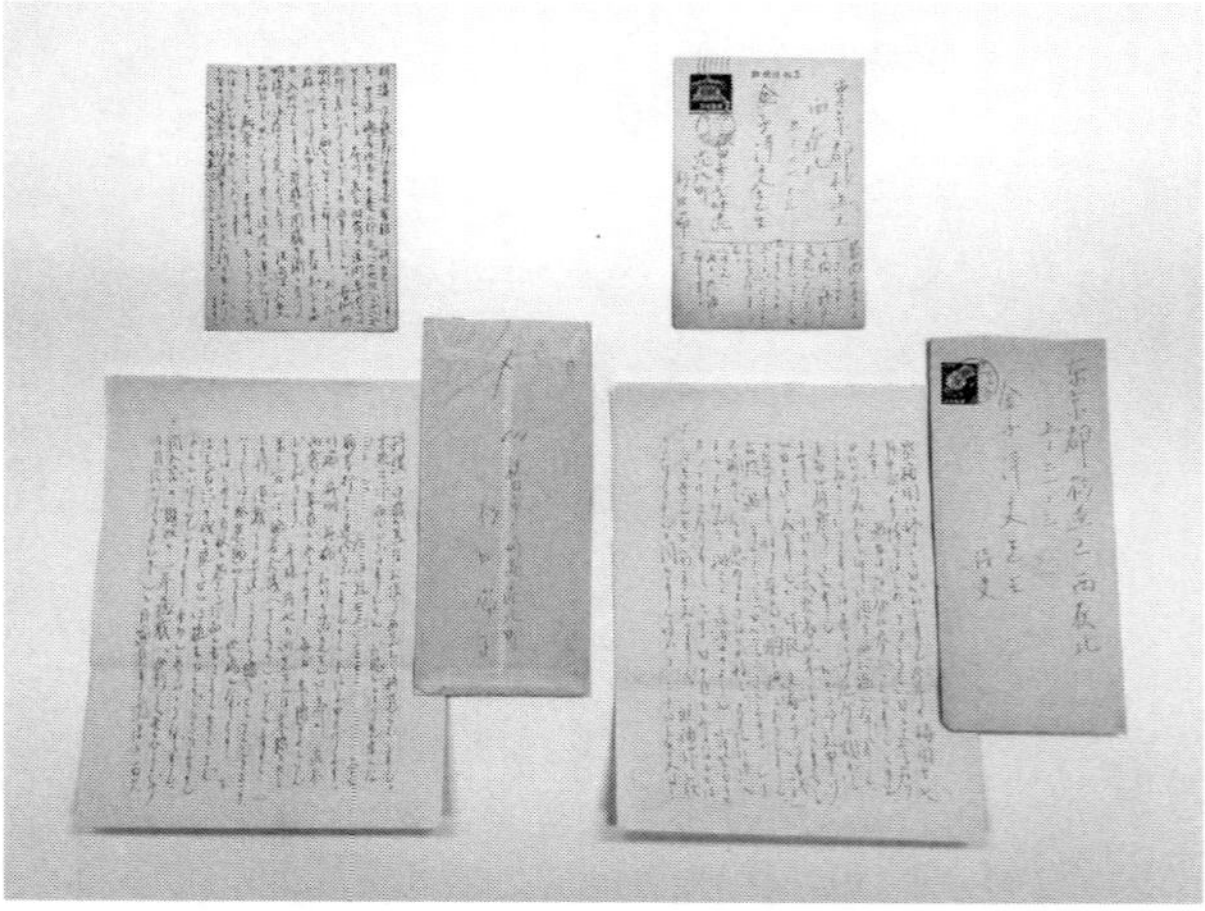

図1　金子洋文宛書簡

「未熟な作品」とはこの時の芥川賞候補作「北の港」のことである。受賞は成らなかったものの、仲介の労をとってもらったことへの謝辞と掲載誌『文芸秋田』の寄贈報告から始まり、「北の港」への反省を経て自らの文学経歴や秋田における文学状況等々、便箋にして七枚に及んでいる。宛先は東京都杉並区西荻北。住人は金子洋文である。

◇

第五十四回（昭和四十年下半期）芥川賞を受賞したのは、高井有一《たかいゆういち》「北の河」であった。同期の直木賞を千葉治平《ちばじへい》「虜愁記」が受賞しており、この時は秋田県関係者によるダブル受賞となり、『秋田魁新報』でも大きく取り上げた。

十七日、第五十四回芥川賞、直木賞が決まったが、今回の両賞は本県にとってゆかり深いものとなった。まず直木賞は、秋田市在住のサラリーマン作家千葉治平氏の「虜愁記」が新橋遊吉氏の「八百長」とともに受賞、芥川賞は仙北郡角館町出身の祖父を持つ高井有一氏、共同通信社大阪支社勤務＝の「北の河」に決まった。

（『秋田魁新報』昭和41年1月18日）

「墓碑銘」の中に戦後最初の芥川賞を受賞した小谷剛《こたにつよし》の作品の一部を用いていることや、随想で「芥川賞コーホ作家で終ってしまった」（「女史ぎらい」『叢園』41巻88号　昭和49年7月25日）などと書いている程であるから、杉田の芥川賞への関心は高かった。当然、杉田は「北の河」をも高い関心を持って読んだに違いない。「北の河」受賞の発表は昭和四十一年一月である。この年、杉田は七月に「冬の旅」を『文芸秋田』に発表し、「卯の花くたし」を『婦人公論』主催の第九回女流新人賞（十月発表）に応募している。そして、その後発表されるのが第五十九回芥川賞の候補作となる「北の港」である。

◇

第五十九回（昭和四十三年上半期）芥川賞を受賞したのは大庭みな子「三匹の蟹」と丸谷才一「年の残り」であった。「北の港」を含め最終選考に残ったのは八編。「候補作八編は、第一次選考から不合格になるものがなかつた。これは近年珍しい」と舟橋聖一《ふなはしせいいち》が選評の中で触れるほど、ハイレベルな選考会であった。選考委員は、井上靖《いのうえやすし》、石川淳《いしかわじゅん》、石川達三《いしかわたつぞう》、大岡昇平《おおおかしょうへい》、川端康成《かわばたやすなり》、瀧井孝作《たきいこうさく》、永井龍男《ながいたつお》、丹羽文雄《にわふみお》、舟橋聖一、三島由紀夫《みしまゆきお》、中村光夫《なかむらみつお》の十一名。選評を見ると、受賞二作のどちらかを推す声が圧倒的であった。その中で、石川達三は次のように評している。

候補作八編を通読して、技術的にはいろいろ優れた作品もあるけれども、作品の大きさ、量感という点ではいずれも落第だとしか思われなかった。（中略）「北の港」は通俗だという理由で簡単に斥《しりぞ》けられたが、その事とは別に、一種の量感があり、面白くもあった。

「北の港」は、昭和四十三年二月十五日発行の『文芸秋田』12号に一挙掲載発表された。翌年の四月から十回にわたり『秋田警察』に再掲載され、その後唯一の作品集『波瀾万丈』（昭和49年11月1日　宝雲新舎出版部）に収められる。この時石川は祝辞を寄せている。その中で、作家としての杉田を次のように評している。

「北の港」はよく記憶して居りますが、なかなか男まさりの、強い文章を書く人だと思いました。（中略）女流作家はどちらかと申せば情緒的な作風の人が多く、「波瀾万丈」のように情緒を捨てゝ、事実の重味を作品に盛りこむというような作家は少いように思われます。（中略）女性の繊細は珍しくありませんが、女流作家の骨格のたしかさは珍重していゝのではないかと思います。

石川をして「一種の量感」「強い文章」「骨格のたしかさ」と言わしめたものこそが、「北の港」の大きな魅力である。

◇

「北の港」は、土崎港に生きた一人の女性「播磨屋ゆき」の一代記である。石油開発により町を救うために招聘《しようへい》されたロシア人技師のもとに妾となり、たくましく生き抜いた女性の姿を港の変遷と絡ませながら見事に形象化している。ゆきはロシア人技師のガスパリアンのもとへ妾として行くことが決まると、母さわとともに海を見に行く。

ゆきは、波打際の風雨に晒されている破船の艫に寄りかかったまま身じろぎもしなかった。さきの子守をしながら、人ごみを縫って、数の子を前垂れに獲り廻ったのは、ほんの数日前のことである。ゆきがおどけて、ピョン〳〵と跳ね廻ると、背中の中《ママ》は、つられて高声で笑った。貧しくひもじい月日であったが、ゆきは、それを不満に思ったことはない。いつかは、自分を欲しいといってくれる男が現れて、近所の娘たちのように、嫁に行く日もあるだろう。その日迄の辛抱だ。さきよ、早く大きくなれ。——祈るような思いで、日の沈むのを待ちわびたものだ。

ゆきから数歩離れて、さき《ママ》は、娘を見守った。日が沈みかけて、波も静まった夕凪の海は、とろりとして音もしない。この海の中に、ゆきと二人身を投ずることは易しかった。足の不自由な甚七では、二人を止めることも出来ない。幸い人影もない。

ギャオー　ギャオー

首を締めるような音に、さわは瞳を上げた。夕日に向って飛んで行く海猫であった。ゆきが、燃えるような視線をその鳥に向って投げかけている。風にもさらわれそうなか細い躰に、ゆきの両の眼だけが挑むように光った。波が浜辺の歌を奏ではじめた。

さわは、さっきから身動き一つしないゆきに代って、鳥が身を震わして啼いたのだと思った。鳥の声は、売られてゆく娘の絶叫であった。泣き言一ついわず、身の不運も嘆かずに怺えつづけているゆきであった。さわは、その娘の上に、勁く激しい港の女の気性を感じた。

寂れた港の風景を前に、貧しさを不満に思わず、身じろぎもせずに対峙《たいじ》するゆきの姿には、港の女の心意気を感じずにはいられない。「勁く激しい港の女の気性」、港の風土が培った一人の女の生に対する迫力が伝わってくる。そして最終節、「白い花模様の小紋緒《ママ》縮の振袖」「雪女」「白い糸切歯」とゆきにふさわしい白のイメージで、十八歳のゆきが持つ義姉「きんに勝る強かさ」と妖気を表現しながら、「ゆきの内心の重み」に堪えかねて播磨屋家の住むハモニカ長屋の溝板《どぶいた》は軋《きし》る。「梅、桃、桜あらゆる花々が綻びはじめる春の宵」の華やかさで第一章は幕を閉じる。

◇

昭和三十四年八月一日、金子洋文は『悲劇喜劇』に四幕ものの戯曲「雄物川」を発表する。明治四十年頃の東北のある港町を舞台に、和船の船長の相手をする女「雪」の生涯を描いた作品である。「東北のある港町」と卜書きには示されるものの、雪に出身地を「仙北郡の角間川町だんす」と言わせているし、鳥海山《ちょうかいさん》、男鹿《おが》の山も出てくる。そしてタイトルが何よりこの港町が土崎港であることを如実に示している。

先生には、一度、「種まく人」顕彰碑のパーティでおめにかゝりました。あの折、御挨拶申上げました「野口陽吉の娘」でございます。「北の港」書きましたあと身内の者から、先生の港を書かれました作品を拝読するように云われ、亡父の書架かき廻してみましたが、新城町から、こちらへ移転の折、どさくさの間に見当らなくなってしまいました。

（金子洋文宛書簡①　昭和43年5月2日消印）

杉田が「北の港」を書くに当たって、金子の「雄物川」を読んだ可能性は少ない。にもかかわらず、主人公の名前はどちらも「ゆき（雪）」で、ともに女であるがゆえの苦悩に身を焼く生涯を送り、雪とともに最期を迎える。戯曲「雄物川」は、小説「雪女の春」（『小説新潮』8巻5号　昭和29年4月1日）を戯曲化したものである。小説の内容は戯曲の第一幕に相当する。自分の子に母と名乗れぬ雪女の切なさが心を打つ短編である。渡辺喜恵子同様、杉田瑞子もまた金子の蒔いた種と言える。

第2章　短編の名手

第1節　「エンジェル・フィッシュ」

杉田の作家としての真骨頂は、短編にある。資質として短編に向いていたと思われる。本人も「私は筆がはやく、その方がよいのが書けます」（「エンジェル・フィッシュ」入選時のことば）と言っている。その資質とは、描写よりも説明を得意としている点である。情景や会話を重ねることで場面や状況を読者に伝えるのが描写であるのに対して、説明は語り手が直接場面や人物の心情を伝える。当然のことながら、描写によって場面の状況を伝えるためには多くの字数を必要とする。それに対して、説明は直接に表現する分少ない字数で事足りる。素早い展開と切れのある締めくくり（落ち）といった手際の良さを披露するには、短編が適している。「考えられた結構」「サスペンスの手法」を用いて登場人物の心的葛藤を劇的に描いてみせる。

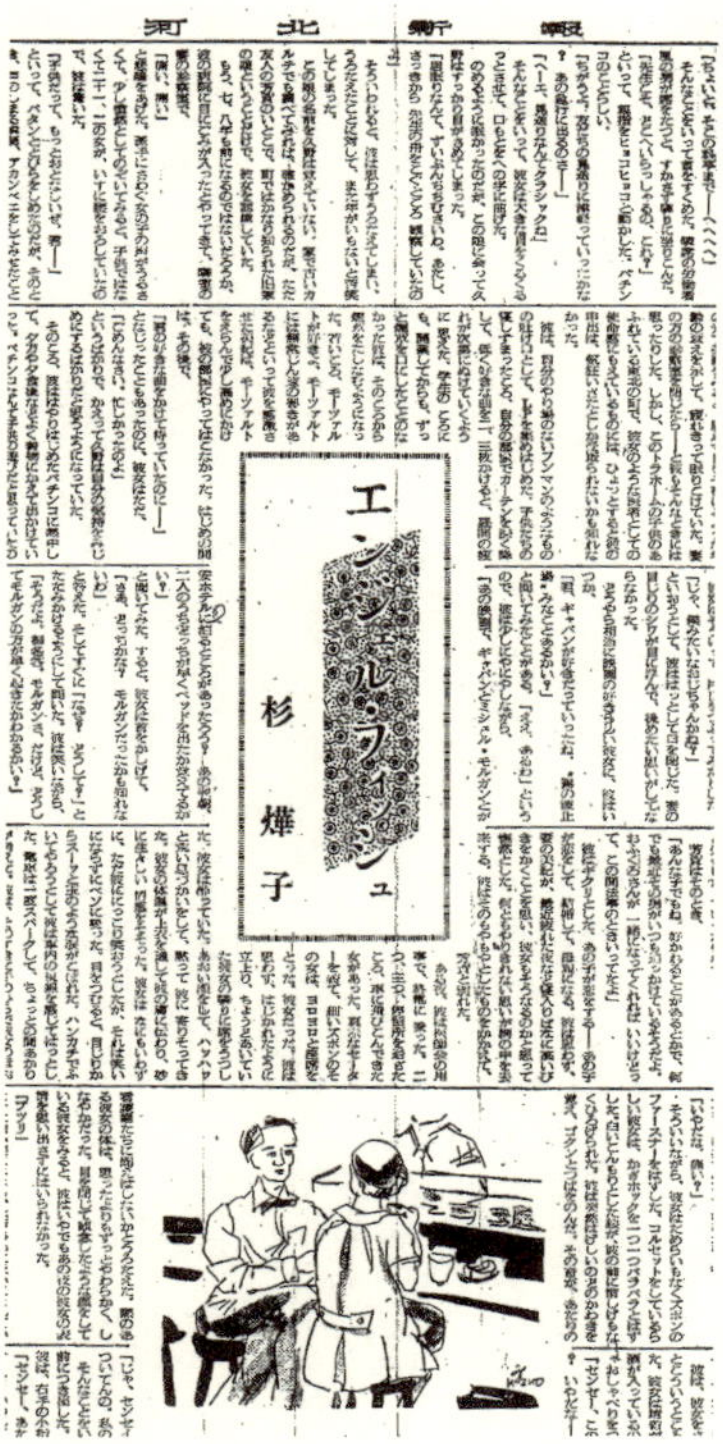
河北新報

エンジェル・フィッシュ

杉　燁子

図２　「エンジェル・フィッシュ」
（『河北新報』昭和33年9月14日）

昭和三十三年九月、『河北新報』の読者文芸に短編小説「エンジェル・フィッシュ」（筆名杉燁子）が入選する。父陽吉の死後半年以上が経っていた。

ガラスの水槽、砂と水草、濾過器を通して流れ込む水が立てる泡、そして微かな照明。その中をゆったりと泳ぐ熱帯魚。その愛らしくも美しい泳姿を鑑賞する者の姿を久野という初老の医師に重ね合わせて描いた傑作。選評中で、「今月応募作品中群をぬいてこの作品だけが光っている」と絶賛された作品である。久野の心理が、赤いワンピースの女との関わりを通して見事に描かれている。

エンジェル・フィッシュは、南米産の淡水魚で、熱帯魚の代名詞とも言われる。全長十二〜十五センチほどで、体型は縦長で平たく、背びれと腹びれ、尻びれが長く発達している。大きなひれでゆったりと泳ぐさまが天使に似ていることからエンジェル・フィッシュと名づけられた。食性は肉食性で、貝類、甲殻類、魚卵、小魚などを捕食する。

昭和三十年頃から、日本での熱帯魚ブームは始まる。すでに大正年間から輸入されるようになってはいたが、一般市民の間で飼われるようになるには至っていない。南米や東南アジア、アフリカなど熱帯地域の淡水域に生息する美麗な魚類や奇特な魚類を飼育する行為が趣味として定着するためには、飼育環境を用意できるまでに生活レベルが向上し、安定する必要がある。高度経済成長を背景に、ようやく生活も安定し、ゆとりを感じだした人々の間で、慌ただしい日常生活の中では味わうことのできない非日常的な娯楽として広まっていった。

友人の見送りに出かけるバスの中で、久野が久し振りに「その女」に再会する場面から始まり、寿司を奢《おご》らされて別れるまでのわずか三十分程度の出来事だが、作品の大半を久野と女との出会いから再会までの回想が占めている。退屈な日常を紛らす一瞬の清涼剤としての女の存在感と久野の心理との絶妙なバランスが、一気に読ませる力となっている。小さな熱帯魚を飼って鑑賞するように、好奇の眼差しで女を観察する久野の独白が躍っている。

ふしぎな子だな――と会うたびごとに思う。夕方の急行でたつ昔の友人を送るために、久野は疲れた体をバスの最後部の席にもたせかけていると、突然、

「センセエー」

というかん高い声で、肩先をつつかれた。その子は——いや、子供というのはおかしい。もう、ひょっとすると二十五、六——あるいは、それ以上もいっているはずなのだが、あいかわらず子供か少女とでも呼びたいような顔つきで、すっとんきょうな声で鋭くグイとつついた。ダスターコートというやつだろうか、例の短いコートを着て、赤いベレーをかぶり、胸にはブイの形のボタンを三つ、ちょこんとつけてにやにや笑っている。

＊　＊　＊

そうか、彼女にもあのモルガンがギャバンに処女を与えた翌朝、恥じらいとうろたえから早くから目をさまして、ぼう然として安ホテルの窓から人通りのない舗道を眺めていた心境が分ったのか。彼はもう一度そんなこともすっかり分ったくせに、一向に女になったとも見えないこの子を「ふしぎな子」だなと思った。

久野の中年のころのあがきのようにいとしかったその子は、夫への土産の包みをブラブラさせて

「サヨナラ、ごちそうさま——」

というなり、人ごみの中にパッと消えていってしまった。

右は作品の冒頭と末尾である。「ふしぎな子」で始まり「ふしぎな子」で終わるところに結構意識は明確である。「ふしぎな子だな——」と、「その女」と偶然にも再会した久野の感慨は、結局、一年以上のブランクを経ても変わらず、久野は作品中で「ふしぎな子」という感慨を都合三回抱く。そして、読者にそのふしぎさを徐々に理解させるように工夫が凝らされている。

疲れた体をバスの最後部の席にもたせかけていた久野に、「その女」は「センセエー」と甲高い声で、人目も憚《はばか》ら

ずに声を掛けて寄ってくる。ダスターコートに赤いベレー帽という出で立ちも、乗り合いバスには不釣り合いな派手さが感じられ、二十五、六と思われる年齢ともアンバランスで、確かにふしぎさが感じられる。口にする言葉と言えば、「ちょいと、そこの料亭まで」「見送りなんてクラッシックね」「居眠りなんて、ずいぶんぢぢむさいわ」など、べらんめえ調な上にかなり辛辣《しんらつ》で、率直な性格がまた大人の女性に似合わず、若やいだ無邪気さを感じさせ、ふしぎさを伝えている。具体的な女と久野のやり取り（会話）から、女のふしぎさを読者に印象づけた上で、作品は七、八年前、女と久野が初めて知り合った頃へと時間を遡る。

女の名前は明かされない。久野の友人である芳賀のいとこで、旧家の娘、定時制高校の教員という設定である。七～八年前に初めて目にゴミが入ったといって久野の病院を訪れた時、二十一、二歳だったと思われるから、大学を出たての新米教師である。妻の診察を受けながら、「痛い痛い」と大騒ぎするので「子供だって、もっとおとなしいぜ」と久野が注意するとアカンベエをして見せたり、電車で週刊誌を読んでいるといきなり雑誌を取り上げたり、およそ教員らしくない言動もまたふしぎさを醸し出す。

語り手の久野は開業医。関西の港町で生まれ育ち、東京の医大で知り合った妻の美紀の出身地であるこの東北の町へ来て二十年になる。「南国の明るい日射し」しか知らずに育った久野にとって、暗く閉ざされた東北の町は、重苦しくのしかかってくる。

妻の美紀は「典型的な秋田美人」として崇拝者を多く持つマドンナ的存在だった。恋愛中は得意になっていた久野だが、結婚して現実生活に追われるようになると、次第に賢母となって美貌も衰えていく妻に倦怠《けんたい》感を募らせていく。「やりばのないフンマン」のはけ口として、夜、パチンコや映画を楽しむようになった時、飢えた心に潤いをもたらすかのように現れるのが、「その女」なのである。

女との「会話としか名づけられないひとときの逢瀬」は、久野に忘れかけていた青春の日を思い出させ、やがて女を愛《いと》おしむようになる。友人の芳賀から女の恋愛を知らされ動揺する久野。そんな久野と女との会話に用意されたモチーフとして映画「霧の波止場」と「痣《あざ》」がある。

どうやら相当に映画の好きらしい彼女に、彼はいつか、

「君、ギャバンが好きだっていったね。〝霧の波止場〟みたことあるかい?」

と聞いてみたことがある。「ええ、あるわ」というので、彼は少しにやにやしながら、

「あの映画で、ギャバンとミシェル・モルガンとが安ホテルに泊るところがあったろう? あの翌朝、二人のうちどっちが早くベッドを出たか覚えているかい?」

と聞いてみた。すると、彼女は首をかしげて、

「さあ、どっちかな? モルガンだったかも知れないわ」

と答えた。そしてすぐに「なぜ? どうして?」とたたみかけるようにして聞いた。彼は笑いながら、

「そうだよ。御名答。モルガンさ、だけど、どうしてモルガンの方が早く起きたかわかるかい?」

「さあ、どうして? 何かわけがあるの?」

「その訳はね、君が結婚したらわかるよ。今では無理だよ。人生だって、小説だって、映画だって、結婚してはじめてなるほどそうかなって思うことが沢山あるんだよ。例えば、僕がどうして女房と三人の子供をおいて、夜一人で盛り場をほっつき回るかなんていうことも――」

「それはセンセーが不良だからよ。中年のオーカミ紳士。おおこわい」

彼女はそんなことをいって、またあたりの人が振りかえるほどのけたたましい声で笑った。

「じゃ、君は不良はきらいかい？」

久野は少し気色ばんだ声で彼女にたずねた。彼女はテンとして、

「あたし、どうかな？　ア・リトル・ズベ公――」

ア・リトルという表現に、彼は思わず彼女と同じくらいの高声で笑った。


「霧の波止場」は一九三八年のフランス映画。ジャン・ギャバン主演で、日本では一九四九年十二月に公開された。久野が女に質問した「ギャバンとモルガンが安ホテルに泊まり、どちらが先にベッドを出たか」を判断する場面は、映画の最後に登場する。はっきりとモルガンが先にベッドを出るシーンはない。ギャバンがベッドの中にいてモルガンが話しかける場面があるのみである。もちろん小説において、実際の映画との整合性は作品の価値とは無関係である。ただ、作者が小説の展開に都合のよいように、素材を加工していることが確認できればよい。加工を誤れば、素材は生かされない。「霧の波止場」をめぐる久野と「その女」とのやりとりは、女の成長を物語る仕掛けとして見事に機能しているのである。


「センセー、この前あたしのあざみちゃったでしょ？　いやだな――」

「みやしないよ。どこにあるあざかい？」

「ここんとこ」

彼女は指であの紫色のはん点のあったあたりをさし示した。

「子供はみなあるんだよ。蒙古斑点といってね、君なんかそのたぐいだよ」

「シツレイしちゃうわ。ちがうのよ、ゼッタイに」

彼はコドモといいながら、意外に成熟していた彼女の体を思った。

「うそよ。うそよ。そんなことないわよ」

ムキになっていう彼女をみると、彼は何だかたまらなくいとしくなってしまった。

「ちがうよ、ちがうよ。分ってるよ」

「じゃ、センセイ、みちゃったじゃないの？　ウソついてんの。私のヒミツよ。だれにもいわないで」

そんなことをいいながら、彼女は細い小指を彼の前に突き出した。ゲンマンということらしかった。彼は、右手の小指を出してそれにからんだ。


声を嗄《か》らし、熱を出して診察に訪れた女に、久野はペニシリンを打った。ズボンのファスナーをおろしてコルセットのホックをはずすと現れた「白いこんもりとした腰」に「はげしいのどのかわきを覚え」、うろたえながら注射を打つ。「そのとき彼は思いがけず彼女の背骨に近い部分に、直径三センチぐらいの紫色のあざのあるのを発見」するのである。大人でありながら「コドモ」の要素を保ち続ける女の魅力を象徴するかのような「あざ」を、作者は久野に「蒙古斑点」と言い訳させ、あっさりと見たことを女に吐露させてしまう。医師でありながら診察中の若い女性の肉体に欲情を感じたことは、久野にとって言わば汚点としてあざのように刻まれたが、その欲情を見透かしたかのような女の指摘にうろたえる久野の心理が見事に描かれている。

作品の舞台となった東北の町は、妻の実家がある町と設定されている。妻の美紀は「典型的な秋田美人とさわがれた」とあることから、秋田と考えてよい。久野が見送りに出る友人が乗る列車は「津軽」。「津軽」は、昭和二十九年十月、上野―青森間を上越線・羽越本線経由で結ぶ臨時の夜行急行列車として運転を開始し、昭和三十一年十一月には東北本線・奥羽本線経由に経路変更し、定期列車となっている。もちろん、秋田駅を経由する。また、久野と女とが再会を果たす冒頭の場面は、バスの中であるが、七、八年前に初めて診察に訪れ、数日後に会う場面は、電車の中となっている。秋田市では市営バスと路面電車が昭和三十年代には競合していた。妻がＰＴＡと家事と診察とでくたびれ果てて、昔のように喫茶店に行くこともままならなくなり、久野が一人でパチンコに興ずるようになった時、「夜などフラリと電車でＡ市まで出ていき、歓楽街をわけもなしにふらついてパチンコをしたり、映画をみて帰ってきたりするようになった」。Ａ市とは秋田市のことで、妻の実家のある東北の町というのは、その秋田市と路面電車で結ばれた土崎と思われる。

　第一作の発表される頃、彼女は当時、佳作を出して声名のたかかった、河北新報社の懸賞に応じるべく、短い作品をもってきた。

　この第二作も又すがすがしい作品であった。彼女自身ひそかに心指《ママ》していたらしい妖精のような美少女を描いた短編は、のびのびした筆が、気持ちよく走って、好個の掌編となっていた。

『先生、好い題をつけて下さいよ。』

と彼女が求めるままに、私は「エンジェル・フィッシュ」という題を呈した。この作品は入選して、かなりな評価を受けた。

（小野正人「杉田瑞子さんのこと」『秋田陶芸夜話』昭和54年11月27日　加賀谷書店）

小野正人は、『文芸秋田』発刊の際の編集人で、杉田とは昭和三十一年頃からの付き合いである。『波瀾万丈』出版の際も小野の経営する出版社から出したいと相談している。「杉田瑞子さんのこと」では、杉田との出会いからデビュー作、そして亡くなるまでを真の友人として見守ってきた歩みが真摯に綴られている。

第2節　『秋田魁新報』新年文芸

杉田が短編の腕を磨いた場は、新聞の懸賞小説である。秋田魁新報社は、戦後早々に懸賞小説の募集を始めた。

長い間戦争の重圧の下に息をひそめてゐた文芸が、近来漸く活動の機運にめぐまれてきた。今後の文芸は政治の民主化と共にそれぞれの地方に根を置き、郷土的な色彩を鮮明に帯びてくるものと思はれる。この時に当り、本誌「月刊さきがけ」は地方文芸発展のため下記に依り、小説を募集することにした、秋田文芸の存在を世に主張する意味をもつて新人既成人の別なく振つて投稿されるように望む。

（『月刊さきがけ』２巻２号　昭和21年２月１日）

伊藤永之介《いとうえいのすけ》と第三回芥川賞を受賞した鶴田知也《つるたともや》を選者に、

「地方文化の向上」を目指して始まった企画の第一回受賞作品は、後の直木賞作家千葉治平の「蕨根を掘る人々」である。『月刊さきがけ』は、昭和二十五年五月一日発行の６巻４号に「休刊の言葉」を載せている。代わってこの年から、『秋田魁新報』紙上では新年文芸募集が始まっている。二十五年一月には短歌と俳句のみ掲載されていたが、二十六年には短編小説部門が加わる。二十七年と二十八年は短編小説ではなく、詩が募集され、二十九年に再び短編小説、三十年はラジオ小説と募集のジャンルを模索している様子が見られたが、三十一年からは、短編小説・自由詩・短歌・俳句・川柳となり、平成三十年現在の募集と同じになっている。

杉田瑞子は、杉燁子《すぎようこ》の筆名で、二十九年には「帰郷」、三十三年には「再会」という作品で応募し、それぞれ予選通過していたことが紙面からわかる。そして、昭和三十六年と三十九年の二度、第一席を獲得する。

◇

昭和三十六年一月、『秋田魁新報』新年文芸短編小説第一席に入選したのが「履歴書」である。

　針生と名のる青年の後ろ姿が、常務室の重いドアのかなたへ消えていった時、田淵遼吉は、もう一度、よびもどしてみたい衝動に襲われた。

　田淵遼吉を襲った「もう一度、よびもどしてみたい衝動」とは何であるのか。謎を提示して始まる作品は、その謎を解き明かした後、よびもどしてみたい衝動と一体の「大きな音をたてて、くずれるようなむなしい思い」を示して終わる。見事な結構である。田淵遼吉という初老の男性の心的葛藤、高鳴る心臓の鼓動、組合との交渉でも難航する時には、心臓の鼓動が高鳴ることもあったのだが、それ以上に平静さを失わせるもととなった青年の残した履歴書とは一体何だったのか。

　都会のある会社の常務室で起こった出来事が、常務田淵遼吉のモノ

短編小説第一席入選作
履歴書

図3　「履歴書」
（『秋田魁新報』昭和36年1月1日）

ローグとして綴られる。「五十代もなかばをすぎた」田淵は、祖父が創設した会社の常務として、妻と二人暮らし。その田淵の許を訪れた一人の青年針生遼一、いや、青年がもたらした「履歴書」が、穏やかな日常生活を営む初老の男の心を大きく揺さぶる。

青年がもたらした非日常的事件について青年自身は知るよしもない。青年に悪気がなく、清廉であればあるほど、田淵の内面は深く抉《えぐ》られ、虚脱感に襲われる。なぜなら、青年の出生にまつわる田淵の行為は、決して潔いとは言えないものだったからである。

「冷たいコンクリート」の床に正確に規則正しく響きわたる青年の「クツ音」は、鋭く田淵の胸に突き刺さる。小さな針の枝のように。それはまさに、「針生小枝」という女性そのものなのである。「ぼく、針生小枝のむすこです――」青年の一言が、「まるでアイクチのように迫」った所以である。

訪問者も少なく、隔絶されたエアポケットのようなビル街の午後、秘書が持ってきた陶器についた小さな茶渋によって作られた汚点を、女（小枝）のえり足の「痣《あざ》」と重ね合わせるところから二十五年前の昔へとタイムスリップさせる。愛用の素焼きの陶器を手にして、好みのウーロン茶を口にしながら、二十五年前の昔を思い出すきっかけとして用いられるのが、「痣」なのである。「エンジェル・フィッシュ」でも「痣」は重要な仕掛けとして機能していたが、ここでは、茶渋の跡を二十五年前に田淵が関係を持った女のえり足にあった「痣」と重ね合わせて場面転換を図る。

田淵の二十五年前、それは大学生活の大半を過ごしたS市での時間である。両親の反対を押し切って東北のS市にある大学を選んだ田淵は、軍国化へとなだれ込む時代の流れに抗し、学生運動にはまり込んでいく（青年遼一もまた全学連に属して羽田事件に関係した）。事件は、田淵が所属していた研究会が左翼学生の運動として当局の弾圧を受けたことで起こる。数人が検挙される中、「そのワナからはずれ」た田淵は、仲間たちから異分子と見られ、「うまれながらに、金のサジをくわえてきた男」として指弾され、退会を迫られる。慣れない酒をしたたか飲んで泥酔した田淵は、H川へと転落して下宿に運ばれる。親身に介抱する小枝を酒の勢いを借りて陵辱《りょうじょく》する。事故を聞きつけた母によって東京へと強引に連れ戻された田淵を襲ったのは、兄の死と家督の相続であった。田淵は転向を余儀なくされたのである。

そして二十五年後、田淵の会社を訪れた一人の青年。その名は「針生遼一」。田淵遼吉の「遼」の字を持つ青年は、明らかに小枝との一度の過《あやま》ちに生を受けた人間である。そのことに一度も思いを馳《は》せることもなく過ごした二十五年。戦争から戦後のインフレと続く疾風怒濤《しっぷうどとう》の人生を必死で駆け抜けるように生きてきた田淵は、静かに老いの境地を迎えようとしていた。まさに青天の霹靂《へきれき》である。プラタナスの街路樹が一枚一枚葉を散らしていく。晩秋の夕暮れ時。田淵の眼前に繰り広げられる風景は、「大きな音をたてて、くずれるようなむなしい思い」を胸にもたらす。

◇

昭和三十九年一月、『秋田魁新報』新年文芸短編小説第一席に「足音」が入選する。一人息子の死をテーマに、死に関わった息子の友人六郎への、母親の複雑な心情を描いた作品。六郎が不慮の事故で亡くなった時、生前息子にせがまれて買った泰山木《たいさんぼく》の花が二つほころぶ。その夜、夢で泰山木の花のまわりを夕焼けに照らされながら駆けめぐる二人の姿を見る。神のもとへと召された二人の若い命を逆縁の悲し

短編小説第一席入選作
足音
文　杉田瑞子
え　横山弥恵子

図4　「足音」
（『秋田魁新報』昭和39年1月1日）

みを乗り越えて受け容れる母の姿が印象的である。

文章がしっかりしていて、ひたひたと力強く迫る描き方は図抜けてうまい。「私」の心の描出もまことにデリカなうまさで、何ごとかの事件をさらりと書いてのけて心の足音を聞かせている。

と今回もまた評者の寺崎浩は舌を巻く。「こうなれば力量順に行くより仕方がない」として第一席に選んでいる。

六郎の足音が近づいてくると、私は、きまって身の引き締まるのを覚える。

という書き出しで始まる。二十年間、毎日のように続けている朝の日課を、近所の人々は「津山の奥さんの庭いじり」と呼んでいる。佐川六郎の足音を聞いては泰山木の陰に身を隠す「私」の朝の庭いじりの真意とは何なのか。「間違いなく」「聞き分けられる」足音が、「人生のフィナーレに響くドラムの響きのよう」に思えるようになってはじめて「許すことができるようになった」いきさつが、泰山木の二つの開花に合わせてひたひたと解き明かされていく。

二十年間、一つの花つぼみしか持たなかった泰山木が、二つの花つぼみをつけた。一人息子の卓にせがまれて買った泰山木であることを思えば、一つの花つぼみしか持たなかったことは、「私」の一人息子を思う気持ちを暗示している。したがって、二つの花つぼみもまた、「私」の卓と「誰か」の二人を思う気持ちの暗示であることは明白である。その「誰か」とは、足音の主佐川六郎である。ただ、卓と六郎との間に起こった出来事の重大さは、「私」が六郎を恨みこそすれ思いやることへはつながらない。頑《かたく》なに「私」は心を閉ざしていたがゆえに、花は一つのつぼみしか持ち得なかったのである。

卓は六郎と遊んでいて池に落ちて死んでしまった。事故か故意かは六郎のみが知る。子どもを産むことの出来ぬ体となっていた「私」は、六郎への懐疑を拭いきれぬまま、夫の叱責《しっせき》に似た無言の仕打ちを受け止めながら二十年間を過ごす。「わが子は／余りに美しくさとかりしゆえ／神のとり給えるなり」という詩のフレーズを胸の奥深くにしまい込んで支えとし、かろうじて生き続ける。たどたどしい六郎の足音に狂い出しそうな思いをこらえて、朝の日課を繰り返す。息子の死の真相を聞きただすことのできないままにである。そして、その六郎が不慮の事故で亡くなった時、卓にせがまれて買った泰山木の花が二つほころぶ。

◇

新年文芸入選作以外に、杉田には『ABS Report』No.18（昭和44年1月1日）に発表した「小鳥が・・・」と『あきた』10巻5号（昭和46年5月1日）に発表した「未亡人」という短編小説がある。

「小鳥が・・・」は妻子ある男性の浮気いわゆる不倫を扱った作品で、不惑の坂にさしかかった男が、「娘」との束の間の恋に決着をつけるまでが描かれる。「雨が降っていた」という一文で始まり、男の恋の終焉を「驟雨のように襲った束の間の恋」として夏の終わりとともに締めくくっている。「娘」との別れの場面も雨の中で、その雨の中を「飛び立って行った」「娘」を、「傷の癒えた小鳥」と表現する。ただ、妻子ある男性の不倫相手を「娘」と表現する点には違和感が残る。

「未亡人」は姑問題を扱った作品で、妻と母の同居を巡る確執を抱える中年男性須永が、かつての恋人との再会を経て、妻を説得して母との同居を決意する様子を描いている。タイトルの「未亡人」は、かつての恋人「××浩子」のことであり、結婚して三年後に脳腫瘍で夫を亡くしてから、十年以上も夫の母と同居している。須永と会って別れる場面、先に歩く浩子の後ろ姿に「未亡人の顔」を確認する場面で作品は終わる。そう考えると、この作品の主人公はもしかして須永ではなく、浩子なのかと考えたくもなってしまう。「この明るさは、この若々しさはどこからくるのか」「屈託のない声」「些細なことにも激しく動く表情のゆらめき」と須永の目を通して語られる浩子の人物像は、「エンジェル・フィッシュ」の「ふしぎな子」と同様である。両親の反対を押し切って駆け落ち同然に結婚する程の大胆さを有しながら、再婚することなく、義母と暮らす身持ちの堅さをも併せ持つ。一見矛盾するような性質を抱えながらも、意に介さず発揮する、自由で奔放な女性を、杉田は好んで描いた。浩子もそうした女性の一人として造型されている。二人の再会の場となった喫茶店で流れていた曲はガーシュイン。ガーシュインは、アメリカ音楽の父とされ、ジャズとクラシックを融合させた「ラプソディ・イン・ブルー」や「サマータイム」で知られ、脳腫瘍でこの世を去る。夫を脳腫瘍で失い、自由と束縛を身にまとったような浩子は、まさにガーシュイン的女性と言ってよい。見事な演出である。

第3章　芥川賞コーホ作家

第1節　女の中にあるクラシックなもの

杉田は「北の港」を昭和四十四年四月から翌四十五年二月まで『秋田警察』（24巻4号〜25巻2号）に十回にわたり再掲載した。その際、次のような「はしがき」を添えている。

　自分が生まれ育ち、現在も居住している港町の歴史を描くということは、かねてからの念願であり、ライトモチーフ（生涯かけた主題）の一つでもありました。その港の変貌に、実在した一人の女性を終《ママ》ませてみたのがこの作品です。

　こういう女性がいたということを除き、あとはすべてフィクションです。歴史的な事実はすべて、できるだけ史実に忠実であろうとして、図書館その他で文献を漁《あさ》りましたが、主人公についての取材は避けました。

　「文芸秋田」十二《ママ》月号に発表後、思いがけなく、この作品が第五十九回（四十三年上半期）の芥川賞候補作に推挙され、望外のよろこびでした。

（「『北の港』について」）

主人公「播磨屋ゆき」の形象化に当たっては、実在の人物をモデルにしたとしながら、「取材は避けました」とある。父に叩きのめされる母をかばいながら、母と姪のためにロシア人技師の妾となったゆき、ガスパリアンに献身的に仕え、港の繁栄を支えたゆき、ガスパリアンと別れた後の孤閨《こけい》に苦しみ、技師高野との過《あやま》ちに孤独な人生の覚悟を決めるゆき、きんとカフェを経営し冬子を嫁入りさせるゆき、空襲で全てを失い七十三年の生涯を閉じるゆき。これらのゆきをはじめとする登場人物の内面は、杉田の想像力と創造力に支えられていると言ってよい。その土台を鍛え上げたのは、『文芸秋田』をはじめとして発表してきた習作群である。

◇

『文芸秋田』は、昭和三十三年十二月二十日創刊の文芸誌である。編集人小野《おの》正人《まさと》、発行人は秋田文芸懇話会で、代表者を分銅《ふんどう》志静《しせい》とし、懇話会は五《ご》城《じょう》目《め》町の小野《おの》一二《かづじ》方に置いたと思われる。同人は三十名におよび、名簿の最初には伊藤永之介の名前も見られる。九月に解散した『奥羽文学』でも顧問とした先輩作家を指標としている。創刊号の掲載作品は次の通りである。

田舎紳士…………酒匂健四郎
むかしの人………小野　正人
墓碑銘……………杉　　燁子
決斗………………里村　　晃
米代川のほとり…小村《ママ》　卓己
寒波………………石川　助信

図5　主たる発表雑誌『文芸秋田』

農婦…………分銅　志静

以下、10号までに巻頭を飾った作品を挙げると、杉燁子「どぶ川」（2号）、酒匂《さこう》健《けん》四郎《しろう》「海の掃除人」（3号）、酒匂健四郎「ワイマールの風」（5号）、酒匂健四郎「ファンタジア」（6号）、小野一二「冷蔵庫のある店」（7号）、吉田《よしだ》仲《しん》「不毛列島」（8号）、杉田瑞子「歳月」（9号）、小野一二「答えのない式」（10号）となっている。つまり、酒匂健四郎が四編、杉田と小野一二がそれぞれ二編、吉田仲が一編である。4号は「伊藤永之介追悼号」となっており、永之介に関わる評論や随想がほとんどで、創作は短編小説が三編と詩、俳句である。短編小説三編のうち、最初に載っているのは杉田の「胚芽」である。酒匂と小野（一二）に加え、杉田が『文芸秋田』を牽引している様子が見てとれる。

戦後に秋田県内で相次いで創刊された『秋田文学』（大曲《おおまがり》　昭和23年1月1日）、『北方文芸』（鷹巣《たかのす》　昭和26年6月）、『北国』（五城目　昭和28年4月10日）の三誌が統合されて出来たのが『奥羽文学』（昭和30年6月10日）である。「三十人におよぶ同人」（「編集後記」『文芸秋田』創刊号）には、『奥羽文学』12号（最終号）で同人に名を連ねた秋田市と五城目町出身の七名が全て入っており、『北国』を受け継ぐような形で『文芸秋田』が創刊されたと見てよい。同人誌では、発刊後に合評会を催すのが通例である。『文芸秋田』はいつも秋田市川反《かわばた》の「石井パンヤ二階」で開いていたようである。この合評会で互いの作品について批評し合い、杉田も「紅一点」として鍛えられた。

杉田瑞子が「墓碑銘」の原稿をもって「文芸秋田」の同人に加わったのは、創刊号の編集にとりかかろうとしていたころ三十三年十月であった。編集実務を担当していた私は、一読して衝激《ママ》をうけたことを、今も鮮かに思い出す。それは佳い作品というより、佳い素質をうかがわせた。初めての小説であるのに、作者の目はりっぱな

> 「作家」の目であった。作品は私小説で、肉身《ママ》がモデルらしかったが、それをみる目はいやらしいほどに執拗で冷徹であった。（中略）
>
> 彼女の作家としての目は、いつも内側へ内側へと向けられていた。そのことによって、肉身《ママ》、知人を傷つけていたものと思われるが、それよりも自分自身を傷つけていたのであろう。その傷からしたたる血の暗ささえ、じっとみつめて見逃さない作家の「業」のようなものを、私は彼女の作品とことばからうけとっていた。杉田瑞子はりっぱな作家であった。
>
> （小野一二「遺りきれない」『文芸秋田』24号　昭和50年6月30日）

右は、『文芸秋田』24号〈杉田瑞子追悼号〉に小野一二が寄せた追悼文の一節である。「佳い素質」「りっぱな作家」とその技量の確かさを讃え、「いやらしいほどに執拗」「いつも内側へ内側へ」「じっとみつめて見逃さない」といった杉田作品の特徴を指摘している。作家としてのデビュー作が「墓碑銘」とは何とも皮肉であるが、こうしたパラドクシカル（逆説的）な言辞を好んだところにも杉田瑞子という作家の資質がうかがえる。荻原永生《おぎわらながお》は同号に「墓碑銘」と題して追悼文を寄せている。

> 敬愛高校の先生をしていた杉田が、作品『墓碑銘』をもって同人に加わってきたように記憶する。それだけに、『墓碑銘』という題が因果に思われてならないのである。

◇

「墓碑銘」は『文芸秋田』に初めて発表した作品であると同時に、本格的に「女の中にあるクラシックなもの」（「エンジェル・フィッシュ」入選時の杉田の言葉）を追求した作品という意味で、杉田の意欲作である。女性にとって子どもを産むということはどのような意味を持つのか。「墓碑銘」は、森下明子という未婚の女性が、恋人の柘植浩との間に出来た子どもを堕胎する心理を深く追求した作品である。堕胎という女性にとって極めて深刻なテーマが、当事者である明子の内面に強く焦点を当てて描かれる。明子はやがて柘植と結婚することを考えてはいるが、結婚前に出産することを社会的に認めない慣習の前に堕胎を余儀なくされる。堕胎する女性の心理が苦しい程にぎりぎりまで見つめられている。

内科医が妊娠を告げる言葉を聞いて明子は、耳の奥で「運命」の第一楽章が鳴り響くような衝撃を受ける。やや大げさな表現で滑稽とも言えるが、未婚の女性にとって妊娠がどれほど衝撃的な出来事であるかを示すに当たり、直接表現ではなく間接的に暗示や象徴を用いて伝えている。初めは「柘植のいない処に行ってしまいたかった」と子どもを殺して自分だけが生き残ることになる堕胎手術をどうしても受け入れられずに苦悩する。やがて明子は、「あなたと母のために今生きることを考えよう

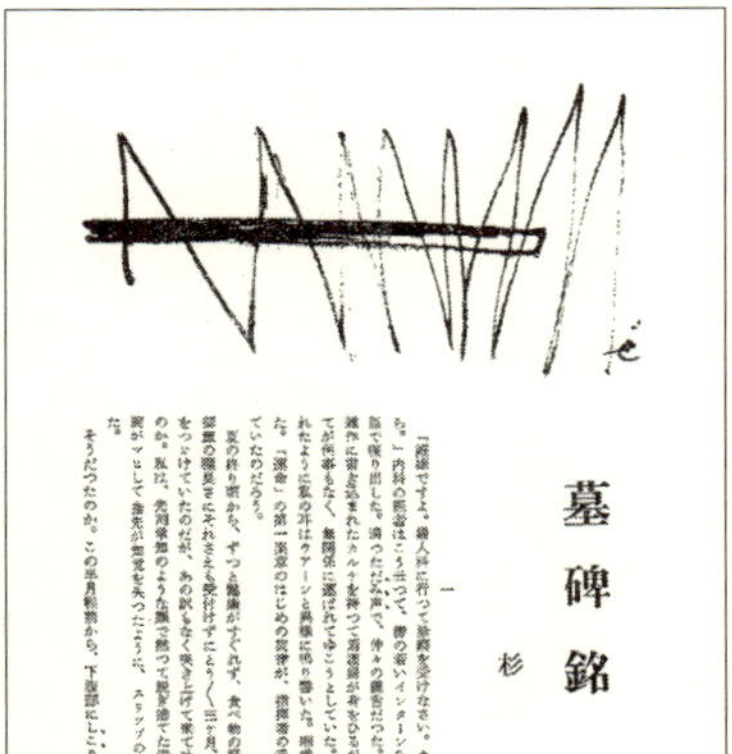
墓碑銘

一

— 40 —

図６　「墓碑銘」（『文芸秋田』創刊号）

と思います」と小さな墓碑銘の上に柘植との新しい生活を築くことを決意し、堕胎に踏み切る。だが、手術後には再び、自分にとって胎内に宿した子は「異物だったのだろうか。汚物だったのだろうか。それともまた生命の萌芽だったのか」と自責の念が込み上げてくる。退院の前日、雪が降り、亡くなった子どもの埋められた大地を覆い尽くす。「天は白い天使の衣を与えた」として、子どもの幸せを信じて明子は退院する。

全十六章から成っており、基本的に明子の独白（モノローグ）である。総じて時系列に沿って物語は展開しており、各章毎の文字数はアンバランスである。特に五章と六章や十五章と十六章などはそれぞれ原稿用紙一〜二枚に満たない。章立て自体が作品への結構意識をうかがわせるものの、その効果の程は疑問である。こうした中で特徴的なのは、三章と十三章に用いられた手紙である。全編主人公明子の視点で語られる作品であるため、手紙という形式が有する独白としてのインパクトは際立っていない。ただ、柘植と主治医の秋葉先生に宛てた二通の手紙は、明子の心理が大きく動いていく展開上の起点となっている。すなわち、三章では堕胎の決意が、そして十三章では堕胎後の罪の意識の告白が述べられ、自分を生かす方向へと明子を向かわせる。

十二章に、退屈紛れに明子が雑誌を読む場面が出てくる。芥川賞を得た産婦人科医の作家が書いた作品の一部を引用し、反感とも共感ともつかぬ異様な興奮に明子がとりつかれ、秋葉先生への手紙を認《したた》める決意を促すきっかけとしている。「G・K氏」とイニシャルで示されたこの作家は、小谷剛であると思われる。小谷は「確證」で第二十一回（戦後復活第一回）の芥川賞を受賞している。引用された箇所は『医師と女』（昭和30年7月15日　鱒書房）に収められた「看護婦圭子」の一節である。

「――考えてみれば、それは、私にとつてどうでも――　考えてみれば、それは私にとっては、どちらでもいゝことであつた。私の子であろうと、又他人の子であろうと。私は要するに、中絶手術を依頼された医者としての立場で、事を処理すればいゝのだ。はつきり云えることは、それが汚物であるということだ。このことだけはまちがいない。子宮腔内に着牀した受精卵は女なり、男なりが、ことさらに、特別な意義――母親だとか、父親だとか、或は自分の子供だとか――を与えない限り、眼の中に入つたごみのような存在と変りないのだ。もの〳〵しい理由づけをもつた生命の萌芽と汚物との区別は、ただそれに関する当事者とも云うべき一組の男女の（いや、かなりしば〳〵女だけの）ほんのちよつとした都合によつて決定される。要するに、必要が《ママ》、必要でないか。いらないと断定された途端に、生命の萌芽は、一挙に汚物にまで格下げられる。それでいゝのだと、私は思つている――」

（「墓碑銘」十二章）

いいことであった。《私の子》であろうと、または他人の子であろうと、私は要するに、中絶手術を依頼された医者としての立場で、事を処理すればいいのだ。はっきり言えることは、それが《汚物《おぶつ》》であるということだ。このことだけはまちがいない。子宮腔内に着牀《ちゃくしょう》した受精卵は、女なり、男なりが、ことさらに特別な意義――母親だとか、父親だとか、或は自分の子供だとか――を与えない限り、眼のなかに入ったごみのような存在と、変りがないのだ。もののしい理由づけを持った《生命の萌芽》と《汚物》との区別は、ただそれに関する当事者とも言うべき一組の男女の、（いや、かなりしばしば女だけの）ほんのちょっとした《都合》によって、決定される。要するに、必要か、必要でないか。いらないと断定《だんてい》されたとたんに、生命の萌芽は、一挙に汚物《おぶつ》にまで格下げされる。それでいいのだと、私は思っている。

（「看護婦圭子」4章）

中絶の決意は、生命の萌芽を一気に汚物にまで格下げしたことになるのか？　一昨日中絶手術を受けたばかりの明子は、気の狂いそうな苦痛に追いこまれていく。乳房の張りは、紛れもなく一個の生命の誕生を委《ゆだ》ねられながら中絶した明子の罪の意識を掻《か》き立て、秋葉先生に子どもの形見を願う手紙を認《したた》めさせる。「先生。おねがいでございます。子供の形見を下さい。……先生。もう何もございませんのでしょうか。……その時にはカルテをいたゞけませんか、唯一つの墓碑銘として、保存しておきたいと存じます」。ここにタイトルフレーズが用いられている。一つの生命の死を礎《いしずえ》に生きていこうとする女の姿を表象していることは間違いない。明子にとって失った子どもは単なる汚物では決してないことを確かめさせるために、秋葉先生への手紙を用意する。緊張して吃《ども》りながら子どもがどうなったかを告げる秋葉先生の様子に、「女としての私は勝った」。だが、病院の裏庭に埋められた事実の前に、母親としての明子は、その墓穴に本当は自分が入るべきではなかったのかという罪の意識に嘖《さいな》まれる。その夜、雪が降り積もり、「私の裸の子供にも、天は白い天使の衣を与えた」として、「お前は、必らずや、雪解けと共に、天使になつて、陽炎と共に天に舞い上るのだ」と失われた子どもの生命に永遠の息吹を送り込ませようとするが、「この世に、生れ出るよりは、冷い土の上に眠りつゞけることが遙かに、お前にとつて幸せであつたのだと信じよう」というように、それは明子の内面における自己救済のために必要なことであった。

杉田が作品の中で引き出してみようとした「女の中にあるクラシックなもの」とは、女であるがゆえの宿命である。少女としての不安や妻（嫁）としての苦悩・喜び、そして母（姑）としての覚悟・寂寥《せきりょう》などが、以後「ノラにもならず」までの小説群に登場する女性主人公の中で大胆かつ繊細に追求されていく。

◇

「文芸秋田」の創刊号は、三十三年十二月二十日に発行されたが、「墓碑銘」はそれに早速掲載された。杉田瑞子はしたがって創刊以来の同人ということになるが、正確にいうと結成以来の同人ではない。「奥羽文学」の解散の後で、すぐ「文芸秋田」は三十三年夏に結成発足している。それから間もなく彼女は同人となったのだが、最初の女性の同人であった。

（小野一二「遣りきれない」『文芸秋田』24号　昭和50年6月30日）

と小野は記しているが、杉田はすでに『奥羽文学』同人として12号（昭和33年6月10日発行）に杉燁子の筆名で「黝い海」を発表している。同号の同人名簿にも「杉田瑞子」として名前が載っている。小野の記憶に『奥羽文学』同人として杉田の記憶が残っていないのは、『奥羽文学』が12号で解散している事情とも関わっていると思われる。昭和三十三年九月には「エンジェル・フィッシュ」が『河北新報』の読者文芸に入選しており、その「入選者紹介」によると、

入選ときいて本当におどろきました。学生のときグループをつくって書いたこともありますが、ほんの少女趣味で、本気で書いてみようと思ったのはことしの春からです。そして四月、ある週刊誌に「私の作文」というのが入選したので、これで小説入選は二度目です。

私は筆がはやく、その方がよいのが書けます。この小説も夕方から夜中まで、ほんの四、五時間で書いたものです。このごろのように読んで苦しくなるようなものはきらいです。これからも趣味として書いてゆきたい。

> 　私は戦中派なので、女の中にあるクラシックなものを引出してみたい。現在奥羽文学同人だが、農村文学とはだがあわないようで、あまり活躍していない。（「四、五時間で書上げた作品」『河北新報』昭和33年9月14日）

と書かれている。「農村文学とはだがあわないようで」とは、杉田本人の言なのか紹介者の言なのか判然としかねるが、杉田自身が旺盛な執筆意欲を持って「私の作文」「エンジェル・フィッシュ」「墓碑銘」と書き連ねる時期が、ちょうど『奥羽文学』の立ち行かなくなる時期と重なったため、発表の場を探し求めていたのであろうと思われる。『文芸秋田』24号〈杉田瑞子追悼号〉に掲載されている「杉田瑞子略年譜」（千葉三郎編）にも、杉田が『奥羽文学』に参加し、「黝い海」を発表していることは触れられていない。また、『文芸秋田』創刊と時を同じくして、杉田は『秋田警察』に小説「青い梅」を発表している。やがて『文芸秋田』を主たる活動の場とするわけだが、ここにも発表の場を探っていた杉田の姿を確認することができよう。

◇

『奥羽文学』は、昭和三十年六月十日、編集人佐藤鉄章《さとうてつしょう》、発行人伊藤永之介、発行所奥羽文学社（大館市上町三）として、それまでの『秋田文学』『北方文芸』『北国』の三誌を統合する形で創刊された。

> 　どんな雑誌にしろ「生む」ということは大変な事業なのである。奥羽文学会が結成されたのは去る三月十三日である。三月から六月にかけて文字通り「生む」ための苦斗であったことを思い起す。戦後いち早く誕生した

「秋田文学」と、同じ時代に誕生した「群落」の後身である「北方文芸」と、「秋田文学」五城目支部の「北国」とが、三月十三日の五城目会議に於いて統合の実現をみたのである。この統合については各方面から種々の声援や批判があったが、われ〳〵はこの困難な時代にこそ真の文学の樹立の必要を痛感するものであった。

（「編集後記」『奥羽文学』創刊号　昭和30年6月10日）

ところが、昭和三十二年になると、『羽後文学』（3月）、『秋田文学』『雪国』（6月）、と県南・県央で新たに雑誌創刊が相次ぐ。3号の「編集後記」に「兎角同人雑誌は三号が岐路で、昔から三号さえ無事で通れば、後は何とか出るものだと云われてきたものだ。今、奥羽文学もこの重大な岐路に立っている」とした上で、その危機を「恥ずかしいことながら経済的貧困が第一であり、第二には作品の貧困、第三には同人の熱情と団結の問題がある」としている。恐らく、県北に発行所があるという地理的な側面が、第三の問題を後押しして新たな雑誌の創刊につながったのではないかと思われる。結局、「三号」の危機は乗り切るものの、12号（昭和33年6月10日）をもって休刊となる。その12号に杉田瑞子（杉燁子）の「黝い海」は載る。

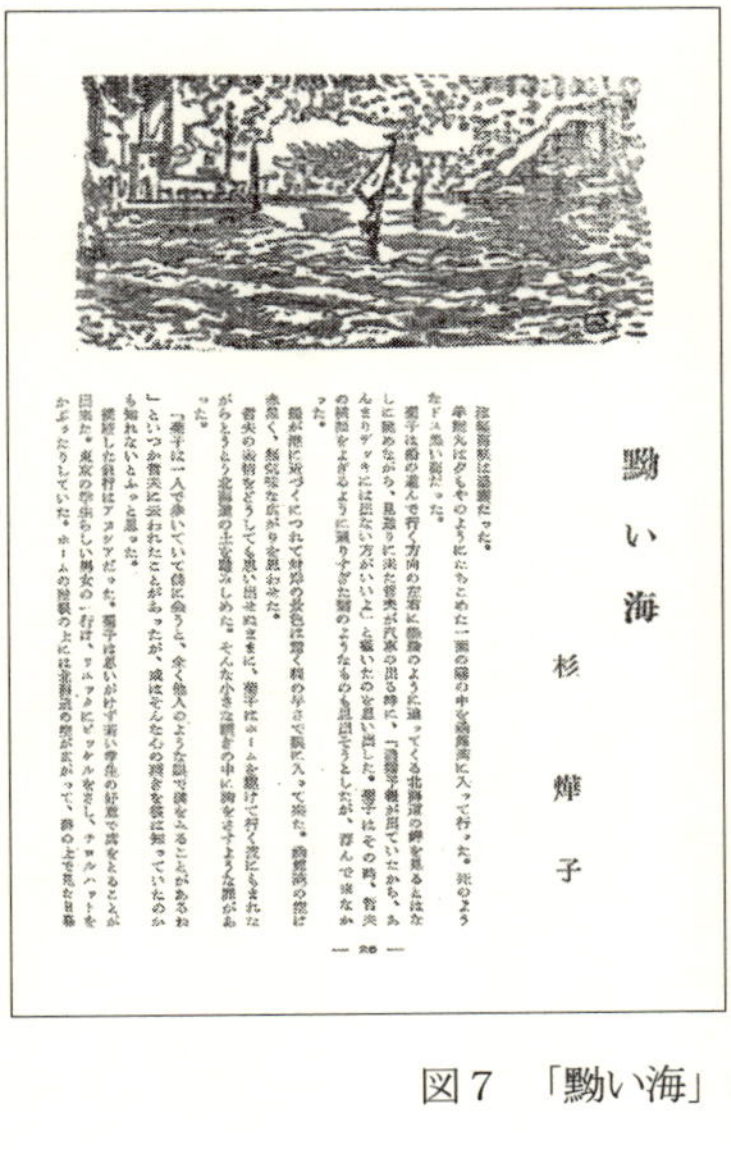

図7　「黝い海」（『奥羽文学』12号）

三年前に哲夫と結婚し、新婚旅行で訪れた北海道へ菊子が単身で向かう場面から始まり、哲夫のもとへ帰る網走の海の場面で終わる。「死のようなドス黒い海」「真黒い無数の鳥」といった暗いイメージと象徴的な表現は、「どぶ川」や「未亡人」にも見られるが、これほどまでに見事に冒頭と末尾とに見られる作品は珍しい。「農村文学とはだがあわない」としながらプロレタリア文学・農民文学ばりの暗くて重い情景描写である。かつての新婚旅行の地である北海道へと向かう津軽海峡の海が何故「ドス黒い」のか。それは、哲夫との平穏な結婚生活に荒涼とした想いを抱いていた菊子が、かつての恋人である村山に再び逢うという背徳の行為へと向かう途上だからである。結局、村山との間には「菊子と哲夫の生活の破滅を意味する」行為は成立せず、菊子は秋田へと帰ることとなる。労働者風の男が汚物をがばっと海へ投げ捨てると同時に飛び立つ「真黒い無数の鳥」は、菊子に取り憑《つ》いていた哲夫への裏切りという「胸をさすような罪」の意識であり、場面として「網走」の地が選ばれているのは、その罪人意識を重ね合わせるためである。それにしても、内容的には一人の女性の孤独な内面を描きながら、異様に不吉で重苦しい象徴的な表現はアンバランスと言える。

結婚三年目を迎えた菊子は、哲夫との生活に満たされぬものを感じていた。「平穏で静かな月日」ではあったが、「夢の多い菊子の性格」は、「夢と呼ぶより外に云いようのない捕えようもないもの」を追わせ、菊子の心の問題について何一つ考えてもみない哲夫との結婚生活を「荒涼」としたものと感じていた。子どもはなく、内面的に「どうしようの《ママ》ない孤独」を抱えて三十を迎えようとしていた。

村山もまた、結婚一年目を迎え、清教徒の妻昌子の性格に、「絶望に似た吐息」を漏らす結婚生活を送っていた。おとなしくやさしい昌子ではあったが、それがかえって村山にとっては近寄りがたさを与えるのであった。

共に心の中に言いしれぬ孤独感を抱えた二人が急接近するのは当然の流れで、菊子が札幌に到着すると村山が迎えに出、二人は夕食を共にする。ちょうど狸小路祭の晩で、二人は学生の頃のようなひとときを持つ。ネオンが輝く狸小路には御輿《みこし》が通り、太鼓や小唄、浴衣《ゆかた》姿の姐《あね》さん連などが祭気分を盛り上げる。二人とも汗をぬぐおうともせず、「裏通りを犯罪者のように」駆けめぐった。祭の雰囲気と背徳な関係にある二人の逃避行が、幻想的に浮かび上がる描写とともによく伝わってくる。

翌日、仕事を終えた菊子は、「村山の申出によって既にふられていた」「運命の賽」を選びとるべく宿で待っていた。二階の部屋の窓から「しもたや風の家」（店じまいしたかのような家）の流しが目に入る。夕飯の準備をする若い女の姿を眺めていると、「鼻をつくような鋭い臭い」が菊子の鼻を刺激した。それは石油コンロの臭いであった。「哲夫との結婚生活のはじめに、石油コンロを使ってママゴトのような所帯をもったことが思い出され」悲しくなった菊子は、ぐいぐいと胸に食い込む夫の存在感に襲われる。衣紋《えもん》かけのスーツに顔を埋め、「自分一人のために身をふるわして」慟哭《どうこく》した菊子は、逃げるようにして宿を後にする。

夕方、ラッシュアワーの札幌駅で菊子は網走までの切符を買う。旭川で途中下車して一晩泊まり、翌朝散歩がてらアイヌの部落を訪れる。酋長の木村カ子《ネ》トアイヌとのひととき、「自らの中に流れる血液を厭うて一人去り二人去りしてゆくという老人の言葉」「自分たちの中を流れる血を知っていた」「和人への抵抗を知っていた」子どもたちから、菊子は「独りであるものの厳しさ」「人間の強さ」をはっきりと見て取る。「自らの迷いは、他人によるのではない、自分自身にあるのだとはっきり思った」ことで、村山との関係に終止符を打つべく、「菊子は生れてはじめて自らの手で、賽を振った」のである。網走に到着した菊子は、洒落《しゃれ》たコーヒー店で、「ミラボー橋」を聴く。

ミラボー橋の下をセーヌが流れる

そして私たちの恋、それを思い出す必要があるだろうか
苦しみの後には、いつも喜びがやってくる
夜になり時の鐘が鳴る
日々が過ぎてゆく。私はとどまる

村山との恋の終止符に重ね合わせるようにして、「ミラボー橋」を配する。「ミラボー橋」は、ギョーム・アポリネールがマリー・ローランサンとの悲恋をモチーフに作った詩で、一九五三年にレオ・フェレが曲を付けシャンソンとしたものである。

菊子に村山との訣別《けつべつ》を直接に促したのは「石油コンロの臭い」である。哲夫の菊子への接し方は、三年間ではあるが、確実に「知らず、知らずの間に」「造りあげて行っていたのかも知れなかった」と、自らの関わりを認めることで、菊子は哲夫との結婚生活の意味を自覚する。そして、その自覚を後押しするようにアイヌ記念館での出来事が配されるのだが、アイヌ問題と夫婦や男女の問題とは問題の質が異なる。異なる問題を無理に結びつけようとした強引さがやや際だっているが、一人の女性が精神的自立へと向かう過程がしっかりと描かれている。

第2節　小さなレンズ

「どぶ川」は、『文芸秋田』2号に掲載された。雨の中、暗い星一つない夜のどぶ川沿いの砂利道を、緒の切れた下駄をさげて歩く老女の姿から始まる。十一月三日、天皇誕生日。時刻は夜九時を回った頃である。このハレの日に、横殴りの雨で体の芯まで冷え切った老女は、どうしてこのどぶ川沿いを歩いているのだろうか。心を込めて温めた包みの弁当を抱えているということは、誰かに食べさせようと思って出かけたのであろうが、結局届けずじまいになったのにちがいない。どうしてか？　読者に老女が置かれている異様な状況を印象づけ、その謎を解く要領で物語は展開していく。

主人公の名前は「米」。十七歳年上の夫「拓造」は今年八十二歳で、下半身不随となっている。一人息子の「恭一」とその妻「典子」との四人暮らし。夫の世話とテンポの合わない嫁相手に疲れる米にとって、心の支えとなってきたのは、三十三歳になる長女「香代子」の存在であった。弟夫婦とのいさかいで今は家を出て下宿している香代子のもとへ、好物の筍飯を届けようとその下宿を訪れたのである。ところが、米の耳に聞こえてきたのは、香代子の部屋から漏れてくる男の声だった。

「自分の生涯は、結局、この流れのようなものではなかったか」と振り返る米の人生を象徴するものとしてタイトルの「ど

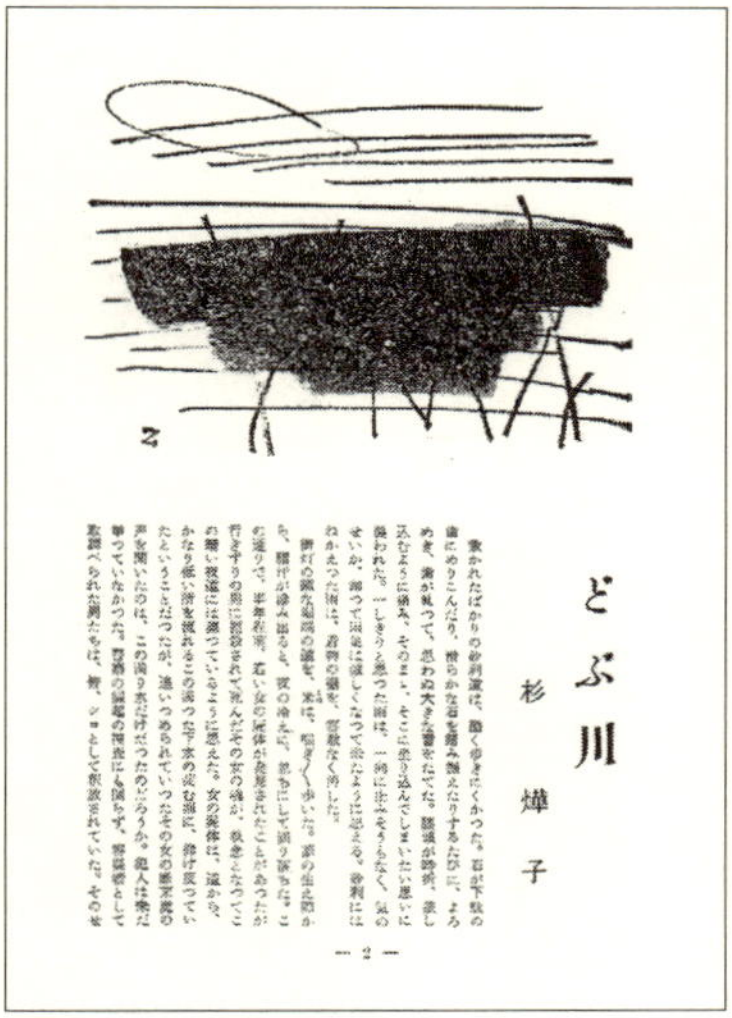

図８　「どぶ川」（『文芸秋田』2号）

ぶ川」は付けられている。そもそも、登場人物の命名がメタファーとなっている。「米」は「よね」であると同時に「こめ」である。敗戦後の日本を荒廃のどん底から引き上げるために男たちは開拓者精神で働き続けた。荒れた国土をまさに拓いて造り上げていった「拓造」たちである。それを支えてきたのは、日本人の主食の「米」である。「拓造」の後妻となって「香代子」「恭二」の二人の子どもをもうけ、神経痛の夫の足をさすりながら、その胴間声《どうまごえ》に下の世話を続ける「米」の人生は、そのまま日本の男たちを支え続けた女の姿であり、社会の繁栄を支えるどぶ川の流れそのものである。

時間的には最も新しい出来事の描写から始まり、その日の夕方、米が香代子の下宿を訪れる前の状況描写へと戻る。そして、家族をそれぞれ解説する形で米の行動の意味を読者に解き明かしていく。

まずは、嫁の典子との出がけのやりとりである。「明日の朝でも――と雨を気遣つて」引き止めた典子は、玄関口にきちんと坐って「いってらつしやいませ」と言って米を送り出したが、米が戸を閉めた瞬間、「玄関の灯は、素早く消えた」のである。「天長節だね」という米に「あーら、いやだ。天皇誕生日つて云うのよ」とやり込める。「いつも、辛辣な小気味のいい表現で、話題の乏しい食卓に明るさを提供」する典子だが、映画から帰った時、台所で炊き上がった筍飯を弁当に詰めている米の姿を見咎《みとが》め、「瞬間のうちに、すべてを諒解して」しまった。つまり、天皇誕生日にかこつけて一人娘の香代子のもとに、好物の筍飯を炊いて届けようとして、米は典子の帰宅前に弁当に詰めていたのである。その結果、典子は夕飯の食卓でも完全に米を無視し、挙げ句の果てに義母の出立を見届けてすぐに灯りを消すという行動に出たのである。二十四歳という米とは四十以上も離れた嫁に遠慮しなければならない理由は、その嫁に養われているようなものだからである。夫の収入でもあれば別だが、夫の拓造は神経痛で八年も寝ついて八十を超している。

拓造は、Ｎ銀行に勤め次長まで務めたが、傲岸《ごうがん》（威張っていて人に頭を下げないこと）で自分勝手な性格であった。「八十を越すこの年になつても、一向に、老人らしい気折れもなく、息子夫婦の稼いでくる収入の上に胡座をかき、便便として生きつゞけ」ている。拓造には先妻がいて、結核で亡くなった。米は後妻として拓造四十七歳の時に迎えられた。先妻の子ども二人はすでに亡く、香代子と恭一の二人をもうけた。米が恭一を妊《みごも》った時に拓造は足を不自由にし、五十五で銀行を追いだされ、以来寝たきり同然の生活を送り続けている。

拓造の足の神経痛は後天的なものか先天的なものかはっきりとしない。娘の香代子は先天性膝関節脱臼《だっきゅう》と診断されており、その際医師から「身内に、足の悪い方がおられませんか」と尋ねられている。香代子はこの足の欠陥もあって、三十三の厄年を迎えても未だ独り身で、縁談に恵まれず、持ち込まれる話と言えば後妻の口ばかりであった。拓造が早々に職を失ってからは、香代子の収入が一家を支えてきた。恭一の学費も香代子が工面した。ところが、結婚した恭一は、姉のそうした恩も忘れ、妻の肩を持つ。

恭一が妻の肩を持つのには理由がある。大学卒業後、「縁故一つないながら、実力で、難関と云われた今のＡ銀行に就職」した恭一は、太い縁故のある先輩たちが次々と出世していく中で、息を潜める存在となっていった。ところが、典子の父親が「恭一の銀行きつての実力者だつた」ことから「ラツキー街道」を約束される身となる。すなわち、恭一は勤め先の上司の娘、しかも四人姉妹の長女を妻に迎えたことで銀行における立場を「急転直下一変させた」のである。こうした関係が、恭一を典子に対して逆らえないものにしているのである。

典子は、Ａ銀行の頭取候補と目される父を持ち、舅や姑に仕えたことも、金の苦労も知らない母親に甘やかされて過ごしてきた「富裕な家庭の娘」で、気立ては、「天真爛満とも無邪気」とも思えるもので、「天使と悪魔が同居しているような豹変さ」を示す点に魅力があった。あけすけな言葉はさっぱりとしていて可愛らしい一面もある一方、人の心を平気で逆撫《さかな》でするような意地の悪さを感じさせることもある。米にとっては「何もかもが、テンポの合わない嫁だつた」が、典子はいつの間にか、「米以外の者を、自分の枠にひきずりこんで、てんとして」いるのである。親ですら兄姉のように接してきた典子にとって、年上の小姑香代子の存在は何ほどのものでもなかった。「家の苦難の時期における彼女のジャンダーク的な職業婦人の地位——月々に現金をとってきたという経緯の上に築かれた王座は、この新入の嫁にとっては、滑稽以外の何ものでもなく、寧ろ、売れ残りの三十娘——しかも、売れ行きの悪い跛の女としてしか映らなかつた」のであり、次第に香代子のこの家における立場を追いこんでいく。

「あのねえ、お母さん、私、いやなこと聞いちやつたんだけどお母さん、知らないでいても後で困ると思ってお話するわ。

お姉さん、此の頃、若い男の人といつも一緒なの。それは私も気がついていたけど、会社の連中の話では、何でも、凄く深入りしそうなんですつて。その男、年上の女と、しよつちゆう、何だかんだ出入の絶えない人だそうよ。

お母さんなんか知らないでしようけど、最近、年とつて高給とるようになつた職業婦人が、若い男の人、囲うの流行つてるのよ。うちの課にもいたけど、結局、捨てられて、男はちやあんと若い娘さん貰つちやつて、しやあ〱してるのよ。

お姉さんに聞いてみたらどうかしら?」

と、香代子の帰宅が遅くなったある日、典子が米に告げる。そう言えば、四、五日前に香代子は米に下宿したい旨を相談していた。結局、「ふとした気持ちのゆきちがい」から恭一と口争いになった香代子は、間もなく家を出ていく。「見事な家の出方にひよっとすると、これは香代子の予定の行動ではなかつたかと疑ぐつてみた」米であるが、それでも娘の身持ちの良さを信じて好物の筍飯を届けに雨が降りそうな夜に出かけていったのである。そして、そこで米が耳にしたのは、「香代子の嬌声のような華やいだ声」と「男の声」だったのである。米の足許から、鼻をさすように鋭く匂った蓬が、生命力すなわち性の象徴として見事に効いた結末である。

◇

「死期待ち」は、『文芸秋田』６号に発表され、昭和三十七年十二月、『新潮』十二月号（59巻12号）の全国同人雑誌推薦小説特集で取り上げられた作品である。翌三十八年一月の『新潮』（60巻１号）誌上で「同人雑誌賞」が発表され、多岐一雄《たきかずお》「光芒」が受賞作と発表された。推薦作品は、全国同人雑誌から応募された百三十編の作品から『新潮』編集部で十一編を選び、その十一編について井伏鱒二他七人の委員が銓衡会《せんこうかい》を開いて決定した。井伏以外の委員は、伊藤整《いとうせい》、大岡昇平《おおおかしょうへい》、高見順《たかみじゅん》、中山義秀《なかやまぎしゅう》、永井龍男《ながいたつお》、三島由紀夫である。各氏の選評を見ると、「光芒」と「石の柱」（青砥一二郎《あおといちじろう》）を推す声が多く、この二作に集中している。「死期待ち」に触れた選者は高見順一人で、『死期待ち』など実にうまいが

新潮 十二月號 目次

全國同人雑誌推薦小説特集

石の柱　青砥一二郎
望景　近藤幹哉
實驗觀察記錄　岡田みゆき
木の實　首藤敏朗
死期待ち　杉田瑞子
光芒　多岐一雄
笑いの影　灰谷健次郎
紙傘姉妹　人美勝彦
七夕　丸茂正治
ロバと黃昏　三木一雄
金魚の城　村松哲也

図９　『新潮』59巻12号　目次

いかにも古い。新作家にはやはり新しさがほしい」と評されただけであった。

拓造の死をめぐって家族四人が織り成す一家の様子を演劇仕立ての構成・展開で読ませる。登場人物は前作「どぶ川」とほぼ同じ。長男の「恭一」が「悠一」となっただけである。「どぶ川」のような時間的円環構造は見られず、一定の時間軸に沿って物語は進行し、役者が入れ替わる中でそれぞれの人間像と雰囲気を浮かび上がらせる仕組みになっている。

冒頭で「拓造」を取り巻くようにして茶の間の四人を点描する。所在を失ってうろつく「米」、東京から駆けつけ、残してきた夫に手紙を認《したた》める娘の「香代子」、浮き浮きした調子で雑誌を広げる嫁の「典子」、そして憮然《ぶぜん》とした面持ちで煙草をふかす長男「悠一」。さらに、四人の会話によってこの家族の人間関係を炙《あぶ》り出していく。「母さん少し休みなさいよ。こんな夜なんて、めったにないことじゃない？」と香代子が言うと、嫁の典子も調子を合わせて「そうよそうよ。千歳《ママ》一遇のチャンスだわ」と言う。拓造の昏睡状態が「めったにないこと」「千歳《ママ》一遇のチャンス」とまで言われる背景には、四十年近くも夫に牛馬のように扱《こ》き使われた米へのいたわりの気持ちがあるのだが、「あからさまに、そう云われると」米としては不快感を禁じ得ない。子どもたちには拓造の死を悲しむ気配は全くないのである。それは拓造という男の八十三年の生涯を如実に物語っていると同時に、その半分を連れ添った米の人生をも意味することとなる。だからこそ、米は憤りを隠せないのである。

米が茶の間を抜け出して拓造の部屋へと向かうことで場面は変わる。真ん中に敷いてあった拓造の布団が典子によって部屋の隅に追いやられていた。箪笥《たんす》の上には小菊の花が飾られ、看病から葬儀へと「万事にちゃっかりした嫁の行為」が米に腹立たしさを募らせる。依然として眠り続ける拓造の寝息を背景に、拓造の生涯を振り返る。「苦学力行の人として親戚縁者からその異例の出世を讃えられた」拓造は、「突風のように襲ったインフレ」によって「財の悉くを失わせ、父の座をも失墜させた」のである。「厳格一点張り」で子どもたちを恐れさせ、妻を踏みにじった拓造は、憎しみの対象とこそなれ、家族に愛情をもって迎えられる存在とは言えなかった。そんな拓造を米は「はじめてのものを見る思いで、眺めや」るのである。

米が再び茶の間へ戻ると、子どもたちの話題は拓造の遺産のことであった。夫の悠一から、「うるさいなア。ペチャペチャ喋ってばかりいるより、少しは親父の側についていろよ」と言われて典子が出て行く。残ったのは血の繋がった親子三人である。うまく肉親のみの場を設定し、一家の内情と行く手を炙り出そうとする。香代子は真剣に遺産のことを母に問い、悠一は香典の集まり具合を気にする。悠一が典子の後を追って出て行くと、今度は母娘二人きりとなる。米は香代子の結婚生活を問いただし、婚期を遅れさせた背景に、先天性関節脱臼《だっきゅう》を見過ごしてしまった母としての責任を感じている米の姿を明らかにする。

厠《かわや》へ立った米は拓造の部屋の前で、中で言い争う悠一と典子の会話を耳にする。「お父さんの遺してゆくのは、母さんだけなのよ。大いなる遺産よ」という典子の声を耳に、「盗っ人猫のような思い」で厠の戸を開けて中へ入った。厠の中で、米は自分の置かれている立場を振り返る。今の家がある土地は典子名義で、結婚後も働いた典子の稼ぎによって家は建った。「拓造と米は、死ぬまでの僅かの期間寄食している形」になっているのである。

静かな夜、悠一と典子は自分たちの部屋で休み、香代子が座敷に陣取る。米の居場所は拓造の脇である。静かな寝息をたてる夫の横で、米は自分の半生を振り返る。下半身が不自由な夫の下の世話をし、「人目をしのんでむつきを洗うみじめさ」は、「復員した悠一が、青春とひきかえに携えてきた軍隊毛布をその日のうちに幾許かの米にかえねばならなかった頃よりも、香代子が勤めをもつようになり、手に入れた初めての給料の悉くを食い扶持に変えてしまわねばならなかった頃」よりも切ない。その原因は、典子にあると米は考えている。典子は、米から悠一を取り上げ、香代子を追い出し、そして拓造までも丸め込んでしまった。米の孤独はすべて典子によってもたらされたと考えるのである。

翌朝、初雪が地面を覆った。米は拓造が誰にも手を触れさせない小箪笥を整理する。一番奥にしまい込まれていたのは、化粧品の箱であった。中には「数葉の写真と髪飾りの類」があった。そのうちの「珊瑚の根掛け《ママ》」が大きな音をたてて転がり落ちると、眠り続けていた拓造の眉がピクリと動き、一言「ママ」と口にする。写真には若い日の亡妻加奈子が写っており、「ママ」とは亡妻の呼称であった。四十年もの間拓造に扱き使われた自分の生涯が、「とり返しのつかない失策」のように思った米は、湯殿に立ってバケツに熱湯を注ぎ、最後の拓造の下の世話をする。典子とは無関係なところに米の孤独の原因はあったのである。

夕方、医師の診断により、拓造の死は時間の問題と告げられる。典子の母が見舞いがてら娘に喪服を届ける。「手廻しのいい人ね。呆れちゃう――」と言いながら、既に喪服を持参していた香代子に唖然《あぜん》とする米。その夜、米は白い反物を広げ、「自分の中に棲んでいる白い蛇がのたうつような錯覚にとらえられ」る。拓造の死後自分を襲うであろう「無為の時間」「深渕となって、ポッかり口をあけている」「所在のない時間」を思うと、譬《たと》えようもない侘《わ》びしさが募ってくる。

翌日は穏やかに晴れた日だった。昼食後、拓造に下顎《かがく》呼吸が現れ、八十三年の生涯が閉ざされる。傾きかけた日ざしを遮《さえぎ》るためにカーテンを曳《ひ》いた米の眼に、「ゴミ溜めに餌をあさる黒い鳥の群」が入る。と同時にハラハラと舞うように落ちてくる「風花」。米と拓造の愛憎の歴史が幕を閉じる。米が見つめる夫の姿を最後に描き、「蒼白の顔のあたりから、喪家の気配が次第にたちこめはじめていた」と結ぶ。白と黒という対照的な色が、愛憎、生死と見事にオーバーラップし、厳粛な死を演出するとともに、混沌とした生を炙り出してみせる。

◇

『婦人公論』主催第九回女流新人賞は、応募総数二百七十八編だった。「卯の花くたし」は最終予選通過作品の四作に残っていた。選考委員は、伊藤整、大岡昇平、曾《そ》野《の》綾子《あやこ》の三人である。選評（『婦人公論』51巻10号　昭和41年10月）によると、伊藤は「卯の花くたし」を一位、「証文」を二位、大岡は、「四月の天使」を一位、「証文」を二位。曾野は、「証文」を一位、「卯の花くたし」を二位とした。結局、三人そろって一位か二位に推した「証文」が受賞した。「卯の花くたし」に対する三人の評は次の通りである。

ほかの二つの作品は、少し落ちると思いました。杉田瑞子氏「卯の花くたし」は、日本の家庭における姑嫁の関係という永遠のテーマが着実に誠実に追求されていますが、少しくどいのが難点ではないでしょうか。作者は以前やはり私が選者をしている新人賞に入選したことがあるそうですが、もしそれも同じような作品だったとすれば、あまり一つのものを追いすぎた結果、知らず知らずの間に、狭くくどくなってしまったのではないでしょうか。

（大岡昇平「平均点の高い『証文』」）

「卯の花くたし」（杉田瑞子氏）を読んで、私はよい作品だと思った。主人公の老女の考えが正しいものとして描かれている訳ではない。嫁の家事の一切が気に

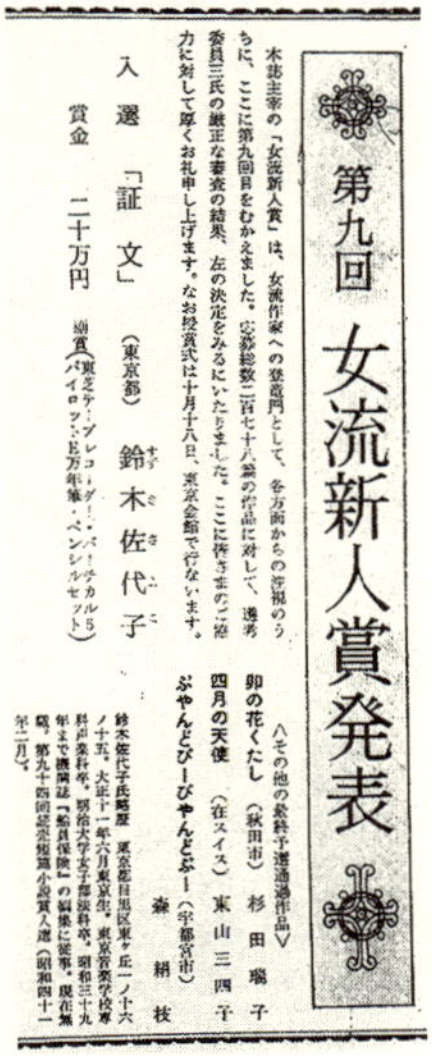

第九回　女流新人賞発表

本誌主催の「女流新人賞」は、女流作家への登竜門として、各方面からの注視のうちに、ここに第九回目をむかえました。応募総数二百七十八編の作品に対して、選考委員三氏の厳正な審査の結果、左の決定をみるにいたりました。ここに皆さまのご協力に対して厚くお礼申し上げます。なお授賞式は十月十八日、東京会館で行ないます。

入選　「証　文」（東京都）鈴木佐代子

賞金　二十万円　副賞（東芝テープレコーダー・パーソナル5　パイロット・E万年筆・ペンシルセット）

〈その他の最終予選通過作品〉
卯の花くたし（秋田市）杉田瑞子
四月の天使（在スイス）東山三四子
ぷやんどぴーぴやんどぷー（宇都宮市）森絹枝

鈴木佐代子氏略歴　東京都目黒区東ヶ丘一ノ十六ノ十五。大正十一年六月東京生。東京音楽学校専科声楽科卒。明治大学女子部法科卒。昭和三十九年まで機関誌『船員保険』の編集に従事。現在無職。第九十四回懸賞短篇小説賞入選（昭和四十一年二月）。

図10　『婦人公論』51巻10号

入らないのである。そしてこの老女は親しい老女が病んで死ぬことに無関心でいる。そういう老人の自己中心の気持のゆえに、毎日の生活が不幸に思われることを、かなりよく描いている。

十分に描かれぬところもある。息子の方は、機械的にしか描かれていず、その人柄も分らず、作品中に実感のある存在が感じられない。嫁はかなり十分に描かれている。子どもと、東京に生活している娘のことは、もう少し生き生きと描かれ得たであろう。

そのうえ、描写や説明は老女に関する限り、方向は正しいが、末端がぼやけている。もっと刈り込んで、急所に明確な照明をあてるようにすることが可能である。そういう欠点を持ちながらも、私はこの作品に人間の実在を感得することができ、これを第一席とした。

（伊藤整「女流新人賞の作品」）

杉田瑞子さんの「卯の花くたし」は、老年の恐怖を感覚的にとらえていて胸をうたれました。後で作者が、作中の主人公の老女の年代の方ではなく、むしろ嫁と同年輩でいらっしゃることを知って、その客観性と筆力に改めて敬服しました。しいて言えば、息子の結婚に関する経緯が少し通俗的な型にはまっていて、その部分に来ると、それまでせっかく老女の個性的な否応のない生の受けとめ方で押して来た濃密な味が薄れてしまいます。亡くなった夫との過去を語る部分なども、これでずいぶん考えてあちこちにはさまれたのでしょうか、まだ未整理という印象をぬぐえません。

（曾野綾子「期待できる『証文』の作者」）

伊藤の評言は、「卯の花くたし」を一席としているだけに好意的である。欠点として指摘しているのが、息子や娘の描き方、米の描写がぼやける点である。この点を大岡は「少しくどい」、曾野は「未整理」と指摘している。老女の神経痛を抱えた心境は、入梅前の湿った気候等の情景描写と重ねて見事に描かれているし、茶の所望から始まって失禁という結末で閉じるところなどは、老いという深刻な問題を見事に茶化していて面白い。ただ、回想による説明が未整理の感はぬぐえない。特に後半は時間的に齟齬《そご》を来《きた》している。亡くなる二日前に昏睡状態に陥った拓造を回想する場面、拓造が「ママ」と声を発したことで、先妻への思いを知り、米を悲しみが貫く。「この人は、四十年の長い米との夫婦の生活の間、その女のことを思いつづけていたのだ」とあるが、米が拓造と結婚したのは、米が三十三、拓造が四十八の時であるから、八十三で亡くなった拓造との結婚生活は三十五年である。もしかしたら、筆記者の不手際があるかも知れない。なお、大岡の言う「以前やはり私が選者をしている新人賞に入選した」というのは、『新潮』（59巻12号　昭和37年12月1日）に掲載された「死期待ち」で、全国同人雑誌推薦小説十一編に選ばれた時のことであると思われる。

「卯の花くたし」は投稿作品のため、公に目にすることのできない作品だが、「蕗《ふき》の会」によって写筆されたガリ版刷りのものが秋田県立図書館に残されている。

〝卯の花くたし〟とは、梅雨入りの前に降りつづく長雨のことで、初夏の季題である。長くうっとうしく続く梅雨を前にその予兆として現れる自然現象を表している。「春雨のように、中途半端な雨」はいつかは終わるものの、いつ終わるとも知れぬ老後という時期を迎えたばかりの米の置かれた立場を象徴的に表したものである。「どぶ川」「死期待ち」に続く、老女「米」を主人公に、老いの心境を戯画的に描いてみせた佳品である。

午後一時、神経痛を抱えた米が蒲団の中から、嫁の典子に茶を所望する場面から始まる。六月、外では卯の花くたしの雨が降り続いている。庭の鯉のぼりの矢車が音をたてなくなった様子を、神経痛で湿りに弱くなった米の体と重ね合わせる。米七十四歳の夏である。

再婚して後妻となり、夫拓造に長年連れ添い、香代子と悠一という二人の子どもを育て上げ、晩年は夫の介護に明け暮れた米は、老境を迎え、「おだやかな死」を「終りに臨んで渇仰する唯一の願い」としている。昔からお針上手で通ってきた米は、雨の上がったある日、以前から実行しようとしていた計画に取りかかる。それは、自分の末期《まつご》の掛け布団を整えることであった。長年の針仕事でたまった思い出の端切れをつなぎ合わせて作るのであった。悠一は出張、典子は買い物、達也は学校。家の中には米一人である。達也の閉め忘れた窓を閉めようとして、米はしたたかに指をはさんでしまう。針仕事をしようにも指が動かず、床をのべて横になった。

静かな物音一つしない昼下がり、米は尿意を催す。ところが、神経痛と指の痛みで、床の中で身を起こそうとしてもかなわない。尿意は次第に激しくなり、脂汗が膚ににじむ。病む肩が悲鳴を上げる。嫁の名を呼んでも空しく響くだけであった。そこへ、雨脚を縫って達也が帰ってくる。「ママ、ママ」達也の声につられて声を挙げようとした米は、大きく体を動かす。その瞬間、「生ぬるい液体」が「やせ衰えた腿をゆっくり伝わって行った」「陥穽のように降りつづいている雨の中」「涙が頬をひっきりなしに流れ落ちた」のである。卯の花くたしの雨を背景に、米がはまりこんでいく老いの行方を、失禁と重ね合わせ、コミカルかつ深刻に描いてみせる。

◇

「どぶ川」「死期待ち」「卯の花くたし」は、いずれも老いた女の姿を追った連作で、「米」三部作とでも呼ぶべきものである。大岡による「一つのものを追いすぎた結果」「くどくなってしまった」という選評での指摘は、これまでの杉田の作品を読み続けてきた者であれば誰もが抱くと思われるが、それ以上に本人が重く受け止めたであろうことは想像に難くない。

丁度十年前の三十三年秋、文芸秋田の発足と同時に、同人に加わ《ママ》えていただきましたが、この十年の間に二人の男児の出産、育児と最悪の状態の中で、やっと、書きつづけて参りました恰好でございました。育児に忙殺され、やめよう〳〵と幾度も思いながら、やっとつづけて参りましたこと、無駄ではなかったと痛感いたしました。三十七年、新潮の同人誌コンクールに推せんされました「死期待ち」、四十一年婦人公論の女流新人賞の候補作になりました「卯の花くたし」いずれも、地方在住の家庭の主婦という小さなレンズを通して、綴りました身辺の私小説風の作品で、題材の面で、膠着状態に陥て《ママ》おりましたが、「北の港」を書きまして、はじめて、眼の中のウロコのとれました思いでございます。地方にも素材がいくらでもある。地方在住者でなければ書けないもの、書くべきものがあると、はじめて、思い知った気持でございます。　（金子洋文宛書簡①　昭和43年5月2日消印）

家族や親戚といった身近な素材から、「らしあめん」（外国人の妾）として仕えたおゆきの生涯に焦点を当てつつ、当時の土崎港という町を大きくとらえて描く「北の港」へと向かうためには、「死期待ち」や「卯の花くたし」での酷評は必要なものだったのかも知れない。

第3節「北の港」

「北の港」は全五章から成る。河口港に生まれ育った「播磨屋ゆき」という女性の生涯を港の変遷とともに綴った長編である。第一章は、港の復興のため石油会社が招いたロシア人技師ガスパリアンのもとへ、ゆきが妾となって赴くまでが描かれる。第二章は、ゆきの献身的な看病によりガスパリアンが病から癒え、二人の愛が結実する一年間。第三章は、ガスパリアンの帰国後、空閨《くうけい》を守り通すことに苦悩するゆきの姿。第四章は、義姉「きん」とともにカフェ「ガス灯」を経営し、きんの死後、姪の冬子を結婚させるまで。そして、第五章は終戦前夜の空爆にあってほぼ全身不随と変わらぬ身となり、冬子に看取られ七十三年の生涯を閉じるゆきの姿が描かれる。

第一章は、一行空きの箇所によって五節に区切られる。第一節は、ゆきが土蔵の白壁に寄りかかりながら、一年前に起こった義父を不具にした事件について想いを至らせ、きんと清助（きんが以前女中にやられた海産物問屋の手代で、その恋人。冬子の父）のやりとりを耳にし、目を覚ましかけたさきを背に奔り出すまでが描かれる。時間にしてわずか三十分ばかりの出来事であるが、物語の理解に必要な要素を巧みに提示している。

腹でも減ったのか、気も遠くなる程泣きつづけていたさきが泣き声をやめて、ことりと重くなると、ゆきは、ほっ

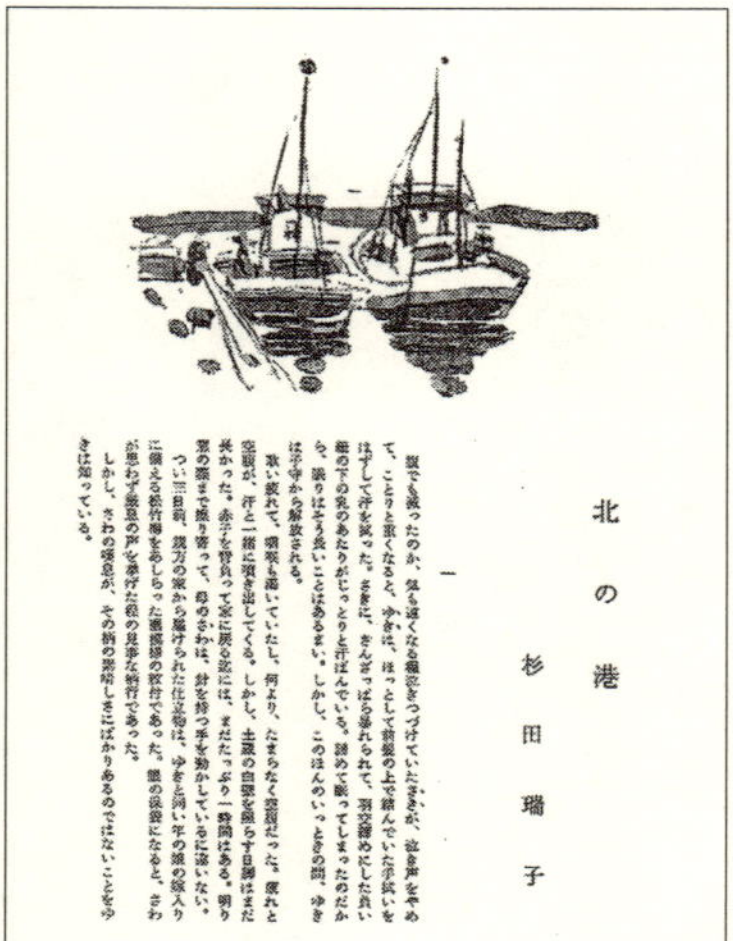
北の港

杉田瑞子

一

— 2 —

図11　「北の港」（『文芸秋田』12号）

として前髪の上で結んでいた手拭いをはずして汗を拭った。さきに、さんざっぱら暴れられて、羽交締めにした負い紐の下の乳のあたりがじっとりと汗ばんでいる。諦めて眠ってしまったのだから、眠りはそう長いことはあるまい。しかし、このほんのいっときの間、ゆきは子守から解放される。

歌い疲れて、咽喉も渇いていたし、何より、たまらなく空腹だった。疲れと空腹が、汗と一緒に噴き出してくる。しかし、土蔵の白壁を照らす日脚はまだ長かった。赤子を背負って家に戻る迄には、まだたっぷり一時間はある。明り窓の際まで擦り寄って、母のさわは、針を持つ手を動かしているに違いない。

つい三日前、親方の家から届けられた仕立物は、ゆきと同い年の娘の嫁入りに備える松竹梅をあしらった裾模様の紋付であった。眼の保養になると、さわが思わず厳《ママ》息の声を挙げた程の見事な柄行であった。

しかし、さわの嘆息が、その柄の素晴しさにばかりあるのではないことをゆきは知っている。

ゆきが子守をして白壁の土蔵の前で一息つく場面である。「腹でも減ったのか」「たまらなく空腹」といった表現から、ゆき一家の暮らしが決して豊かではないことがわかる。家に戻るまで一時間あることの意味やゆきが知っているさわの嘆息の意味とは何なのか。このあと作品はその意味について徐々に解き明かしていく。ゆきは「子守りの神様」と呼ばれるほど子守に関しては天才的な勘を備えていた。その「子守りの神様」をして「さんざっぱら暴れられ」たというから、必要に迫られて仕方なく出かけた子守であったと考えられる。その必要とは、母のさわが仕立物を仕上げるまでの一時間を赤子のさきに邪魔されないようにすることであった。一家の家計は、このさわの内職が支えているのである。親方の娘とゆきは同い年。松竹梅をあしらった紋付にさわが思わず嘆息を漏らしたのは、ゆきに着せてやりたいと思うものの、とても叶うはずもない一家の経済的窮状が厳然として横たわっているからである。場面となる白壁の土蔵が藩倉で、春先に内陸から川を下って送られてくる米の貯蔵庫として港の繁栄を象徴する建物であることなどを読み手に明らかにしていく。その配列は巧みである。

藩政の頃、久保田藩の藩倉で、三千石の米を収容できたという六棟の土蔵が立ち並ぶこの一帯は、日の長さと比例して、日一日と息づきはじめていた。

冬の間の汚れを浸《ママ》みこまれた黒い斑雪の上に、思い出したように新しい雪が舞い落ちることもある。しかし、それは、春の陽光にあえば、一溜りもなく、黒い残雪と共に消え去る、ともけしゆきにすぎなかった。

十二月の中旬から凍り出す川が、三月の末になって、一進一退の緩慢な歩みながら、一日ましに氷《ママ》をゆるみはじめる。川が開くと、やがて、仙北平野の穀倉地帯で穫れ、冬を越した米が、川舟に満載されて下り、その一番船の到来と共に、仲仕の仕事がはじまる。（中略）

さばぐちは、この古い港町に、昔からつづく春の訪れを告げる行事であった。学校が休みに入り、勉強から解放されて進級を待つばかりの子供たちが、町内の家々や、船で荷物の入る回船問屋の親方衆の家々を回って集めた縄を、自分たちの手で、綱にない上げ、町内毎の対抗試合からはじまる綱曳きである。勝ち組は、負けた組の綱の没収して、更に太い綱に綯って、又別の町内に挑戦しては、綱の太さを加え、トーナメント式の試合が、最後に町を上と下の二手に分けて、綱を曳き合う、いわば、長い逼塞した冬の暮らしから活動期に移るカーニバルであった。

「北の港」の冒頭は「さばぐち」の活気によって始まる。その活気をもたらす一番船は仙北平野で穫れた豊かな実りなのである。そのカーニバルの最中にゆきの白い将来は「ともけしゆき」（降ってもすぐに消える雪）のごとく、姉の身代わり、町を救うための代償としてロシア人技師ガスパリアンのもとへ行くことで真っ黒になるのである。しかも、その原因はさばぐちにあるのだった。一年前のさばぐちの祭りでゆきの父は脚を怪我し、ろくに働くことの出来ない体となってしまった。この北国の港町が春を迎えて賑わう祝祭とも言えるカーニバルがさばぐちである。その豊かな実りをもたらす伝統の行事が父の失職をもたらし、ゆきにとっては異人の妾となる不運をもたらす要因となっているという逆説が効いている。播磨屋家の逼迫した生活と男心をそそる長女きんの存在が、ガスパリアンにあてがう人選に当たって町で真っ先に目をつけられることとなり、そして姉きんの駆け落ちによりお鉢はゆきへと廻るのである。

第二節は、回想によって義姉きんがロシア人技師ガスパリアンのもとにあてがわれる女として選ばれたいきさつが示される。黒塗りの車、義父の深酒、母さわの苦悩、これらの出来事をすべて示すことによって、ゆきの胸に蟠《わだかま》っていた謎が解け出す。ゆきの父親は日露戦争に召集され、黒溝台《こっこうだい》の戦いで戦死した。その日露戦争による軍需景気も終わると、鉄道の開通によって交通の要衝《ようしょう》としての港町の生命は絶たれ、死に瀕《ひん》していた。その港をもう一度甦《よみがえ》らせるための策が、背後に油田を抱え工業用水にも恵まれた立地を生かして、一大工業都市へと脱皮することであった。このための技師として、かつてゆきの父の命を奪った敵国ロシアから迎え入れたのがガスパリアンであった。父の敵に仕えなければならない逆説が、ここでもゆきの運命を先取りする形で用いられている。

第三節は、きんの駆け落ちによってガスパリアンのもとへ行く女としてのお鉢がゆきに廻ってくるまでが描かれる。

「お父。姉ちゃは、清助はんど一緒に、松前さ行ったなだす。松前さ行けば、姉ちゃいる筈だす。」

その一言で、ゆきは、運命の悪戯ともいえる虎口を逃げることができる筈であった。しかし、ゆきは、必死になって怺えた。長い子守ぐらしの間に、ゆきは、子は授かりものという気持を抱いていた。生れた子は、どんなに醜くても、ひ弱でも、生れたからには、生きる権利を与えられている。既に姉の胎内に宿った人間の形すらなさないかも知れぬ生き物のために、ゆきは口が裂けてもいえないと心に決めていた。（中略）

ゆきを庇って止めだてするさわを、甚七は、サルの畜生のと喚きながら、不自由な脚で蹴り、髪をむしって曳《ママ》りずり廻した。ゆきの決心が定ったのは、この時だった。擦り切れた畳の上に、抉るような爪跡を残し、ゆきは、甚七の下で、踏み潰されている母に蔽いかぶさって叫んだ。

「お父のいう通りにする。母ちゃさ乱暴するのだけは止めてけれ。」

お父のいう通りにすると何度もいいながら、ゆきは、さわの踏まれた躰を小さな掌でさすった。町のためでもなかった。港のためでもなかった。ゆきは、自分の躰の下で、小さくなって、息も絶えだえな母親と、姉の胎内で育ってきている物のために、身を捨てることを決意したのである。

酒に酔った甚七が、行方を眩《くら》ましたきんの代わりに、ゆきにガスパリアンのもとへ行くように命ずる場面である。「生きる権利」意識を身につけながらも、ゆきは母のさわが父甚七に叩きのめされる姿をかばいながら、母と姪のために自らの権利を放棄するのである。

第四節は、いよいよゆきがガスパリアンのもとへ行くことに決まり、母とともに海を見に行く場面。そして、第五節は、明治四十三年の春、十八歳のゆきが、白い花模様の縮緬《ちりめん》姿でこれまで暮らしてきたハモニカ長屋を出る場面へと展開する。「梅、桃、桜あらゆる花々が綻びはじめる春の宵」の華やかさで第一章は幕を閉じるが、このゆきの姿が、北の海に向かって立っている播磨屋ゆきの墓で閉じる結末と呼応していることは言うまでもない。そして、ゆきはまた、戦争の犠牲者の一人でもあった。第五章がある所以である。

第五章は、昭和二十年八月十四日、「午後十時二十五分」のB29による空爆の場面から始まる。「生ぬるい南東の風《だし》が吹く夜」、「とろ〳〵と」眠りに入った時にサイレンと共に爆音が鳴り響く。第一弾が投じられたのは製油所の事務所前だった。間断無い波状攻撃は翌日の午前三時まで続き、延べ「二百数十機」から「二千発」を超える爆弾が投下された。「八橋油田を控えた製油所」と記されながら、この港町はあくまで港町であって土崎とは記されない。しかし、この空襲が土崎空襲であることは明白である。空襲に先立ってすでにポツダム宣言の受諾は決定しており、政府と軍部の優柔不断が「息の根を断つべく放った鼬の最後っ屁」をもたらし、爆撃による死者たちは、「徹底的に愚かな死を強いられた」と記す。瀕死《ひんし》の重傷を負ったゆきは、かろうじて一命を取り留める。その後、冬子の夫が製油所再建のために本社から派遣されることとなった。ゆきは冬子一家と共に晩年を送る。石けりや鞠《まり》つきをして遊ぶ冬子の娘たちの姿に、ゆきは「人間のくらし」「平凡なくらし」を思う。ゆきの生涯を知らず「パン〳〵ガール」の噂話を得意げにする冬子の娘に、「パン〳〵て何のことかい？　アンパンと違うのかい?」とゆきの口から言わせ、「人間のしぶとさ」を考えさせる。

昭和四十年十一月、国の新産業都市に指定された報に沸《わ》き立つ中、子宮摘出の手術を受けたゆきは、容態の急変と共にこの世を去る。酸素吸入の「ポコツポコツ〳〵」という音にコーヒーを入れるためのサモワールに沸いた湯の音を重ね合わせ、ゆきの臨終の言葉として「ガスさん。サモワールの湯コ沸いたスよ――」と呟《つぶや》かせる。と同時に病室の窓の外には「白い風花」が舞う。ゆきの舞である。

貧しい仲仕《なかし》の娘が、異国人の妾となって経済的に安定した生活を手に入れ、カフェを経営するまでに至った経緯は、そのまま鉄道の敷設《ふせつ》によりさびれていた港が、石油会社の成功によって繁栄する姿と重なるものである。そして、その石油会社の成功が空爆を招いて崩壊する港はまた、製油所の指導に当たった異国人に仕えて会社を陰で支えたゆきが女であるが故の病で最期を迎える皮肉をも意味している。「後半が、急ぎすぎまして」（金子洋文宛書簡① 昭和43年5月2日消印）と作者自身も言うように、港の繁栄を支えた女性の存在が、その繁栄のゆえに自らを死に追いやるという逆説を十分に感得させるところまで描ききれなかった憾《うら》みは残るものの、「一種の量感があり、面白くもあった」（第五十九回芥川賞選評 石川達三）と評されるに至った試みは、十分評価されなくてはならない。個々の人間の内面は、その個人において完結しているわけではない。個人を取り巻く環境との相互作用によって形作られていく。

それまで杉田が発表した作品は、ほとんどが一個人の内面に強く焦点を当て説明するものであった。杉田作品の魅力がその執拗《しつよう》なまでの心理の剔抉《てっけつ》（えぐり出すこと）にあることは確かだが、煩《わずら》わしく感じられることがあったのも事実である。「北の港」もまたその中心がゆきという女主人公の内面にあることは確かだが、ゆきの苦悩を彼女を取り巻く人物や生まれ育った港町の変遷といった周囲との関わりの中から炙《あぶ》り出して行こうとする。港町の風景や秋田弁による人々の会話が加わることで、作品にある種の客観性を付与し、落ち着いた迫力をもたらしているのである。

冒頭の一文は「ゆきは、……汗を拭った」「乳のあたりが……汗ばんでいる」「ゆきは……解放される」とゆきの動作を客観的に描写する三文に交じって、一文だけ「……長いことはあるまい」という打消し推量の助動詞で終わり、明らかに主人公ゆきの内面に寄り添った語り口となっている。語り手の視点は、客観性を装う三人称での語りを中心としながらも、時として登場人物の視点にも寄り添いながら展開していくのである。

第４章　物書きブライ漢

第1節　真のモノカキ

昭和四十七年七月六日、中央教育審議会第二回会合が開催された。『朝日新聞』は、その時の様子を翌日の紙面で次のように報じた。

有吉佐和子さん張切る——中教審——

「国際よりまず国内」

新しい中央教育審議会の第二回会合が六日東京・虎ノ門・葵会館で開かれた。若手委員らが猛然と文部省を突上げた第一回会合の空気を引継いで、さらに活発な議論がかわされた。なかでもハッスルしたのが有吉佐和子さん（作家）である。「諮問事項を変えよ」という動議を提出して熱弁をふるい、ついに審議会の大勢がその方向に傾くという前代未聞の事態に発展した。おかたいことでは人後に落ちない文部省に、風穴でもあきそうな気配になってきた。

この時の有吉佐和子の活躍ぶりを知って、杉田は次のように書いている。

私はこれを知って快哉を叫んだ。これこそ我が持論の「物書きブライ漢」説を地でいったものである。（中略）道徳などクソくらえ、権威なんてぇもんは、実はハリボテじゃぁありませんかと、ドンキホーテよろしく蟷螂《かまきり》

の斧をふるう、ゴマメの歯ぎしりをたえずやっているのが、
モノカキという名の人種である。

（「モノカキという人間たち」『原点』16号　昭和47年８月
１日）

杉田による「物書きブライ漢」宣言である。杉田は小説以外に随筆の類を多数ものしている。私見でその最初となるのは、昭和三十八年六月一日、秋田県広報協会機関誌『あきた』（２巻６号）に発表した随筆「唯今育児中」である。「履歴書」が『秋田魁新報』新年文芸短編小説部門で第一席入選となったのが昭和三十六年、翌三十七年『文芸秋田』６号に発表した「死期待ち」が『新潮』の全国同人雑誌推薦小説として掲載されるなど、小説家としての活躍が次第に軌道に乗り始めていた頃である。杉田の随筆には小説にも通ずる結構意識と諧謔精神、文明批評魂が混在しており、その「物書きブライ漢」ぶりがよくうかがえる。

「今何かカイテますか」と訊ねられることがある。冗談じゃないと内心冷汗をカキながら、「はァ。背中のあたりをカイテいます」とお茶を濁す昨今である。

「唯今育児中」の冒頭である。「カク」の同音異義語を駆使して読者の心を見事につかむ。この後、育児の大変さを自分の体験や林房雄《はやしふさお》の文章を引用しながら綴った後、「私もそのうち『はァ。唯今、素晴しい傑作をカイテいます』

図12　『原点』16号

と答えられる日にめぐりあえるようになるのかも知れない」と、作家としての自負を込めながら、冒頭に用いた「カク」との対応を意識した結びで終わる。一日中母親を束縛して止まない子どもたちを、「エゴイズムのかたまり」と表現して揶揄《やゆ》したかと思うと、そんな子どもたちの世話をして一喜一憂する自分を、「親バカチャンリン」とこれまた自虐的に貶《おとし》める。随所にこうした諧謔精神を発揮して読む者を飽きさせない。そして、戦中派の自分を戦後派と比べて合理的精神に染まっていないため、「結局のところ、昔通りに、老いたる親を養い、子を育てるという、いわば、家族制度の歴史の貧乏くじをひきあててしまった」と分析してみせる文明批評の姿勢をも披露している。

秋田市役所新庁舎が完成したのは、昭和三十九年十月二十六日のことである。この約二週間前の十日には東京オリンピックが開幕、さらに九日前の一日には南秋田郡大潟村が開村している。日本や秋田を取り巻く環境が大きく変化を遂げつつある頃であった。翌四十年十一月一日、秋田湾地区新産業都市の指定が本決まりとなる。こうした中、杉田の「モノカキ」としての歩みは順調に軌道に乗りつつあった。生活上は二人の男児を出産し、昭和四十年には長男が小学校に入学する。育児に追われながらの執筆活動が続いたことは、「唯今育児中」に明らかである。昭和三十八年から四十三年の「北の港」発表までに杉田が公にした文章は七編（随筆等三、小説四）である。『文芸秋田』には三十七年に「死

図13　『あきた』2巻6号

期待ち」を発表して以来掲載はほとんどなく、四十年八月に「歳月」、四十一年七月に「冬の旅」の短編二編を発表するのみである。「新産都市指定以来、日毎に相貌をかえて行く自分自身の生れ育った土地のことは、町を歩くたびに、書かねばならぬものと考えさせられます」（金子洋文宛書簡①　昭和43年5月2日消印）というように、着実に「北の港」の準備を重ねていたのである。そして、その「物書きブライ漢」ぶりを最も成長させたのがヒューマン・クラブ（昭和46年3月発会）への参加である。

昭和四十七年一月、杉田はヒューマン・クラブに参加する。「ヒューマン・クラブ」とは、『人間は環境をつくり、環境は人間を支配する』という基本理念に立脚して、市民の良識を喚起し、正しい世論の醸成につとめ、併せて物心両面の環境浄化をはかるための文化団体」である。その機関誌として発行されたのが『原点』である。杉田は三月には編集委員となり、以後、随想やルポ等の執筆に加え、インタビューの司会や座談会と精力的に活動する。

杉田が『原点』に初めて書いたのは、「秋田県人論　わが内なる秋田県人」（12号　昭和47年4月1日）である。渡辺喜恵子の「日本のおんな①　秋田県」（『朝日新聞』昭和38年6月23日）を踏まえ、秋田県人には雄物川系と米代川系があるとした上で、「私は家の中では雄物川系、外では米代川系をつかい分けてくらしている」とし、「私は、港っ子である。港で生まれ、港で育ち、今も港に住んでいる。淡水ではなく、鹹水である」と、「雄物川系と、日本海の鹹水と、その全く相反す二つの面をもって生まれた」女であるとしている。杉田の中にある雄物川系の部分とは、横手の造り酒屋の娘である母から受け継いだ部分である。その母と湯沢出身の姑（義母）という二人の母に連なる県南の名士に材をとり、教育への関心がもとになって書かれたのが「雪の暮夜」である。が、その前に、杉田の「物書きブライ漢」ぶりを予兆させる作品を見ておく。そもそも杉田は教員であった。その教員としての経験を踏まえた作品が、「青い梅」である。

◇

「青い梅」は、昭和三十三年十二月から翌年五月まで『秋田警察』（13巻12号～14巻5号）に連載された小説である。執筆時期としては「黝い海」「墓碑銘」とほぼ同じ頃で、三つ子の中編とでも言うべき作品である。「わたし」という女主人公の教員としての苦悩が綴られる点では、同じ女性の心理を扱った作品であるが、結婚や堕胎といったどちらかと言うと個人的な色彩の強い「黝い海」「墓碑銘」に対して、教育という公的な職務にある人間の心理が描かれる点で、「青い梅」は趣を異にした作品と言える。

「わたし」は二十五歳。教員となって三年目の新米教師で、高校一年の担任を受け持って間もなく一年になろうとしていた。ある日の朝、わたしはホームルームの後で、受け持ちの生徒の成瀬悦子から相談を持ちかけられる。相談の内容は、「わたし、家を出たいんです」と言うものであった。悦子の父親である成瀬昌三が、毎晩のように悦子の部屋へ来ては「いぢわる」をするのだと言う。悦子と昌三とは血のつながった父子ではなかった。「純潔」を誓った悦子のためにも、どうにかしたいと考えたわたしは、恋人の山中徹に相談するが、夫婦間の悶着《もんちゃく》から派生した家庭の問題であり、「内政干渉だし、越権行為だよ」と言われる。それでも、悦子と約束したわたしは、家庭訪問による悦子の母や昌三との面会を経て、今回の問題が単なる一家庭にとどまらない戦争の傷跡であることを感じとるようになる。

三日間風邪で学校を休み出校した日、わたしは受け持ちの石川一子の異性交遊に関して、補導主任の男性教諭から指摘を受ける。石川の言い分は、小学校からの幼なじみ一人と純粋な付き合いをしているだけだということだった。

教師たちが成績の低下や品行の不正のみを詰問し、問題の原因を抉《えぐ》ることなく指導する姿勢に疑問を抱くわたしは、受け持つ四十五人の生徒に「生いたちの記」を書かせる。一週間近くかかって全員の「生いたちの記」を読み終えたわたしは、生活環境調査票という書類では知ることのできない実態に気づく。「戦後十三年。最早、戦後ではないという言葉さえいわれていた」が、十七名は実父母が揃っていなかった。生徒たちの多くは、「消えることのない負債を負った思春期」を送っているのだ。

タイトルの「青い梅」は、こうした戦争の傷跡を負わされながら懸命に生きている、「未熟な少女達」のメタファーである。そして、杉田は、「誰が、彼女らを守ってやるべきなのか。家族か、教師か、社会か、国家か——恐らく、そのいづれも、その責は免れまい」と記す。補導主任のことは、二十年近い教員生活を経たベテラン教師としてその「該博な知識」や「話術の巧み」さを評価しながらも、キャバレー訪問を社会探訪として是認し、職員室内でストリップの話を大声で話す脂ぎった四十男として描く。教員世界の内部告発とも受けとられかねない、きわどい表現である。このように「青い梅」の随所に、「蟷螂《かまきり》の斧をふるう、ゴマメの歯ぎしり」に似た、「物書きブライ漢」ぶりをうかがうことができる。

第2節　高度成長

「雪の暮夜」は『文芸秋田』15号に発表された。とある東北の雪深い町。文生は浪人三年目を迎えた。文生の祖父義之は、「凧絵」を道楽に嗜《たしな》むこの地方の名士として知られた大島家の総領で、小学校長を退職している。祖父が「義之」、父が「倫之」でありながら、子どもたちの名前に「之」の字はつかない。兄が「文生」で弟は「武生」。「文」で世に立つことを期待された青年が主人公なのである。その「文生」を呼ぶ祖母「つか」の声から作品は始まる。

「文生。文生。」

祖母のつかが、襖越しに声をかけた。十時であった。八時には床に入る習慣のつかは、一夜のうちに、三度か四度小用で目をさましその度に文生に声をかける。その時刻は、殆んど、いつも同じであった。重箱の蓋をあける音に似た微かな響きがすると、やがて、人目を憚るようなせせらぎの音に変る。文生は目を閉じて、祖母の躰からもれる音に耳を傾けた。なつかしい響きであった。

つかがおまるを出して小用をたす音の描写である。おまるを重箱、小便をせせらぎと表現する。もちろん文生の耳を通して

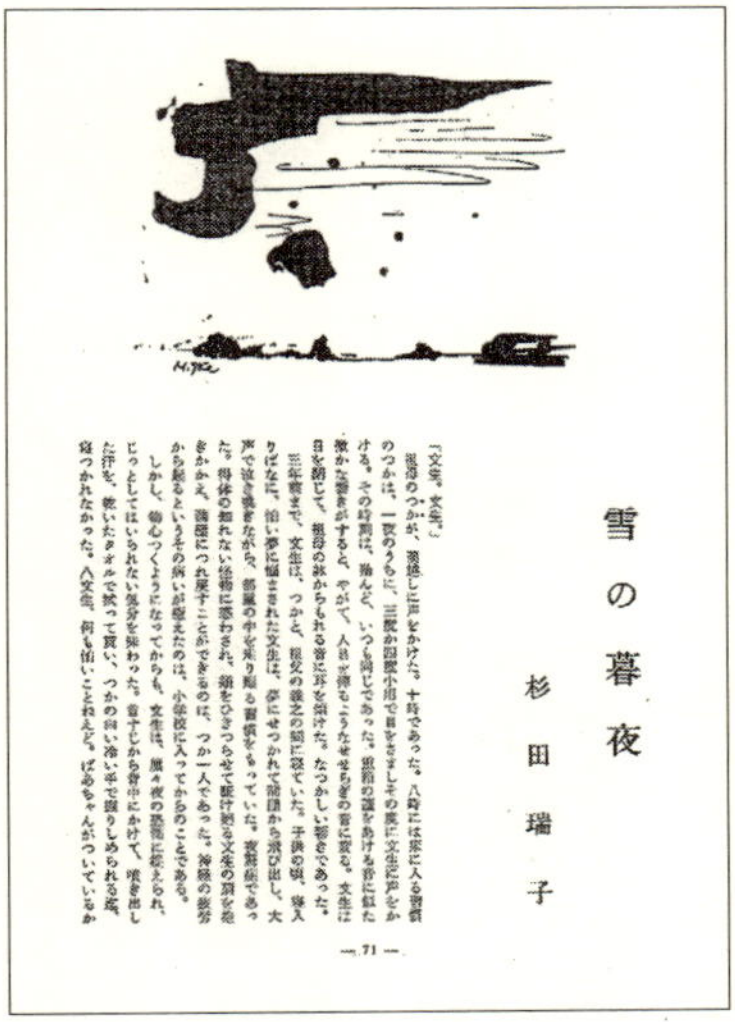

図14　「雪の暮夜」（『文芸秋田』15号）

のとらえ方を表現したものであるから、この美化した描写は文生のつかに対する美意識の表れと言える。それは、幼い頃夜驚症《やきょうしょう》（睡眠中に突然起き上がり、叫び声をあげるなど極度のパニックを起こすこと）に悩まされた文生を救ったのがつかであったことの説明により、決して大げさな美化表現ではないことが、すぐに明らかにされる。文生の勉強部屋を確保してくれたのもつかであった。板の間をベニヤで仕切っただけの粗末なものだが、文生の合格を願う祖母の心づくしに、文生は家族の中で自分を案じてくれる唯一の存在として信頼を寄せている安心感もまた、つかのたてる小用の音にある種の郷愁を感じさせるのである。祖母への信頼を描写した後で、文生の部屋に飾られた「凧絵」を取り上げることで、話題は祖父へと移行する。「凧絵」とは、秋田県湯沢に伝わる伝統工芸である。武者絵と眼凧《まなぐだこ》の二種類ある。

文生の部屋には、お護符《ふだ》として義之が描いた凧絵が二枚飾られている。受験勉強で挫《くじ》けそうになった時、お護符に睨《にら》みつけられ、奮起することもあった。しかし、かつて道楽として描いていた祖父の凧絵に比べて今ひとつ迫力が感じられない。それは、民芸ブームに乗って凧絵を量産するようになったからである。しかも祖父が凧絵を単なる趣味から換金用の民芸品として描くようになった背景には、文生の学費をいかにして捻出するかという経済的な事情があることに文生も気づいている。お護符は、そのままお金として重く文生の上にのしかかってくるのである。

祖母への信頼と祖父の期待とが交錯し、八科目という国立大の入試科目を「天文学的な数字のように」感じて押し潰されそうになりながら、文生は「きっと大丈夫だと思うよ。俺、やってみるよ」と答えてしまう。また、祖父と祖母は、大島家先祖代々の墓を建立《こんりゅう》することを長年の夢としてきた。文生が国立大学への進学を決意表明した直後に、祖父母は新たな御影石《みかげいし》の墓を建てる。建墓の費用の大部分は、文生の私立大放棄によって賄《まかな》われたのである。

名門大島家もつかに子どもが無く、義之の兄の子が養子として迎えられた。それが文生の父倫之であった。「濁った眼の、ぐにゃぐにゃした赤子」だった倫之は、旧制の大学を卒業したものの、「無口で、たまに口を開けば、トンチンカンなことばかり口走る父親」で、文生の躓《つまづ》きの原因なのである。「職業に貴賤はない」と口癖のように言う義之の真意は、養子倫之への励ましなのであった。

文生は高校二年の時に、社会科の自由研究で地方自治を選び、市役所を訪問した。そこで文生が目にしたのは、青いポリバケツを無心に洗う父倫之の姿であった。その後倫之は配置転換によって内勤に替わるが、異動先は屎尿《しによう》処理場であった。「わらじ作りの子に生れて、駕籠に乗ることを強いられる」自分の姿を知った文生は、切ない迷いのうちに三度目の入試を迎えようとしているのだった。

文生の部屋の下で車の停まる気配がする。忘年会帰りの母「利江」である。文生の学費を稼ぐためパートタイムに出かけるようになった利江は、「昔のおばこ姿を残すつつましい母から、威々しい働く女」へと変わった。義之の描く凧絵が絵としての迫力を失い、芸術品としての完成度を欠くに至ったのは、文生の学費捻出のせいであった。おばこ姿の利江がパートタイムに出かけるようになったのも、息子の学費を稼ぐためであった。大島家代々の墓の建立は、文生が私立受験を断念して国立大一本に絞ったために可能となった。経済の論理を前に揺れ動く家族の姿が文生の目を通してしっかりととらえられている。倫之が、ゴミや屎尿処理の仕事に真面目に従事する様子やそれをかばう義之の姿勢を通して、生きるということの難しさ、複雑さを感得させる。

文生との対比で描かれるのは、同級生の佐川良介である。文生と同じく浪人生となり、下宿では部屋も隣り合わせた。良介も二度目の国立大受験に失敗するが、三流の私立大へ金の力で入学する。三度目の大学入試を受けなければならないのは、同級の中で文生一人となる。良介の父はもともと大島家の用人であった。スーパーマーケットの経営者として成功し、今では白いスポーツセダンを乗り回している。そのスポーツセダンで送られて帰るのが、文生の母利江なのである。金の力にものを言わせて浪人生活から足を洗った良介を蔑《さげす》みながら、一方で文生自身の浪人生活は良介の父に世話してもらった利江のパート収入によって支えられているのである。この矛盾に文生も気づいている。気づいているからこそ一層やるせない心の重さが増すのである。その文生の心の重さを象徴するかのように「雪はしんしん」と降る。雪深い北国では、「白い花のような雪片が、時に人の命を奪うこと」がある。家族の愛情もまた白い花のように優しく文生の上に降り注いでいる。だが、その愛情の背後にある仕組みは、時として人の命を脅《おびや》かしかねない。文生が受験から逃げたい思い（生の重さ）を抱えながら、三ヶ月後の入試を前にしているそのせつなさが、痛いほど伝わってくる。

三浪生の鬱屈《うっくつ》した心理を、深夜に彼が目にしたり耳にしたりしたものを通して描く。受験を間近に控えた冬の夜、どうにもやりきれない思いで過ごす六時間あまりをベースに、文生を取り巻く家族（祖母・祖父・父・母）の様子を通して、文生の生涯を支え、育んできた土壌を浮かび上がらせ、文生の現在の心理を明らかにしていく。得意の回想の手法と文生の独白とが巧みに交差し、雪に降り込められる深夜の情景とが見事にマッチし、言いしれぬ哀感を漂わせる好編である。

杉田は受験に関して苦い経験を持っている。

入学試験については、私は苦い体験をもっている。生まれてはじめて受験した当時の秋田高女―今の秋田北高に、土崎の二つの小学校から受験した十数人のうち、たった一人だけ落ちたことがあるのである。

小学校の成績にも自信はあったし、自分も家族もよもやと思っていた不合格であった。

合格発表の日、私は生まれてはじめての苦杯をのんだ。くやしいというよりは、こんなことがあってもいいものかという自分自身の失敗に対する思い上がった不条理感のようなものであった。
たしかあの時、魁紙は「全優児童の入学不許可」という社説で、私の失敗のことを取り上げてくれた。昭和十七年の三月のことである。
父は早速、仙台のミッションスクールの二次募集の受験のため、私を伴って上仙した。従姉（いとこ）が、その学校の先生をしていた関係もあったのか、幸い合格であった。

（「灯ともる窓の下で…受験する若者たちに…」『秋田魁新報』昭和48年3月5日）

十四歳にして受験の苦杯《くはい》をなめた杉田であるが、この時の経験が挫折への共感を強くし、倒れても起きあがる雑草のようなたくましさを身につけるとともに、不如意な境涯にありながら生きる人々に注ぐ眼差しを温かくいたわりのあるものにしていった。

◇

「ゼブラ・ゾーンの中で」は、『文芸秋田』20号に発表された。安全地帯の中に潜む危険を逆説的に炙り出して見せた作品である。ピグミーとあだ名された旧友の死を弔《とむら》って、公団アパートに帰った省三を待っていたのは、妻が用意した「アジシオ」であった。一人の人間の死が「アジシオ」のよ

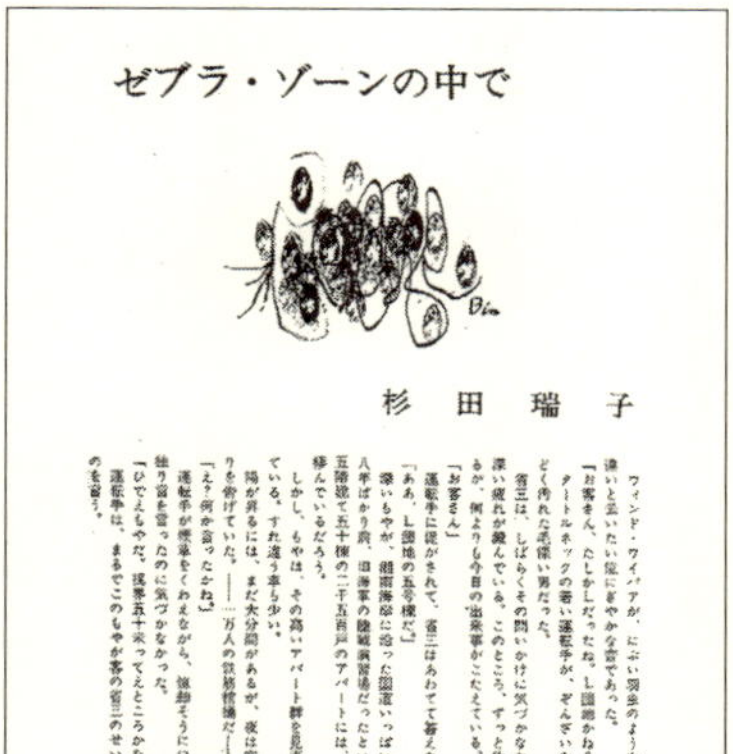
ゼブラ・ゾーンの中で

杉田瑞子

−4−

図15　「ゼブラ・ゾーンの中で」
（『文芸秋田』20号）

うに扱われた成長期の日本の姿が、皮肉を込めて描き出されている。

山際省三が、旧友坂口透（通称ピグミー）の死を弔って帰宅するのは、湘南海岸脇の国道沿いにある団地である。砂原に建った五階建て五十棟の公団アパートは、曰く「一万人の鉄筋棺桶」で、その中で、「怠惰で平和な日常をおくる」省三は、「生活に疲れはじめた中年の男」で、いつの間にか、飼い慣らされていることに気づかない鈍感さを、持て余していた。

省三、坂口そして坂口の死を省三に知らせた戸田の三人は、中学の同級生である。坂口のピグミーというあだ名はいつも道化役を果たしているところからついた。三人は、怜子とは演劇関係で旧知の間柄で、省三は坂口のサポートがあって怜子と結婚した。だが、坂口の死を知って怜子がしたことは、平気で夕飯のことを口にし、帰宅した省三に食卓塩（「アジシオ」）を用意することだけだった。一向にうだつのあがらない「類稀なる風狂子」を自負した坂口の生き方は、社会から取り残された負け犬であると同時に何ものにも囚《とら》われない自由で大らかなものである。その坂口の生き方と対照的な生き方を送るのが、同級生仲間では出世頭の戸田であり、どっちつかずでふらふらとするのが省三である。

そもそも省三一家が住む公団アパートは、長兄の持ち物で、仕事の関係でインドネシアに赴いている間末弟の省三が借りたのである。民営アパートを転々として二人三脚で過ごしてきた省三夫妻であったが、公団アパートへの転居をきっかけに上昇志向に目覚めた怜子と省三の間にぎくしゃくとした関係が芽生え始める。子どもの養育、近所付き合いに情熱を傾け、私立の小学校に入れようと考えたり、団地の自治会にも頻繁《ひんぱん》に参加する怜子の「転向にも似た変貌」振りに批判的な眼差しを向けながらも、省三は怜子の活動の上にあぐらをかいている自分自身を発見し、忸怩《じくじ》たる思いでいることも確かなのである。

自分の住む五階の部屋まで、足音を忍ばせながら上る省三の目を通して、住民の様子を語らせる。

省三にすれば、この公団アパートが建っている地はかつて海軍の陸戦用の演習場で、共に訓練しては散っていった戦友たちの墓場とも言える。その痛みを思うことなく、その恩恵を受けてのうのうと平和な暮らしを満喫することにある種の後ろめたさを禁じ得ない。「隔離された一種のゼブラ・ゾーン」でいつの間にか「飼いならされた人間」になってしまった省三は、もはや無頼な青春を送る向かいの青年の姿を羨《うらや》むしかないと同時に、青年からは「ナンセンス」と一蹴される生き方しかできなくなっていることにあわてて口をつぐむのである。

◇

「街道のマリア」は『文芸秋田』22号に発表された。保・泰子夫妻の新居への最初の訪問者である中城タエは売春で生活を支えている女性である。売春禁止法により、性欲の処理に困った農家の二、三男や労務者たちを救う女性の姿を通して性の問題を考えた作品である。

「中城タエは、泰子の家の最初の訪問者である」という一文で始まる。ところが、話題はすぐさま新築の家への引越風景へと移り、泰子が父から譲り受けた土地に家を建てるに至るまでの経緯などの説明がなされる。保と泰子夫妻に舅と姑に小姑という家族構成は、「どぶ川」「死期待ち」に用いられ

図16　「街道のマリア」
(『文芸秋田』22号)

た家族構成と同じである。中でも、小姑の名前は「香代子」といずれの作品でも同じである。新米と卵を売りに来たタエとのやりとりが十行ほどあった後、今度は香代子の結婚や泰子夫婦の結婚時の話題が挿入され、第一章は「中城タエは、こうして、泰子の家と、米や卵や野菜を媒介にして親しくなったのである」と結ぶ。タイトルの「街道のマリア」とは、作品末尾の「あの人はね、旦那さんの帰りを待ちわびながら、一生懸命、街道の奥の若者たちを躰をはってなぐさめているマリアなのよ」という泰子の言葉から、中城タエのメタファーであることは明らかである。主人公の描写は控えめにし、舞台となる保と泰子夫妻を含む家族を多く描いている。タエについての特徴的な描写は、初めて泰子に挨拶する場面である。

アンバランスに歪んだ顔の眇《すがめ》の眼球がうるんで、煤色の涙がポトリと落ちた。（中略）
泰子はその涙を、驚愕の余りこぼしたと好意的に考えたが、あとで、それは、感情とは無関係にこぼれ落ちる涙であることを知った。

とタエの涙を取り上げて説明している箇所である。描写に留め、読者に後からそれとなくわからせるように描くのではなく、タエの涙の理由を説明してしまっているのは、才走る杉田のいつもの特徴だが、タエのマリアたる所以に連なる重要な身体的特徴の指摘である。

この涙の理由については、第二章で次のように明かされる。

急速に接近しはじめた姑に、タエのことで泰子は一言クギをさしておいた。

「お母さん、あの人だけは家にあげないでね。何だかあの眼が気になるの。」

「ああ、あれは涙腺がつまっているんだそうだよ」

涙管のことだろうと思ったが、だまっていた。泰子の担任のクラスに、ちょうど、タエとよく似た眼をもった子がいて、健康診断のあと、眼科の校医から、

「多分、先天性梅毒だと思いますから、注意して下さい。」

と言われたばかりであった。


眼の不具合という共通点から急速に親しくなった姑に、タエの病気を明かして親しくなりすぎないよう泰子がクギをさす場面である。タエは、噂によれば昔満州で女郎をしていたという。引き揚げ船の中でコレラか何かにかかって苦しんでいた男を看病したのが縁で、今の夫と結ばれた。以来、闇商売をしながら夫との暮らしを支えている。また、「煙草屋のおかみさん」によれば、時々タエは夫を町のアイマイ宿（遊女屋とも旅館ともつかない宿）や一杯飲み屋へ行かせ、その隙に売春をして生計を支えているという。タエの許へ通うのは、嫁の来手のない農家の息子たちや工場建設に伴う労務者たちである。男たちの性欲は、売春禁止法によって豺狼《さいろう》（貪欲で無慈悲）寸前のセックス地獄状態であり、それを救い、良家の子女を守るタエは橋頭堡《きょうとうほ》（橋の対岸を守るための砦）であり、マリアなのである。夫が酔って乱暴をはたらき、精神病院へ押し込まれてからは、闇商売を辞めてある宗教に入信したタエだが、「明らかに悪質の性病の徴候を示す紫色のアザは、寒い冬の頬をむしるような風が終っても消えそうはない」のであり、タエのような女性を生んでいる世の中のしくみへの批判的な目が後半では顕著になっている。

第三章は、泰子の出産と舅の死が描かれる。「家を建てた借金も残っていたし、保ひとりの収入では、お先真暗で

あった」が「どうしてもあのボテ腹スタイルを人目にさらすことに耐えられなかった」泰子は、教員を退職して出産に踏み切る。配給米よりも安く手に入るタエからの闇米に頼り、タエとの接触も増えていくこととなる。そして、「所得倍増のラッパが、河馬に似た顔の政治家の口から高々と鳴らされ、失業と低賃銀のないユメのような経済大国へと、日本は驀進しはじめた」のである。おかげでどうやら保一人の収入でもやっていけるようになった頃、泰子は二人目の子どもを妊《みごも》る。「子どものふえることは、この家の二度目の経済的危機」であり、泰子は中絶することに決める。だが、手術を一週間後に控えた朝、舅が絶命し、「堕すことをやめ」るのである。経済的な事情が一つの生命を左右する。

タエが闇商売をしながら夫を養っていることを姑の口から聞いたとき、泰子は「やさしい女がここにもいる」と思う。泰子が保と結婚したのも、「遙かに条件のいい縁談がいくつもあった」のに、「不利な条件だらけ」の保に嫁いだ背後には、「憐れみ」や「奇妙な優しさ」「気の弱さ」があったとされる。「嫁の働きと、嫁名義の土地に建った家で、のうのうと老後を送っている保の両親と、タエの夫とでは、どれだけの違いがあるというのか」とやさしさに寄りかかって生きている者として何ら変わりのないタエの夫と泰子の舅姑を指摘して見せた後、ヒモ同然のタエの夫を笑う姑の入れ歯の音を「違和に満ちた音」と表現する。泰子とタエに共通する「やさしさ」は言わば日陰者の性分である。「それを嘲笑うのは人間のオゴリというものではないか」としながら、泰子にだまって肯かせ、タエから物を買うことをやめさせる。タエの存在意義を炙り出しながら、否定せざるを得ない矛盾で作品は閉じられる。

◇

日本社会が高度成長を遂げつつある中で、様々に歪み始めた人間の姿を描いてみせる。受験をめぐる親子関係、高校の級友等をめぐる友人関係、そして地域社会における性の問題等を取り上げつつ、その背後にある経済の論理を浮かび上がらせる。戦後二十五年、基本的人権を尊重する民主主義が、自由な競争を前提とした資本主義とタッグを組んで大きく動き始めた、その勢いは止まらない。昭和四十五年の日本万国博覧会のスローガンは「人類の進歩と調和」であった。「自由と平等」同様、「進歩と調和」もまた、人類にとって永遠の課題である。こうした日本社会の実態に、「ゴマメの歯ぎしり」（「モノカキという人間たち」『原点』16号　昭和47年8月1日）をして見せたのが、「雪の暮夜」「ゼブラゾーンの中で」「街道のマリア」である。堂々たる「物書きブライ漢」ぶりである。

第5章　自画像

第1節　自画像

つづいて同誌十九号に「池の話」がある。この作品は彼女の実態を知る者からみれば、鬼気迫る慨がある――と言うことが出来よう。自らの心の病をさとった彼女は、この作品では客観的に自分の心に灯をあてて、読者の前にさらけ出したのである。若い時代は何とか押えてきた心の内面も、この年齢になると、陽の時はおさまりのつかない位羽ばたいて、周辺の人さえ斬ってすてる烈しさであるが、陰の時は絶望の中に低迷して内へ内へとこもっているのであった。

（小野正人「杉田瑞子さんのこと」『秋田陶芸夜話』昭和54年11月27日　加賀谷書店）

「池の話」は、精神病の女とその女と結婚した男の池作りをめぐる話である。生涯の友であった小野が言うように「陽」の時と「陰」の時を抱え持つ精神病を患う女の心理が、男との関わりの中で見事に描き出されている。「彼はその時、夢の中にいた」で始まる「その時」とは、池が完成した翌日の早朝のことである。時系列に沿った描写のみつなげると、わずか二時間足らずの出来事が、千八百三十字程度に納まる。「池の話」は全部で四万四千字余りあるから、ほぼ四％ということになる。池が出来上がった事の描写よりも、それ以前の時系列に属する男と女の出会いや新婚旅行、池作りの老人とのやりと

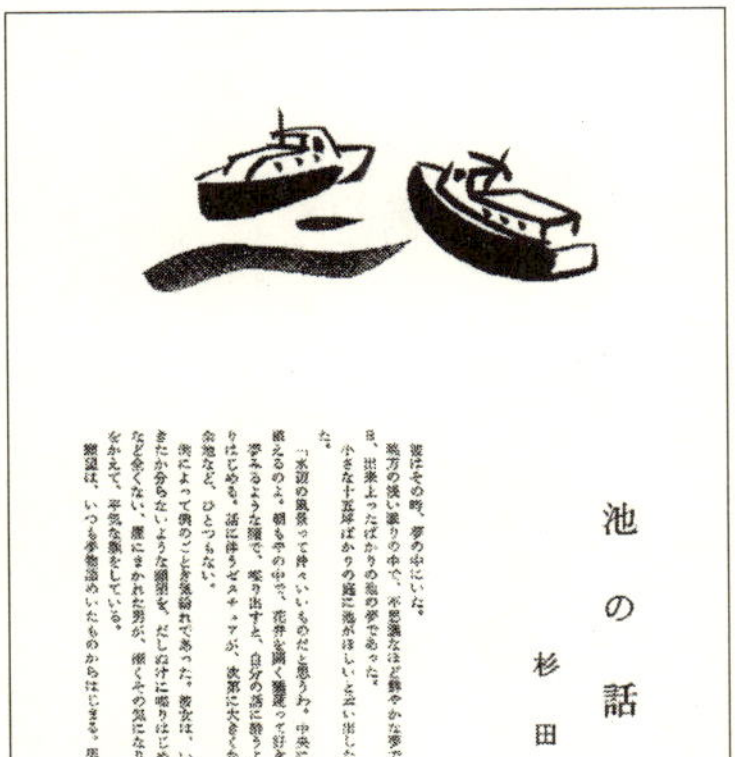

図17　「池の話」（『文芸秋田』19号）

り等といった回想による説明がほとんどを占めている。池の完成直後に発病した女を男が優しく病院へ連れて行こうとするところで作品は終わる。池の完成は明らかに、男と女の居場所が完成したことのメタファーである。池作りは、男と女が女の病気とどのように向き合ってきたかを確認する作業そのものである。

「海に面した港町の生まれで」「海辺の町に育った女」は、「肉よりは魚を好み」、鱈や平目といった魚はどんどんさばけるのに、生きたフナを料理することはできない。勤め先の仲間の間で釣りがはやった時、男はつられて休日にはフナ釣りの糸を垂れるようになった。十センチにも満たない痩《や》せてすばしこいフナに混じって時々孕《はら》みブナを釣ることもある。持ち帰った孕みブナを料理しようとして爼《まないた》にのせた女だったが、「悲鳴と共に庖丁を投げ出し、男のいた部屋まで駆けこんできた」。「生まれつき心やさしい人間なのよ」と言い訳する女は、「フナのような眼」の持ち主で、「平生は丸くてよく動く眼」だが、発病すると「白眼がちの曇ったどんよりとした眼つき」になる。

池作りの老人に男が、「フナと鯉を一緒に飼ってもいいだろうか」と尋ねると老人は、「とんでもない、旦那さん。フナと鯉は、決して一緒に飼うもんじゃありません」と断定的な口調で答える。続けて老人は、「フナって奴は、一寸見には、いかにも人なつこい魚ですがね、あいつは、決して人に馴れないんですよ。いつまでたっても警戒心が強くて、池の端で、手を叩いて餌をやっても、鯉は聞きつけてやってくるようになりますが、フナは絶対にそんなことがありません」と説明する。「フナのような眼」の持ち主である女の性質を鯉との対比によって上手く表現している。「遠慮ぶかい物腰の軟らかな老人」である池作りの老人に対しても、女は警戒心を強め、「蛹《さなぎ》」と化してしまうのである。

女は「感情の起伏の激しい」質で、「朝は殆ど機嫌が悪い」が、日が暮れる頃になると「酷く陽気」になる。友人からは、「奥さんは、いつも天真瀾《ママ》漫でいいですな」と言われるほど評判はよい。しかし、一旦病気になると、死んだ魚のような光を失った眼をして「被膜の中」にいるような存在に変わってしまう。精神病に苦しめられる鬱屈《うっくつ》した女の精神状態を「水」に関わるイメージで統一し、「青春というボロ」を引きずって「蝶になりそこねた蛹」のような女をしっかりと受け止めて生きていこうとする男の覚悟で作品は閉じる。

男が「暁方の浅い眠り」の中で見た夢は、

赤黒い水の中に、長い髪をなびかせた女の軀が浮いていた。女が好んで着るピンクのひらひらのついたネグリジェが琉金のひれのように揺れ、そのかすかな動きを受けて、後になびいた髪が、顔を覆った。生きているのか、死んでいるのか分らなかった。女は声もたてず、唯、池の周りの樹々の葉を揺する風のひきおこす痙攣のような波に身を任せるばかりであった。

女の軀が、池の中央にひきよせられ、噴水の水を、顔にまともに受けようとした。

男は、じっと、女の軀を見ていた。池の端に立っているようであり、唯、眼球だけが池の縁をなめ回しているようでもある。

女の軀が、噴水の渦に巻きこまれようとした時、赤黒かかった水が、突然、青に変った。と同時に、青い水が、うねりはじめて、女の軀を運び去ろうとした。《往ってしまう――》と男は思った。取り戻しに奔らねばならなかった。波間をかき分けて、もう一度、自分の腕にひき戻さねば。

しかし、男は、一方で、これでいいのだと思いはじめているもう一つの眼に気づいた。一際、大きなうねりがやってきて、女の軀を浚おうとした時、眼球の水晶体が濁りはじめた。溷濁していく眼球に映じたのは、救いを求めず、振り向きもしないで慌しく去っていく女の引き締った蒼白い顔であった。

というものであった。「赤黒い水」の中に「ピンク」の「ネグリジェ」姿の女が黒い髪をなびかせ波に身を任せている。女が噴水の渦に巻きこまれる瞬間、水は「青い水」へと変わる。女の「蒼白い顔」と同時に「青い被膜が、どんでん返しのように揺れ、再び噴水の音が戻って」くると同時に男は夢から覚めて、「蚊帳の向うに」坐っているピンクのネグリジェを着た女に気づくのである。赤から青へと幻想的な色彩感覚を駆使しながら、水中、水晶体といった被膜感を男と女の間にある蚊帳と結びつけ、男の朦朧とする意識と女の混濁した症状とを伝えるのに成功している。

また、女が自分から症状を説明する箇所がある。

「あのね、何て言ったらいいかしら。恰度、あなたと一緒にみた北海道の摩周湖みたいなの」（中略）

「まるで摩周湖みたいなのよ。わたしのこころ……びっしり塞がれているかと思うと、ふっとガスが晴れるときもあるの。」

十五年前、新婚旅行に出かけた北海道での出来事を引き合いに出して説明するのである。摩周湖は一日のうちでも絶え間なくガスに蔽《おお》われ、湖面を見渡せる機会にめぐり逢うことは滅多にないとされる。男と女が出かけたときも乳白色のガスが湖面を深く閉ざしていた。煙草の火をつけようとする男に、風を防ごうと女が寄った時、足場の悪さに女はよろめいた。湖面までの切り立った断崖上で女を男が支えた時、女の目には全貌をむき出しにした摩周湖が飛び込んでくるのである。「あなたが支えて下さらなかったら、あの時、わたし湖に落ちていたわね」「あなたがいなかったら、わたしきっとダメになっていたと思うわ」「わたしは、どうしてもひとりでは生きられないのよ」という女のことばは、まさに「求愛に似たことば」であり、男は「胸もとをそそられたり」「うんざりした」りしながらも「快い甘美な囁き」として受け止める。

昭和五十五年から『原点』の編集長を務めた菅禮子《すがれいこ》はその著書『忘れ得ぬ人びと』（平成22年11月6日　湖東印刷所）の中で杉田との出会いを次のように振り返っている。

「若人の船」が大成功裡に終って帰秋後しばらくして、木内百貨店で杉田瑞子さんにパッタリ出会った。「スガさん！　スガさん！」

呼びかける甲高い声にふり向くと、笑顔の杉田さんが立っていた。（中略）

・・・はじけるように明かるい声だった。

嬉しかった！　三省堂でその作品『波瀾万丈』に出会って以来、その筆力のすばらしさに感動し、ひそかに憧れ、尊敬していたひとに初めて声をかけられたのだった。

やがて『原点』に連載していた『波瀾万丈』が完結して単行本になり、出版記念パーティーが秋田ニューグランドホテルで催された。わたしも招待を受けたので出席したが、その時わたしはまたまた驚かされた。木内で出会った時のはじけるように元気よかった杉田さんの姿は全く影をひそめてしまっていた。挨拶の声は小さく低く、今にも消え入りそうに愁々として語っている。ある不安の予感がわたしの胸をよぎった。

『波瀾万丈』の出版記念パーティーが催されたのは、昭和四十九年十一月二十三日である。この頃すでに持病の躁鬱病にかなり悩まされていた様子は、「牢名主」にも明らかである。

十一月二十三日、ヒューマンクラブと文芸秋田の共催で出版記念会をやっていただいたあと二日おいて、私は、亭主の至上命令で、急遽、入院させられてしまった。

家を新築したあとには、よく病人がでるというが本を出したあとにも、発病するものなのだろうか？　過労と睡眠不足が、悪循環となって、不眠症はつのる一方、とうとう、亭主にひきずり込まれて入院してしまったのである。

（杉田瑞子「牢名主」『原点』41号　昭和50年３月１日）

家族の戯画化は杉田の得意とするところである。ここでも「亭主の至上命令」「亭主にひきずり込まれて」と一方的に亭主のせいにしているが、病状が深刻化する前の「あなたがいなかったら、わたしきっとダメになっていたと思う」というのが本当のところであろう。「池の話」は、比較的冷静に自分を客観視して描くことができた佳作である。「池の話」に続く自画像的作品は、『文芸秋田』で最後の小説となった「ノラにもならず」である。

◇

泰子は、その頃、授業の下調べをしながら、偶然、
足袋つぐやノラにもなれず教師妻
という女流の俳人の句を知った。その作者の名を杉田久女といった。久女は、夫を疎んじ、生涯、見果てぬ夢を追いながら、師である高浜虚子にあてて、自分で栽培した菊の花を干して作った枕を送ったのだという。

久女は遂に、狂ってフーテン病院で生命を終えていた。

泰子は、その句を目にした時、自分もやがては疲れ果てて、狂い死するのではないかと思った。恐怖の思いは全くなかった。

「街道のマリア」中の一節である。「ノラにもならず」の前作中で杉田《すぎた》久女《ひさじょ》を素材としてすでに用いており、同性のうえに同姓でもある俳人への関心はすでに出来上がっていた。ノラはイプセンの『人形の家』の女主人公で、独立した人間として生きようとする新しい女性の代名詞である。杉田自身も教師妻であり、作家としての「見果てぬ夢を追い」続けていた。「ノラにもならず」は、清水真弓「杉田久女の世界」（『俳句』18巻1号　昭和44年1月1日）に基づいて、俳人・杉田久女の生涯を小説化した作品である。

全二章から成る。第一章は、夫の杉田宇内《うない》がとろとろとまどろみかけた時に久女が帰宅する場面から始まり、『花衣』編集に疲れて居眠りをする久女を宇内が襲って首を絞める場面で終わる。間に結婚までのエピソードや『花衣』創刊までの様子が、回想により挟み込まれている。第二章は、発狂したと噂されてから死ぬまでが描かれる。ほとんど前記「杉田久女の世界」を踏まえつつ久女の生涯が再構築されている中で、「杉田久女の世界」以外の資料として用いているのが『文壇名家書簡集』（大正7年7月18日　新潮社）である。ここに、清水とは異なった杉田なりの久女観が表れている。

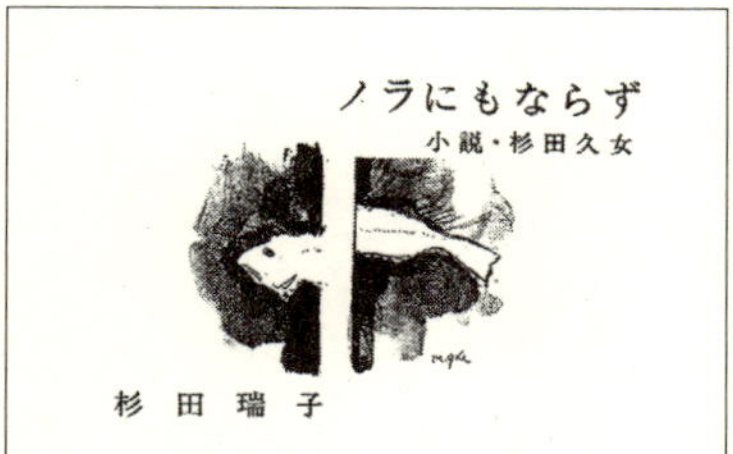
ノラにもならず
小説・杉田久女
杉田瑞子
— 56 —

図18 「ノラにもならず」
（『文芸秋田』23号）

第一章の後半、『花衣』編集に疲れて居眠りをする久女を宇内が襲って首を絞める場面の前に用いられる。宇内が勤めに出て久女は一人惰眠を貪《むさぼ》りながら、一人立ちし始めた二人の娘のことを思い出し、ふと手にするのが「文芸《ママ》名家書簡集」である。

パッと開いたページに、素木しづ子の書簡が出てきた。

「淋しいったらどうしたらいいかと思ふほど、淋しさが込み上げてくる。（中略）あなたの御手紙はあしたになれば来るんだと思ってまってますわ。（中略）いま電気がつきました。私は淋しくってかなしくってならない。あなた一人にすがって、あなた一人の為めに生きてる身が、かうしてはなれてゐては私はどうしていいのかわからない。（中略）」

久女は、もう止めようと思った。こんな手紙を読んでいれば、本当に狂ってしまうに違いないと思った。しかし、次のページには、同じ素木しづ子の手紙で、「坊やに逢ひたい坊やに逢ひたい」というタイトルの文章が載っていた。

これは、「昌子にあいたい、光子にあいたい」と同じ内容のものであった。（中略）

「さっき海から帰って来てお手紙を拝見いたしました。もう坊やがゐないと淋しくって淋しくって堪えられない。他の子供ばかりが目について、私は物も云はずに一人きりです。（中略）坊やは私をよんでゐるかしら。坊やは今頃どうしてゐる。私は坊やなしには堪えられないのです。つれて来て下さるまで待ちませう。（中略）坊やや、かはいい坊や、はやく母様の所に来てちゃうだいよ。チン〳〵にのって、ポッポーにのって、そして母さんのところに来てちゃうだいよ。坊やはいまなにをしてゐるの。母さんの所に来て海で遊ぼうね。坊や。

母さんから
かはいい坊やに
父さんや、坊やによんで聞かせて下さいな」
久女は、読みながら、小型の懐に入ってしまう位の大きさの本を抱きしめ、幾度も声をあげて泣き、泣いては、本を抱いた。

都合二本の書簡が引用されている。最初は夫と離れていることの淋しさを訴える手紙で、次が子どもと離れ離れになっている淋しさを綴ったものである。手紙の主「素木しづ子」は最愛の夫や子どもと離れて暮らす女性である。一方、久女は夫とは同居しながらその愛を失い、子どもと離れて暮らす女性である。「しづ子」と「久女」がそのままに重ならない境遇にあるのは、夫への愛があるかないかである。

杉田が踏まえた「杉田久女の世界」の中で清水は、久女の結婚について次のように記す。

久女の不幸は結婚相手を間違えたことだ。彼女ほどの人が、宇内との環境や性質の相違を何故見破れなかったのかと、後年いわれたものだが、感情に支配され、物事を客観的に理性的にみる眼は多分に欠けていたようである。

（清水真弓「杉田久女の世界」『俳句』18巻1号　昭和44年1月1日）

大正七年に久女は実父を失い、九年に墓碑建立のため信州松本へと赴いた。この時久女は腎臓病を発病し、しばらく東京で療養する。久女の母は、初めて娘の結婚生活の実態を知って、宇内に離婚を申し入れる。宇内の猛反対によ

り離婚は成らなかったが、この頃の代表作「足袋つぐやノラともならず教師妻」について、清水は、

「足袋つぐや」の句は、久女の我が露骨にあらわれたものだといわれているが、私には出奔したい気持を持ちながら、過渡期のめざめた妻が矛盾に包まれながら、子への愛のためにあきらめの境地に入っていく過程がでている気がしてならない。

（清水真弓「杉田久女の世界」『俳句』18巻1号　昭和44年1月1日）

と記している。子を思う母としての気持ちが久女の生を支えていたとする解釈は、杉田も受け継いでおり、それをより印象づけるために「素木しづ子」の書簡を引用したと思われる。だが、子どもへの母心を強調するのであれば、二本の書簡のうち後の一本があれば事足りる。先の一本にこそ、清水と杉田の久女像への理解の分岐点がある。

同じ女の叫びにしても、誤《ママ》りかけ、訴えることのできる夫をもつこの女は、仕合わせなひとだと久女は思った。私は違う。

しかし、久女は、自分の無意識の世界の下で、自分の宝石函に等しい夢をさんざんに蹴散らせた夫宇内に、同じ語りかけを、今もしているのだということに気づかなかった。

恐ろしいほど、聡明な女だと言われながら、久女は、自分の心の奥の底で、今でも、宇内に凭れかかっているのに気づかなかった。

素木しづ子の書簡は、そのまま、久女の宇内に向って投げかける恋文であった。その決定的な錯誤に気づかない久女は、涙に枕をしとどに濡らしながら、再び、次のペエジに目を奔らせた。

（「ノラにもならず」）

杉田はこのように、久女を無意識に夫宇内へ寄りかかりながら生きている女性ととらえており、子どもの存在を父親から全く切り離して考えようとはしない。子どもへの愛と夫への信頼を抱えた久女像は、そのまま杉田の母としてそして妻としての姿勢を映し出しているのである。引用した書簡の著者である素木しづ子は、大正七年に肺結核のために二十二歳で亡くなった女性作家である。北海道札幌に生まれ、十八歳の時に森田草平に弟子入り。二十歳で結婚、出産、以後亡くなるまでの五年間に精力的に執筆活動を行い、将来を嘱望されていた。右足切断に加えて結核と健康面での不安を抱えながらの活躍が、心身ともに病む杉田の関心を引いたものと思われる。

ところで、杉田久女の詠んだ句は「足袋つぐやノラともならず教師妻」（注：傍点石塚。以下同）だが、「街道のマリア」中では「足袋つぐやノラにもなれず教師妻」と記している。本作中で杉田瑞子は「足袋つぐやノラにもならず教師妻」と紹介した後で、『ノラともならず』としてあるのもあり、『ノラにもならず』としてあるのもある」と補足説明している。「街道のマリア」執筆の時点で初出の『ホトトギス』25巻5号（大正11年2月）を確認していたとすれば、「に」と「れ」は意図的な改変ということになるが、補足説明からすると、『ホトトギス』は確認していないと思われる。「街道のマリア」執筆後、指摘を受けて「に」のものもあると言い訳したのであろうが、初出に当たっていない不手際を露呈してしまっている。

さて、句が久女のものと異なる以上、作品の信憑性《しんぴょうせい》は削《そ》がれるわけだが、「と」ではなく「に」を選んだことにより、この句は次のような相貌を呈することとなる。「と」と「に」の違いについて、『言葉に関する問答集7』（文化庁編　昭和56年4月15日　大蔵省印刷局）では、日本放送協会『放送用語集』の一般論を踏まえ、次のように解説する。

一般的には結果を表す場合の「に」と「と」には次のような差がある。

「に」…静的、恒常的

「と」…動的、一時的

このように感じられるのは、「――になる」の方がその状態に無理なく自然に移行してしまう場合に用いられるからである。これに対し、「――となる」の方は突発的な変化の自覚であり、実際にその状態に変化しなくても、その状態に変化したと判断するところに重点が置かれるからなのである。

すなわち、久女の「ノラともならず」は、ノラとなること自体が動的・突発的事態の変化であり、そのことに自覚的であるのに対して、杉田の「ノラにもならず」は、ノラになること自体が静的・自然的移行であり、可能性を否定するにとどまっている。ちなみに、「ら」と「れ」は、状態の変化・完成を表す五段活用の動詞「なる」の未然形活用語尾「ら」と変化の可能性を表す下一段活用の動詞「なれる」の未然形活用語尾「れ」の違いで、自らの意志で変化・完成しようとしたが叶わない「ならず」と、可能性はあったがその可能性が自然消滅することで変化・完成には至らなかった「なれず」の違いである。

久女の句は、ノラとなることが久女にとってはこれまでの生活を大きく変える一大事であることを自覚した上で自ら教師妻の道を選び取った、あるいは取らざるを得なかったという緊迫感が動的に伝わる。それに対して、杉田の紹介は、その動的緊迫感を削ぎ落とした表現となっている。ノラとなることが、今や日常的とも言える時代になっているが、そのチャンスを自分では積極的に選び取らなかった繰《く》り言《ごと》的言辞に過ぎなくなっている。杉田特有の自虐的言辞と言える。

◇

昭和四十三年の暮れ、第一回秋田県文学祭の講師として久保田正文《くぼたまさふみ》が秋田を訪れた。『文芸秋田』では、久保田を囲んで「地方同人誌の方向」をテーマに座談会を開催した。話題が秋田の女性に及ぶと、杉田が「山田順子なんていうのも秋田よね」と発言している。

たゞ、増川さん（石塚注：山田順子のこと）は、文芸のために温かき家庭を離れて、親愛の夫や子供を捨てゝ来た人だと云ふ。文芸を解する一個のノラであるらしい。イプセンのノラが、家出をした後、何になるかは、当時の批評家達の問題だつた。日本のノラは、家出をした後、一個の作家にならうといふのだ。否作家になるために、ノラとして家出したのかも知れない。ノラよりも増川夫人が、人間として進歩しているのは、時代の進歩とも云ふべきであらう。

（菊池寛「序文」山田順子『流るゝまゝに』大正14年3月20日　聚芳閣）

山田順子の処女作である『流るゝまゝに』で菊池寛がこのように序文を寄せたところから、順子は和製ノラと評判されるようになる。杉田もそのことを承知していて山田を話題に挙げたのであろうが、杉田自身は、「万年同人誌作家で、ワァワァオダをあげながら、連合黒軍の同人たちにいびられながら、ホソボソと気の向いた時小説を書く位のところで、十分満足している」（「秋田県人論　わが内なる秋田県人」『原点』12号　昭和47年4月1日）のである。

実は、私、去る四日、入院いたしまして、筋腫の開腹手術を受け、明後日、退院の予定でおります。経過は大変良好なので、思ったより早く退院の運びになりました。病巣をとって、来年は、もう少し元気になりたいものと思っております。

（金子洋文宛葉書④　昭和46年12月14日付）

持病の神経症に加えて肉体的にも健康面で不安を抱えていた頃の作品が「池の話」であり、「街道のマリア」であり、「ノラにもならず」なのである。

第2節　自費出版

「小舟で」は、『文芸秋田』17号に発表され、杉田が残した唯一の単行本『波瀾万丈』に、タイトル作「波瀾万丈」と芥川賞候補作「北の港」とともに収められた作品である。それだけ、杉田の思い入れの強い作品と言える。昭和四十一年八月二十九日付け『秋田魁新報』に、「漂流九日、生きていた加藤さん」と題する記事が載る。

漂流二日後に陸がすっかり見えなくなった。その後飛行機が二度ほど頭上を旋回したのを見た。また巡視船らしい船影も見つけ、必死に帽子を振ったが、いずれも私を認めてくれず、間もなく去ってしまい、絶望感はつのるばかりだった。食物はもちろん水も一滴もない。かわきがひどく、海水を飲んだが、胸がむかついたので、海水を飲むのはこの一度だけでやめた。暑さがひどいときは海中に身を入れてしのいだ。漂流中に何度もボートが転覆し、そのつどやっと起こしてはボートにはいった海水を帽子でかき出した。夜は海水をかき出す作業のためまどろむていど。昼はつとめて眠るようにした。

漂流中おだやかな日が続き、からだをあまり動かすことがなかったので、助かったと思う。

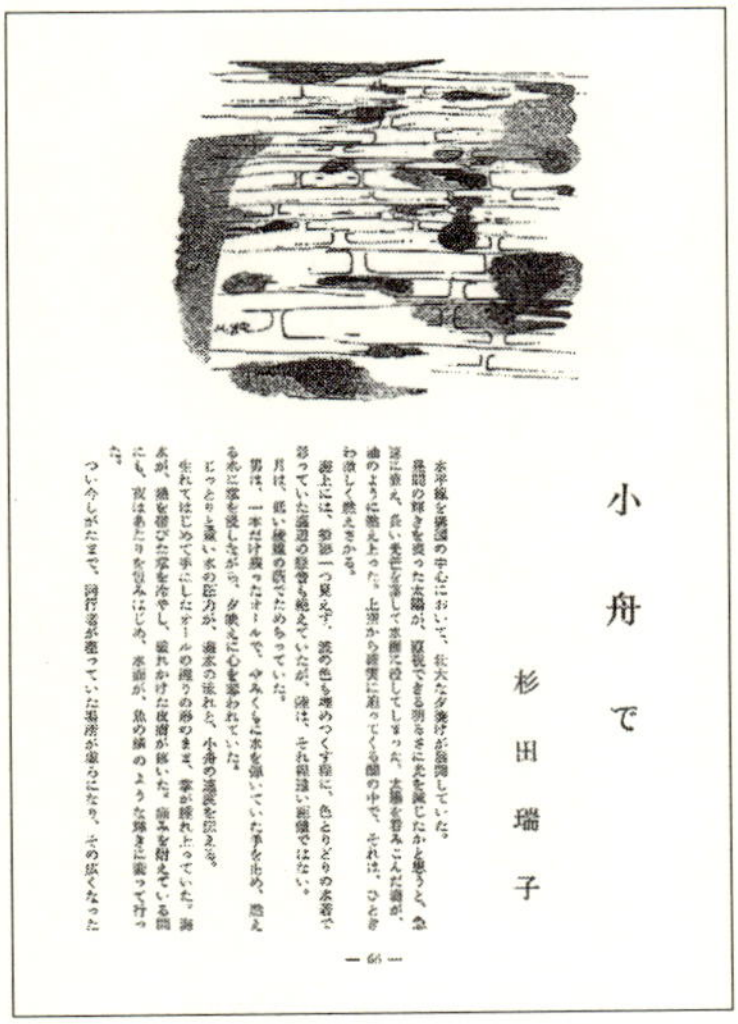
小舟で

杉田瑞子

— 66 —

図19　「小舟で」（『文芸秋田』17号）

この出来事を踏まえて書かれたのが「小舟で」である。秋田の海岸から北海道松前の海岸に漂流した男の物語。孤独な舟の旅は主婦と作家の二足の草鞋を履いて孤軍奮闘する杉田の内面世界さながらであると言える。男は友人と沖へ出たが、泳ぐことの出来る相方が助けを求めに泳いで岸へと向かい、舟に居なくなると、舞台は男一人となり、杉田が得意としたモノローグの世界が登場する。一行空きの箇所で五つのパートに分けられる。

八月二十一日、水平線のかなたに沈む太陽とそれを呑みこんだ海、出をためらう月。次第に暮れていく日本海の様子を巧みに描くところから始まる。その夕映えに心を奪われている男は、二十歳になったばかりの男である。三十度を超えるうだるような暑さに、ちょっとした思いつきで同行者と二人でボートを借り出し沖へと出たのであった。「一向に獲物のかからない釣に熱中している間」に舟が流され、気がついた時には色とりどりの水着で賑わっていた浜辺も見えなくなっていた。二つ年かさの同行者と責任のなすりつけ合いの後、沈黙を破って同行者が、岸まで泳いで知らせることを提案する。男は泳げなかった。自分だけが助かろうとする魂胆ではないかと疑いながらも口にできず、同行者は海へと飛び込んだ。一人残された男は明日には助けが来るものと信じて穏やかな波の上で眠りにつく。

ひたすら続く二十歳の男の孤独な船旅を、杉田は巧みな内面描写とエピソードで飽きさせずに読ませる。二日目には、「気も遠くなるような所在なさを扱いかねている男」に、一年前に男鹿の海で数人の子どもの群れが神かくしにあったように消え失せた出来事を思い出させる。十日間に及ぶ捜査も空しく遭難対策本部が解散した後、宗谷海峡付近を航行中の船により、遺体の一部が発見された。男が流されるであろう方角が示唆される。次第に飢えと渇きが男を襲い、得体の知れぬ恐怖に襲われる頃、爆音が響いてくる。雲の切れ間にジュラルミンの機体が現れる。いよいよ助けが来たかと思うが、機体は一向に高度を下げないし、旋回もしない。男は懸命に手を振り、オールをかざすが、気づくはずもない。飛行機は旅客定期便だったのである。五日目には男の日にちの感覚が鈍ってくる。小舟との一体感が増し、「最も親しい友人であり、彼自身でもあった」と感ずるようになった六日目、今度は船のスクリュー音が闇の中に聞こえてくる。しかし、号泣に近い叫びも空しく船は遠ざかっていった。台風十四号に続き発生した十五号が次第に日本に近付き、七日目には日本海のうねりが強くなる。自然の猛威が男を襲う。そして、男の勇気を決定的に挫《くじ》く「黒い物体」、一間以上もある丸太状の怪物が小舟めがけて接近してくる。

男はこの時はじめて、漂流以来、確実に迫ってくる死を見た。怪物は、目睫の間に迫った死そのものであった。全身が総毛立った。

風が号泣して、不運な男のための挽歌を奏でた。

助かりたいという熱望がこみあげてきて、舟底にしがみつこうとした時、一際大きなうねりが到来して、したたかに頭を打った。目まいの中で、閃光が走った。

怪物と真っ正面からぶつかって海の藻屑《もくず》と消えたかと思ったが、無事に難を逃れる。翌日には台風十五号は東シナ海に抜け、再び穏やかな海面が戻ってくる。その夜、今度は「コトコトと」やさしく船べりを叩いてすり寄ってくる一本の木材を訪問者に見立て、男に昨夜の恐怖を語りかけさせる。そして、もはや自分が生きているのか死んでいるのかわからなくなり、「この次やってくる眠りは、確実に自分を醒めさせないだろう」と思ったその時、長い光が男の眠りを妨げる。灯台の光を発見してから六時間、夏の夜が白々と明ける頃、男は松前の海岸に上陸する。

漁師らしい日灼けした老人が大きなあくびをしたかと思うと、浴衣の前をはだけて、長い放尿をはじめた。起きぬけの尿の臭いが、男になつかしさをそそった。

八日振りに目にする人の姿をユーモラスに演出し、男の安堵感を伝える。そして老人の気色《けしき》ばむ大声と男の混濁していく意識との対照。見事な結びである。

◇

祖父野口直平の生涯のこと、大伯父銀平の娘たちの華麗にして、悲劇的な末路のことなど、いつかは、「ブテンブローク一家」風に書いてみたいと思っております。先生と御交友いただきました亡父の若い頃のことなども、いつか書いてみたいと思っております。十三回忌までに、亡父の日記、本にしたいと思っておりましたのに、仲々手が廻らず、母が存命中に、是非やりたいことの一つでございます。（金子洋文宛書簡①　昭和43年5月2日消印）

「波瀾万丈」は、雑誌『原点』に、昭和四十八年五月から五十年一月まで十回にわたって連載された伝記である。祖父野口直平の生涯を、史料等に基づき調査して書き上げた作品で、後に「北の港」「小舟で」の二編をあわせ、作品集『波瀾万丈』として自費出版している。「ある海の男の物語」と副題が付けられ、写真や図表を併載した『原点』版が、『波瀾万丈』では

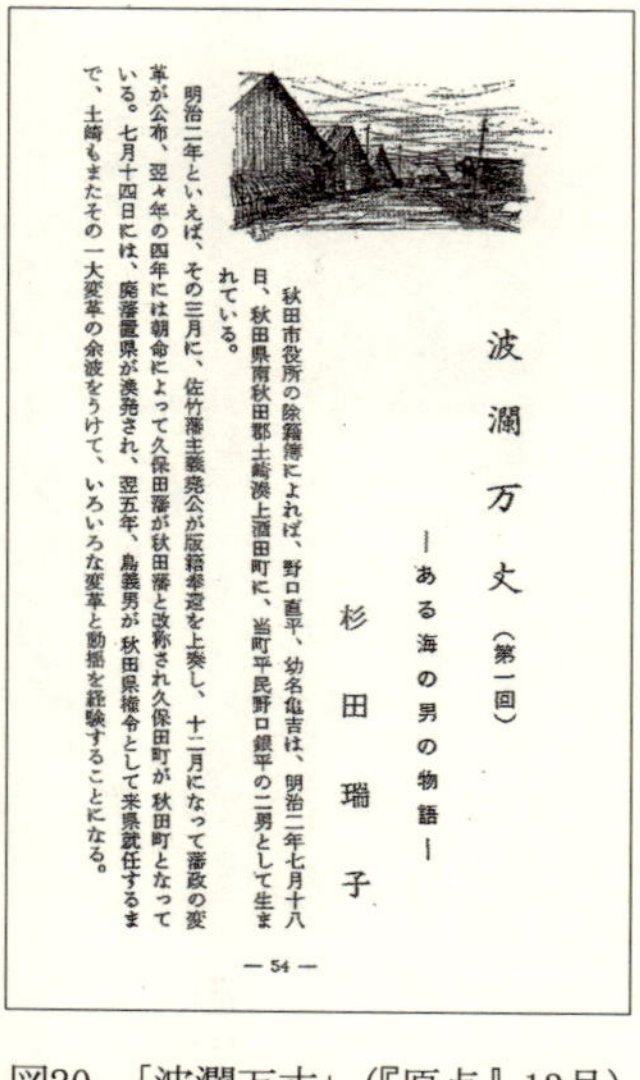
波瀾万丈（第一回）

―ある海の男の物語―

杉田瑞子

秋田市役所の除籍簿によれば、野口直平、幼名亀吉は、明治二年七月十八日、秋田県南秋田郡土崎湊上酒田町に、当町平民野口銀平の二男として生まれている。

明治二年といえば、その三月に、佐竹藩主義尭公が版籍奉還を上奏し、十二月になって藩政の変革が公布、翌々年の四年には朝命によって久保田藩が秋田藩と改称され久保田町が秋田町となっている。七月十四日には、廃藩置県が渙発され、翌五年、島義男が秋田県権令として来県就任するまで、土崎もまたその一大変革の余波をうけて、いろいろな変革と動揺を経験することになる。

― 54 ―

図20　「波瀾万丈」（『原点』13号）

ことごとくカットされている。直平直筆の書簡や写真、往時の土崎港や神戸港の様子等、写真や図表があってこそ、直平の生涯が臨場感を伴って伝わるのだが、残念である。『波瀾万丈』の出版が昭和四十九年十一月。『原点』への「波瀾万丈」連載終了は昭和五十年一月。原稿は出来上がっていたのであろうが、出版を急いだ何らかの事情があると考えられる。

「第一回」は直平の出生を戸籍で確認し、当時の時代背景に触れた後、誕生日が七月十八日であることを紹介する。土崎の港祭りの二日前である。港祭りの熱気を生まれながらに背負っている直平の姿を印象づけている。三田村鳶魚《みたむらえんぎょ》編『未刊随筆百種』の中から津村淙庵の紀行文を引用しながら港祭りの起源を紹介し、直平の受けた教育に触れ、話は直平の父銀平の商売（荒物商）から河口港としてにぎわった港の様子を描く。

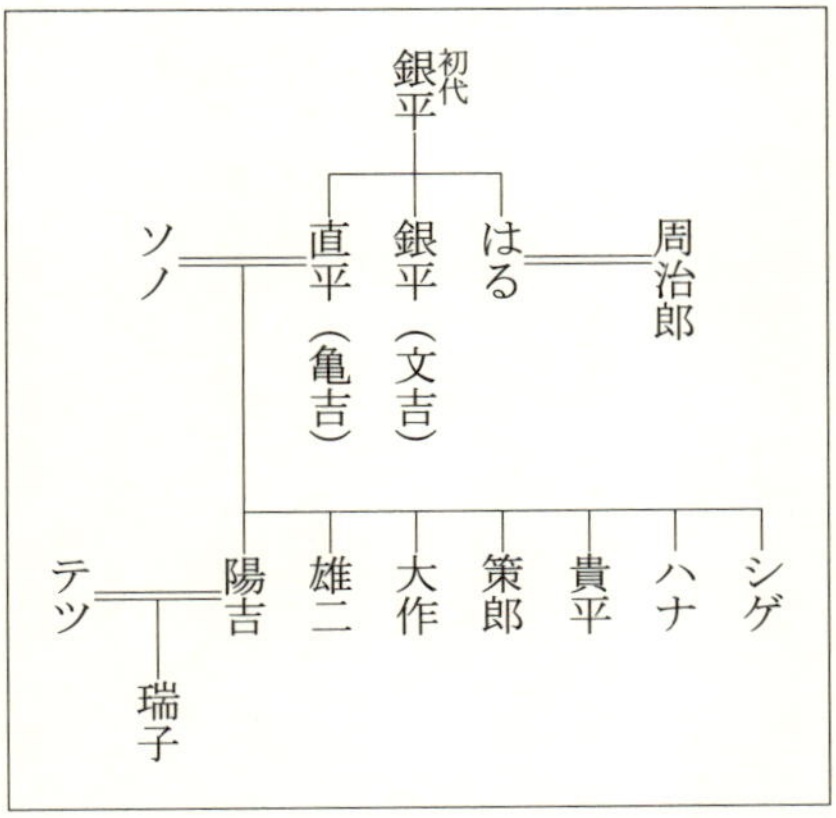

図21　野口家略系図

「第二回」は引き続き、春三月からつづく港のにぎわいを描き、明治の初め頃文明開化の風にさらされた土崎衆の様子と直平の東京出奔のエピソードなどを紹介する。長浜谷チヤ『港のむかし』（昭和47年　私家版）からの引用で港っ子気質を示し、明治維新の澎湃《ほうはい》（盛んな勢いで盛り上がるさま）として起こる様を終戦後の混乱した時期に酷似しているとした上で、「こういう時代には、必らず時代の生んだ寵児が出現するものである」として、激動期の土崎に十七歳で妻を娶《めと》った直平を、まさにそうした寵児として印象づける。

「第三回」は直平が娶った妻の「ソノ」について紹介する。ソノは山中新十郎の孫娘として秋田市茶町に生まれた。直平の許へは十三歳の時に嫁いでいる。商傑山中新十郎の豪放磊落《ごうほうらいらく》（気持が大きく快活で、小さな事にこだわらないこと）で自尊心に富み、まずは身を立てるために言論より実行を重んじた生き方の紹介は、そのまま直平の不羈《ふき》（束縛されないこと）な生涯とオーバーラップさせるためのものである。

「第四回」は結婚後の直平がソノとの間に成した子どもらを紹介し、「機を見るに敏、進取気性」の処世術を発揮した直平が「船成金」の名をほしいままにするまでの下地を説明する。和船から汽船へ、そして西廻り航路へと展開する海運業の趨勢《すうせい》について述べた後、兄銀平が営む野口鉄部の兄弟商会に似た形態で直平は野口船舶部を設ける。村山金十郎や高橋吉之助等と設立した秋田汽船会社が立ち行かなくなると、直平は所有した船舶を引き継ぎ、流砂による浅底という欠陥を持った不良港の土崎港を捨て、神戸へと事業を展開するに至る。

「第五回」は直平が神戸へ赴く前に起きた事件について触れ、一人残されたソノの分家の妻としての嘆きと苦労が描かれる。事件というのは、軍に借り上げられた持船羽後丸が酒田沖で座礁した際に、海軍では軍艦吉野を派遣して救護に当たらせたが、効果は得られなかった。最後の手段として鶴岡近郊の善宝寺に七日七夜の祈禱を行った結果、神風ならぬ台風が到来して座礁が解け、救助されたというものである。また、ソノの嘆きを裏付けるエピソードとしては、秋田市手形広面《てがたひろおもて》にある三吉《みよし》神社正面の鳥居を奉納した際、小豆島の御影石を使ったが、石の代金は長姉はるの婿養子として迎えられた分家の初代周治郎が負担し、運搬代を直平が負担した。本家の兄銀平は、一文も出さずに名前だけ刻ませたという。

「第六回」は双扇の形で併存していた当時の兵庫港と神戸港の紹介から始まり、直平の仕事ぶりや生活ぶりを描く。定宿の「駒正」や現地妻「綾部シゲ」、引き抜いた人材や同業者について、そして『神戸市史』（大正10〜14年　神戸市）を引用しながら当時の外国貿易港としての神戸の様子を明らかにしていく。

「第七回」は前回に引き続き『神戸市史』から当時の神戸における船舶業の状況を紹介する。そして、内田信也

『風雪五十年』（昭和26年6月　実業之日本社）を引用し、欧州景気による船賃の高騰から当時の船成金が誕生していった様子を紹介し、その名に値する人物として直平を挙げる。

「第八回」は野口船舶部の持船の行く先を紹介した後、神戸の花柳街「花隈」における船成金たちの乱痴気《らんちき》騒ぎの様子を伝える。内田汽船、山下汽船の経営者である内田信也と山下亀三郎、花隈の芸者「長駒《ちょうこま》」といった人々のエピソードを紹介し、浮沈の激しい汽船業界にあって、直平は短命だったこともあり、沈むことなくその生涯を閉じる。直平の死後、大正七年に貴平等が設立した野口汽船の現在は、秋田海陸運送株式会社として残っているとされる。

「第九回」は社員や使用人の証言による直平の社長ぶりや人となりを紹介する。直平は人使いが上手で、社員の待遇によく気を配ったという。山下亀三郎『沈みつ浮きつ』（昭和26年5月　四季社）を引用して、当時の船成金たちはみな大阪商人の末裔たちばかりで、しのぎを削るような商取引を繰り広げたことを紹介し、直平が成功を勝ち得るまでの苦労のほどを推し量ると、いかに直平が気配りと豪胆とを兼ね備えた人物であったかを説く。直平にとって悩みの種は、食道に違和感を覚えるコブの存在と後事を託す跡取りがしっかりとしていないことであった。

「第十回」は本家の借財返済に気を配る一方、喉頭ガンの治療空しく四十九歳でこの世を去った直平の姿が描かれる。そして、野口汽船のその後は貴平が継ぎ、妻のソノが六十八歳で亡くなったことなど、直平死後の野口家の様子に触れ、直平の姿を一代の寵児として散った豊臣秀吉と重ね合わせて締め括っている。

この『波瀾万丈』出版に当たっては石川達三と菊村到《きくむらいたる》から祝辞が寄せられ、その活躍への期待が綴られる。

彼女は晩年に、大分社会的活動をしたように見られ、いわゆる〝女史〟的な人物のように考えられるかも知れないが、彼女の本質は、どこ迄も善良な、気の小さい、古風な女で、そのくせ、こうでなくてはならない――と念願しつつも、どうにも出来ない悩みを多くもった人間であった。（中略）彼女のもつ二ツの面の中、陽の面に於いては、彼女は世話好きで陽気で、積極的な女性であった。この面は世間には、その有能性と誤解されて、数多い会合や団体の幹部として引出され、彼女本来の才能である文筆は、益々その時間を失い、〆切に追われて筆は走り、構想は荒れ、そうして、一たび陰の面を迎えるや、創作は勿論、一切の活動は閉鎖してしまった。（中略）

自らの心の病とたたかった、その四十六年の生涯を思う時、どんなに苦しかったろうかと、哀れでならない。この業さえなかったなら、才能はどのように開花したことかと、惜しむ心で一杯である。

（小野正人「杉田瑞子さんのこと」『秋田陶芸夜話』昭和54年11月27日　加賀谷書店）

『文芸秋田』24号〈杉田瑞子追悼号〉で小野一二は、「波瀾万丈」について、「もう小説とはいえなかった。題名を波瀾万丈とするなど、作家としてのセンスさえ失われようとしていた」と述べている。直平の生涯を丁寧に足を運んで史料等を調査しまとめあげた点では労作であるが、小説としての醍醐味は失われ、構成にも破綻が見られることは否めない。だが、祖父の生涯を確認する作業は、杉田にとってどうしてもしなくてはならないものであった。

『ブッデンブロオク一家』は、トオマスがリューベックの富裕な商家だった自身の一族の歴史をモデルにして書いた作品で、小説のブッデンブロオクもやはりリューベックの豪商の一族。その繁栄と、ドイツ・ブルジョワジイの崩壊とともに没落していく姿を描いている。これをあまり平静な気分で読めなかったというのは、ぼくの家も北堀江にある大きな藍《あい》問屋でありながら、父の兄にあたる泉屋五世・嘉兵衛や次兄・嘉明の放蕩《ほうとう》によって没

落してしまっていたからだ。（中略）
マン自身、この小説を書き始めたのが二十二歳の時であったと知ってぼくは驚いた。ぼくもこんな早熟の天才になれるだろうかと思ったりもした。そして、後年聞かされた文壇での定説には、ぼくを充分《じゅうぶん》に納得させた。
「いい作家が出る条件は、いい家柄に生まれ、その家に沢山《たくさん》の本があり、その家が没落することである」
（筒井康隆「漂流　本から本へ12」『朝日新聞』平成20年６月21日）

野口汽船で億万の富を築いた野口家の末裔である杉田は、筒井が聞かされた条件に見事に合致する。

おわりに

平成四年、大学院での研鑽を終え、秋田市史編さん専門委員を拝命した。秋田市出身の作家について調査を開始したことがきっかけで、芥川賞候補作「北の港」を知った。作者杉田瑞子の夫君は、私の高校時代の恩師杉田宏先生であった。現在、私は秋田工業高等専門学校に勤務している。所在地は、杉田瑞子の生家からほぼ一キロの地点である。こんなことってあるものかと思った。私の中に「どうしても書かなくてはならない」という気持が強くなった所以である。

第一回芥川賞を受賞したのは秋田県出身の石川達三である。以来百五十回を超える歴史を重ねたが、秋田県出身者で芥川賞を受賞した作家はいない。秋田県出身の作家で恐らく最も芥川賞に近づいた作家の一人であったことは間違いない。その確信だけが私を支えてここまで来た。石川達三の次なる芥川賞作家は、杉田瑞子を経てこそ生まれるのではないか。そのためにはまず、杉田瑞子を知らなくてはならない。

日本海に面した港町である土崎港では、秋から冬にかけて、冷たい西風が横殴りに吹きつける。ただ、年に数回は風も凪いだ穏やかな日が訪れ、青空が顔を覗かせることがある。そんな初冬に舞うのが「風花」である。「北の港」をはじめ、杉田作品にはよく「風花」が登場する。はっきり「風花」とは書かれないが、「穏やかな白い雪」を思わせる表現まで含めると相当な数にのぼる。杉田は、この穏やかで柔らかく潔い白さをこよなく愛しながら、一方で敢然と困難を乗り越え大事を成し遂げる侠客のような生き方に憧れた。

「白」の対局にあるのは「混沌」である。「混沌」は標準化して何も立ち上がってこない状態のことであり、そこから立ち上がろうとする力こそが「白」である、と言ったのは原研哉である（「デザインの白」『特集白・白・白　国文学解釈と鑑賞　臨時増刊』54巻3号　平成21年2月25日）。「物書きブライ漢」を自認し、世の中が平準化へ向かおうとする際に、ちょっと待ったをかけるのがモノカキの使命であると、おざなりの表現に陥らぬようサービス精神と想像力を駆使してコトバを発信し続けたのが杉田瑞子である。時にサービス過剰になることもあるが、この「混沌」と「白」とのユニークなバランスの上に成り立っている点が、杉田文学の魅力である。果たしてその魅力をどれほど伝えることが出来たかは疑問だが、これからも杉田文学の魅力について探求し、発信し続けて行きたい。

この本の執筆にあたっては、高校生の時から、たえず励ましてくださった杉田宏先生の全面的なご協力をいただいた。心から感謝の意を捧げたい。

［付記］
一、引用箇所の旧漢字は新漢字に改めたが、旧仮名遣いは原則としてそのままとした。
二、今日では表現に配慮を必要とする語句を含む作品もあるが、発表当時の時代状況に鑑み、原文通りとした。

付録

杉田瑞子作品案内

■小説

1　「アベック」

書誌：『婦人朝日』13巻5号（昭和33年5月1日発行）※「私の作文」入選作として掲載。

筆名：杉田瑞子

梗概：ある同い年夫婦の就寝前の一幕。蒲団に入った夫が、「私」の旅行中に職場の可愛らしい女性（Kさん）と一緒に「赤い風船」という映画を見たことを私に告げる。私は心中穏やかならぬ気配を悟られまいと平然さを装いながら、煙草を口実に夫の蒲団に潜り込むのであった。映画館でKさんが、夫とは一つおいて隣の席に座った事実を告げられた私は、その昔夫が隣の席の私に手を出した事実を指摘し、夫の下心をやんわりとケンセイしながらも、夫の腕に身をゆだねるのであった。

冒頭&末尾：

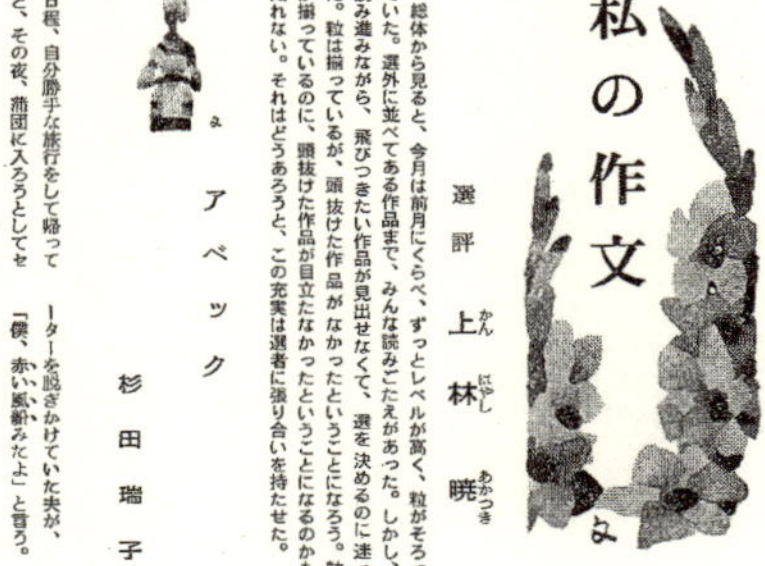
私の作文

選評　上《かん》林《ばやし》暁《あかつき》

総体から見ると、今月は前月にくらべ、ずっとレベルが高く、粒がそろっていた。選外に並べてある作品まで、みんな読みごたえがあった。しかし、読み進みながら、飛びつきたい作品が見出せなくて、選を決めるのに迷った。粒は揃っているが、頭抜けた作品がなかったということになろう。粒が揃っているのに、頭抜けた作品が目立たなかったということになるのかも知れない。それはどうあろうと、この充実は選者に張り合いを持たせた。

アベック　杉田瑞子

十日程、自分勝手な旅行をして帰ってくると、その夜、蒲団に入ろうとしてセ

ーターを脱ぎかけていた夫が、「僕、赤い風船みたよ」と言う。

十日程、自分勝手な旅行をして帰ってくると、その夜、蒲団に入ろうとしてセーターを脱ぎかけていた夫が、

「僕、赤い風船みたよ」と言う。

「へーエ、珍しいわね。あれ、よかったでしょ? とてもファンタスチックなのよ。ねえ、よかったでしょう」フトンにもぐりこみながら私は、朗らかな顔で、そういって、もう一度、「珍しいことねえ――」とつぶやいた。

＊　＊　＊

私は夫の腕にかかえられながら、元旦、年始に出かける夫に、前の晩、内職の人から届いた新しいカーディガンを着せながら、

「これオクさんが編んだのかい? って皆に聞かれたら、ウンって言うのよ。ね、ね、Kさんにも、アンガイだろって言ってやんなさい」と言ったことを思い出した。それは私の今年の最初のウソだった。

参考:

・選評　上林暁《かんばやしあかつき》（『婦人朝日』13巻5号　昭和33年5月1日）

総体から見ると、今月は前月にくらべ、ずっとレベルが高く、粒がそろっていた。選外に並べてある作品まで、みんな読みごたえがあった。しかし、読み進み《ママ》ながら、飛びつきたい作品が見出せなくて、選を決めるのに迷った。粒は揃っているが、頭抜けた作品がなかったということになろう。粒が揃っているのに、頭抜けた作品が目立たなかったということになるのかも知れない。それはどうあろうと、この充実は選者に張り合いを持たせた。

・評　上林暁（『婦人朝日』13巻5号　昭和33年5月1日）

新婚夫婦の甘えの生活が、軽妙に描かれていて、気の利いたコント（掌編小説）をなしている。夫の側から一寸し

た翳がさして、そのために妻の側から甘えの増してゆく情景が、嫌味のない媚態となって魅力的である。蒲団を移すところなどは、心理が行動となり、行動が心理となっていると言えよう。ただ最後の一句が、しめくくりとして利いていないのが惜しい。

2 「黝い海」

書誌：『奥羽文学』12号（昭和33年6月10日発行）

筆名：杉燁子

梗概：秋田に住む菊子は、哲夫と結婚して三年目を迎えた。子どもはなく平穏な結婚生活は、菊子にとって「荒涼《ママ》とした結婚生活」でしかなかった。「どうしようのない《ママ》孤独」をかかえて三十を迎えようとしていた。菊子は、北海道への一人旅を決行する。北海道にはかつて菊子が付き合った相手の村山がいる。「高みから一思いに飛び降りる思い」で、菊子は村山の前に立った。村山との再会は菊子に「たまり水となって朽ちようとしていた生命が新しい川のように、奔流のように音たてて流れ出す」感覚をもたらす。村山との夜を待つ夕方、宿と背中合わせになったしもたや風の家から「石油コンロの臭い」がし、菊子に哲夫との新婚生活を思い出させる。逃げるようにして宿を出た菊子は網走へ向けて出立する。旭川で途中下車し、アイヌの酋長木村カ子《ネ》トアイヌと出会う。酋長に「子供に背き去られてゆく老夫婦と、静かにひそやかに死期を待つ二人の男女の悲しい美しさと穏やかさ」を感じ、網走へと向かう。網走駅前のコーヒー店で菊子は「ミラボー橋」を聴く。「日々が過ぎてゆく。私はとどまる／（中略）恋はこの水の流れのように去ってゆく」。哲夫への「奇妙な愛着を覚えた」菊子は

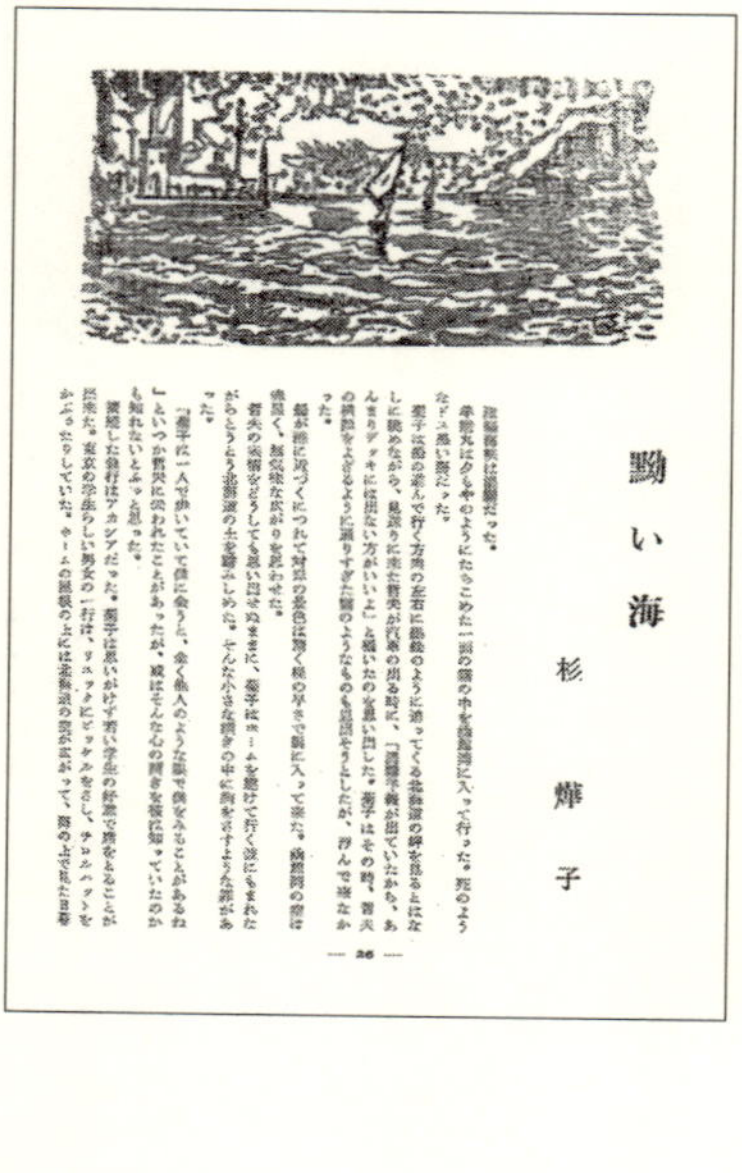
黝い海

杉　燁子

— 36 —

帰途に就く。

冒頭&末尾：

津軽海峡は濃霧だった。

羊蹄丸は夕もやのようにたちこめた一面の霧の中を函館湾に入って行った。死のようなドス黒い海だった。

菊子は船の進んで行く方向の左右に墨絵のように迫ってくる北海道の岬を見るとはなしに眺めながら、見送りに来た哲夫が汽車の出る時に、「濃霧予報が出ていたから、あんまりデッキには出ない方がいいよ」と囁いたのを思い出した。菊子はその時、哲夫の横顔をよぎるように通りすぎた翳のようなものも思出そうとしたが、浮んで来なかった。

＊　＊　＊

モヨロ貝塚のすぐ後は海だった。菊子は磯の臭いをたよりに砂浜に降りていった。波の打ち寄せるすぐ傍に、トタン張りの小屋のような建物があって、そこから、汚物が海に向って流れていた。建物の近くに寄ってみると、人声が聞えてきた。汚物に近づいてみると、どうやら、貝の缶詰の工場らしかった。夕焼がオホーツク海を赤く染めはじめた。六時だった。村山はきっとあの赤い旗のたっているデパートの屋上で、下から昇ってくる人を待ちわびているだろう。哲夫は家に帰ったろうか。「夜になり、時の鐘が鳴る。日々が過ぎてゆく――」菊子は口に出して云ってみた。その声は、波の音に吸いこまれていった。

工場から労働者風の男が出てきて、箱の汚物をがばっと音たてゝ棄てた。すると今まで全く気づかなかった真黒い無数の鳥が、菊子の周囲から、バタ〳〵と飛び立った。鴉だった。彼女は「あ――」と声を挙げて、息をのんだ。汚物をついばんでいた鴉が、物音に驚いて飛び立ったのだった。一度舞い上った無数の黒い鳥は、やがて群をなして、貝塚のある森の方角へ飛び去っていった。菊子はその無気味な羽音に身をおののかせ乍ら、村山との恋の結末を眺めていた。

参考：

・編集後記（『奥羽文学』12号　昭和33年6月10日）

発行期日を一ヶ月延して、今十二号を出すことになった。最初は予定通りに発行するつもりだったが、会計の面で会費納入の渋滞、集った原稿の意外に低調だったこと。その二つの問題を解決するため、僕らはさしあたって一ヶ月の延期を敢てなした。掲載作品は、酒匂健四郎「晩鐘」と野中堯「埋葬」の百枚前後の中編二つを中心に、前号からの連載である三樹茂「青い蛇」小野正人「李家鬼神伝」、それに新加入同人として杉燁子の「黝い海」の五編である。

3　「エンジェル・フィッシュ」

書誌：『河北新報』（昭和33年9月14日発行）※「中編小説」入選作として掲載。

筆名：杉燁子

梗概：「その子」としか言いようがない女の名前は明かされない。久野の病院に診察に来た女で、妻の診察室でうるさく騒ぐ子がいるのでのぞいてみると「その子」であった。

久野は関西の港町に育った。妻の美紀とは東京の医大時代に知り合い、結婚した。妻の実家のあるこの東北の町に開業医として住んで二十年近くになる。三人の子どもをもうけ、昔のような華やかさの失われた妻に「やり場のないフンマンのようなもの」を抱えるようになった久野は、町からA市まで出かけては歓楽街をふらつくようになった。そんなとき同じ電車に乗り合わせた「その子」と親しくなる。

友人の芳賀の情報によると、「その子」は町の旧家に育ち、夜間高校の先生をしているという。「その子」には好きな人がいたが福岡に転勤してしまった。

冬のある日、「その子」は扁桃腺を腫らして久野の元に診察に訪れた。ペニシリンを白い腰に打つ際、久野は「おそってくる興奮に目のくらむ思い」を味わう。

友人の見送りに駅へ向かうバスの中で、久野は最愛の人ではない男と結婚した「その子」に再会した。駅前の寿司屋で寿司を奢らされ、人妻にもかかわらず無邪気に喜び、一向に女になったとも思われないこの子を、久野は「ふし

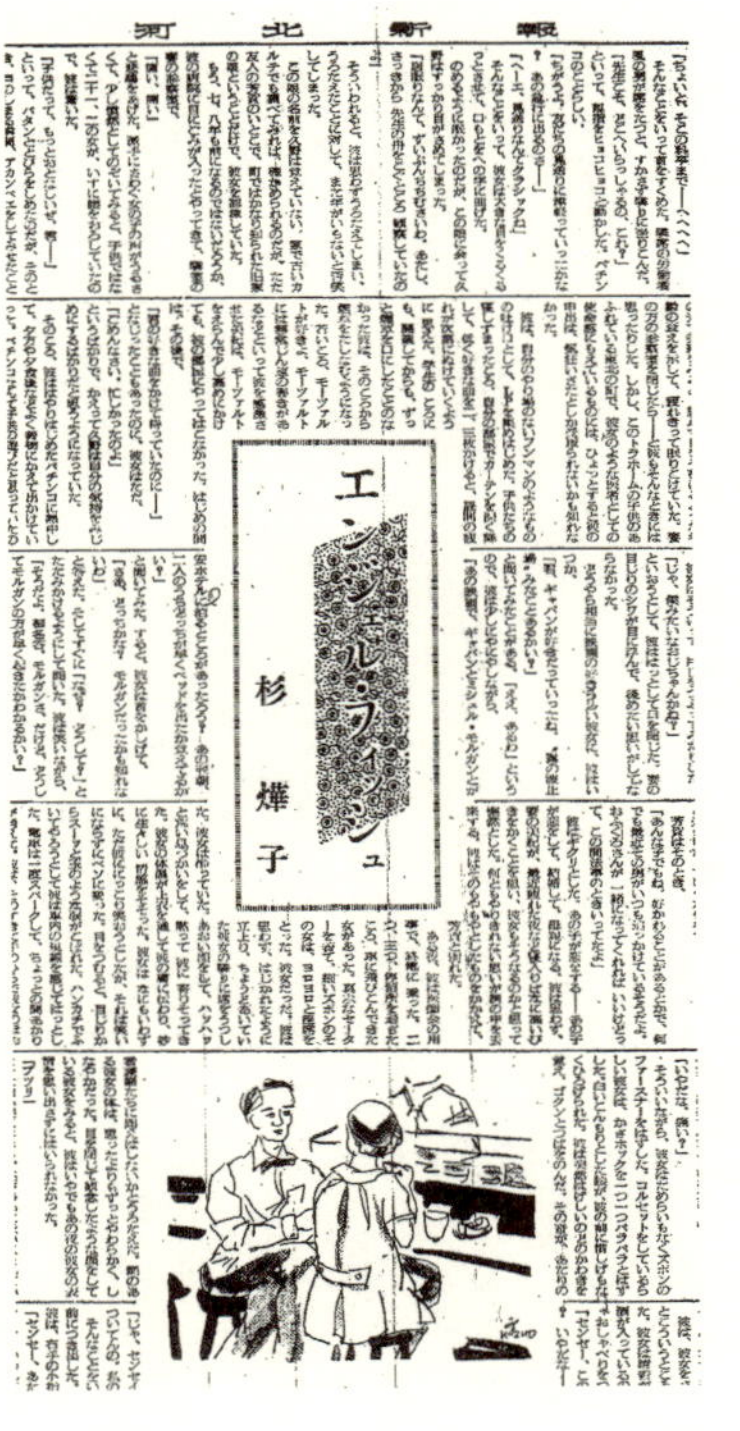
河北新報

エンジェル・フィッシュ

杉　燁子

ぎな子」だと思う。

冒頭&末尾：

ふしぎな子だな――と会うたびごとに思う。夕方の急行でたつ昔の友人を送るために、久野は疲れた体をバスの最後部の席にもたせかけていると、突然、

「センセエー」

というかん高い声で、肩先をつつかれた。その子は――いや、子供というのはおかしい。もう、ひょっとすると二十五、六――あるいは、それ以上もいっているはずなのだが、あいかわらず子供か少女とでも呼びたいような顔つきで、すっとんきょうな声で鋭くグイとつついた。ダスターコートというやつだろうか、例の短いコートを着て、赤いベレーをかぶり、胸にはブイの形のボタンを三つ、ちょこんとつけてにやにや笑っている。

＊　＊　＊

別れぎわに、彼女は突然、

「センセー、あのね、あたしモルガンがどうして先にベッドから出たかわかったわ」

といい出し、彼はキョトンとしてしまった。

「モルガン？」

「ミシェル・モルガンよ。〝霧の波止場〟の――」

そうか、彼女にもあのモルガンがギャバンに処女を与えた翌朝、恥じらいとうろたえから早くから目をさまして、ぼう然として安ホテルの窓から人通りのない舗道を眺めていた心境が分ったのか。彼はもう一度そんなこともすっか

り分ったくせに、一向に女になったとも見えないこの子を「ふしぎな子」だなと思った。
久野の中年のころのあがきのようにいとしかったその子は、夫への土産の包みをブラブラさせて
「サヨナラ、ごちそうさま——」
というなり、人ごみの中にパッと消えていってしまった。

参考：

・入選者紹介（『河北新報』昭和33年9月14日）

四、五時間で書上げた作品

入選ときいて本当におどろきました。学生のときグループをつくって書いたこともありますが、ほんの少女趣味で、本気で書いてみようと思ったのはことしの春からです。そして四月、ある週刊誌に「私の作文」というのが入選したので、これで小説入選は二度目です。

私は筆がはやく、その方がよいのが書けます。この小説も夕方から夜中まで、ほんの四、五時間で書いたものです。このごろのように読んで苦しくなるようなものはきらいです。これからも趣味として書いてゆきたい。

私は戦中派なので、女の中にあるクラシックなものを引出してみたい。現在奥羽文学同人だが、農村文学とはだがあわないようで、あまり活躍していない。（本名杉田瑞子。秋田市土崎港旭町、秋田市敬愛高教諭、二十九歳）

・選評　舟橋聖一・竹越和夫（『河北新報』昭和33年9月14日）

息切れせぬ見事な筆

「エンジェル・フィッシュ」（杉燁子作）は、おもしろい大人の小説だ。

今月応募作品中群をぬいてこの作品だけが光っている。だが、それは絶対的な価値ではなく、相対的なものである

ことを、作者は心得ておいてほしい。

それほど今月の予選通過の作品が、どれもこれも、みじめに失敗に終っている。

この「エンジェル・フィッシュ」のなかに描かれている中年の医師の生活は、なかなかよく描かれていて、作者は小説的結構を心得た筆致で、最後まで息切れを感じさせなかったのはみごとである。彼女といわれるふしぎなセンスの女性も、ちゃんと浮きぼりにされていて、その女性との出会いが、どのケースもおもしろい。

ことに、最後のところは、作者の得意のところだろうが、「霧の波止場」のミシェル・モルガンの話をしめくくりに黙綴（てつ）させながら、ザ《ママ》・エンドに運んでいったあたり、作者のお手柄といいたい。

先に、相対的の価値と評したが、この「エンジェル・フィッシュ」は白びではないにしても、立派に一人前の小説として、推薦する価値はある。

4 「墓碑銘」

書誌：『文芸秋田』創刊号（昭和33年12月20日発行）

筆名：杉煒子

梗概：医師から妊娠を告げられた森下明子は、大きな耳鳴りと同時に喉の渇きを覚えた。柘植浩とは相愛の仲だが、結婚前に子どもを産むことは「汚名」であり、その汚名から免れるためには、子どもをおろさなくてはならない。妊娠の事実を前に柘植をなじった明子だが、やがて堕胎を決意した手紙を柘植に認め、入院の準備を整えて病院へと向かった。

戦前、陸軍病院だった病舎は薄暗く寒かった。柘植に付き添われ、手術を前に不安な時を送る。担当の医師は秋葉といった。入院初日はリバノール液の注入。翌日は、陣痛を催させる投薬を続けた。翌々日の十二時五十分に破水、一時三十五分、「はじめての子が、胎内から出て冷たい金属の盤に受けられた」。次の日にもう一度搔爬《そうは》。入院して五日目、退屈紛れに読んだ雑誌の中で「芥川賞を得た、ある婦人科医の作家」に引きつけられてその作品を読んだ。お腹の中の胎児は果たして「汚物だったのか。それとも又、生命の萌芽だったのか」という言葉に明子の母性が恐れおののく。

明子は秋葉先生に宛てた手紙で、生まれた子どもの生きた確証を与えてくれるよう依頼する。子どもはすでに埋め

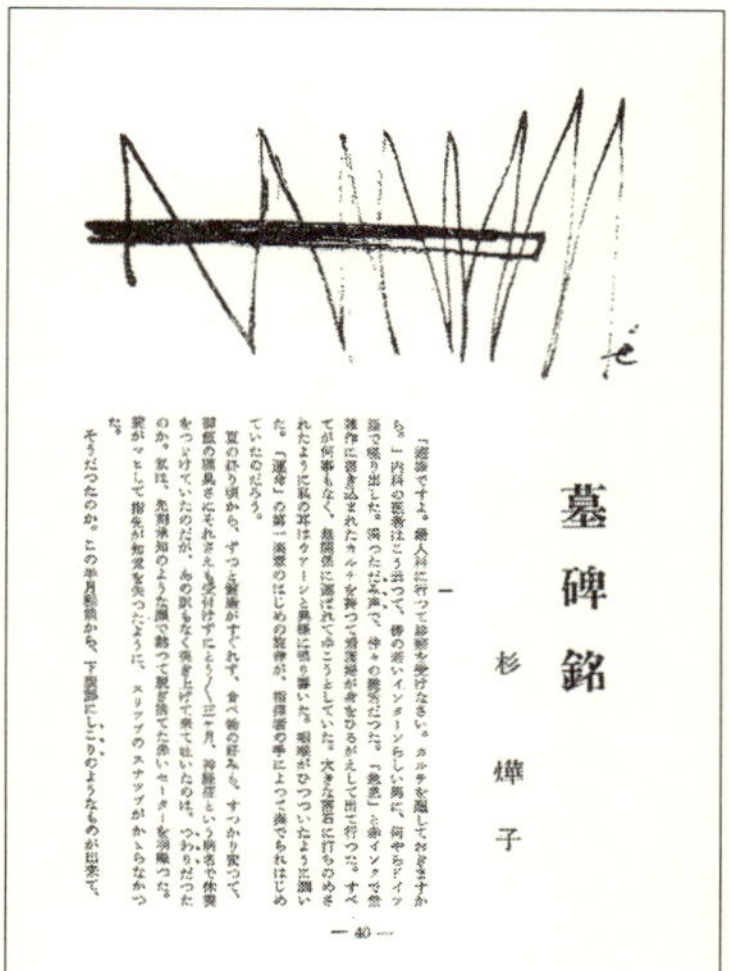

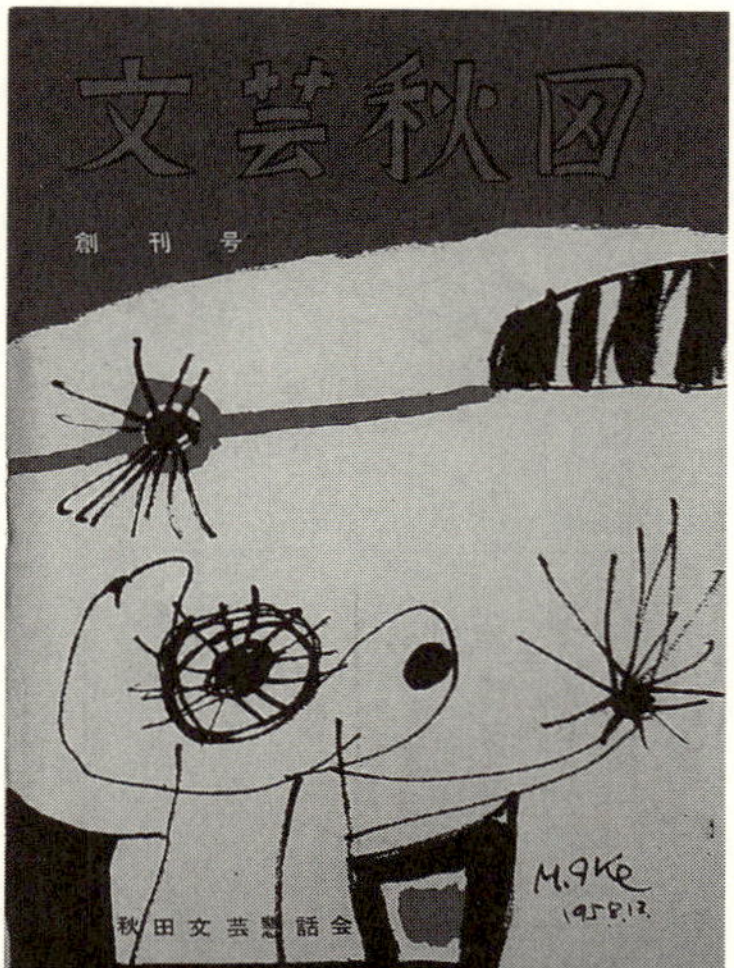

られたことを秋葉先生から伝えられた明子は、終日、土に埋められて眠る子どものことを考え、本当はその穴には自分が入るべきだったのではないかと自責の念に苛《さいな》まれる。退院の日、雪が降った。白い雪のベールに覆われた大地は、白い衣をまとった天使であり、雪解けとともに天に舞い上がる。それは子どもにとって幸せなことであったと自ら納得し、明子は退院する。

冒頭＆末尾：

「妊娠ですよ。婦人科に行つて診察を受けなさい。カルテを廻しておきますから。」内科の医者はこう云つて、傍の若いインターンらしい男に、何やらドイツ語で喋り出した。濁つただみ声で、仲々の饒舌だつた。「急患」と赤インクで無雑作に書き込まれたカルテを持つて看護婦が身をひるがえして出て行つた。すべてが何事もなく、無関係に運ばれてゆこうとしていた。大きな落石に打ちのめされたように私の耳はウアーンと異様に鳴り響いた。咽喉がひつついたように涸いた。「運命」の第一楽章のはじめの旋律が、指揮者の手によつて奏でられはじめていたのだろう。

＊　＊　＊

白い雪の層は、日毎に厚くなり、やがて本当の冬がやつてくるだろう。そして再び春のこの地上にやつてくる頃、土に埋められたお前は、必らずや、雪解けと共に、天使になつて、陽炎と共に天に舞い上るのだ。お前の翼は誰よりも軽く、誰よりも高く舞い上るだろう。

子供よ。

私は、お前の昇天を見送ろう。月の春もよいにけむる夜、子供よ。月明の空を高く、大きく飛べよ。柘植も目をさました。私は彼と朝の長い、新しい口づけをかわす。

寺院の鐘が、朝の気をふるわせて、鈍く鳴り渡る。やがて日が又昇るだろう。
今日、私は退院する。

5　「青い梅」

書誌：『秋田警察』13巻12号～14巻5号（昭和33年12月1日～34年5月7日　全6回）

筆名：杉燁子

梗概：教師になって三年足らずの「わたし」は私立高校で一年の担任を受け持ち、社会科を教えている。ある日、担任している成瀬悦子から相談を受ける。相談とは、義父が夜ごとに「いぢわる」をするのが耐えられないので家を出たいというのだった。悦子にしばらく母の実家に居るようアドバイスする。恋人の山中徹に相談すると、生徒の家庭での出来事に介入するのは越権行為だと一蹴《いっしゅう》される。悦子の実父は戦死したのだった。戦争未亡人となった母は、妻に逃げられ男手一つで六ヶ月の男の子を抱えている職場の同僚だった男と再婚した。その後、男との間に息子と娘の二人の子どもをもうけた。母は育児に忙しく、悦子と血のつながりのない父親は、娘に女としての魅力を感じ始めていた。

わたしが風邪で学校を休んだ後、出勤すると今度は石川一子の異性交遊に関わる問題が持ち上がっていた。一子の話では、幼馴染みがいることは事実だが、誠実な付き合いであること。交際を迫って断られた男が腹いせに、一子の異性交遊を学校に知らせたのだということだった。それを同僚の生徒指導担当教諭らに、一子は複数の男と淫らな交際を持っていると勘違いされてしまったのである。わたしは一子の言い分を信じた。二日間風邪で休んだ一子を見舞うためわたしは寄宿舎へと向かった。そこには、舎則を破った罰則で手当もしてもらえず熱を出している二人の生徒がいた。寄宿舎生活の条件の悪さを目の当たりにすると同時に、生徒のことをあまりにも知らなすぎることに気づい

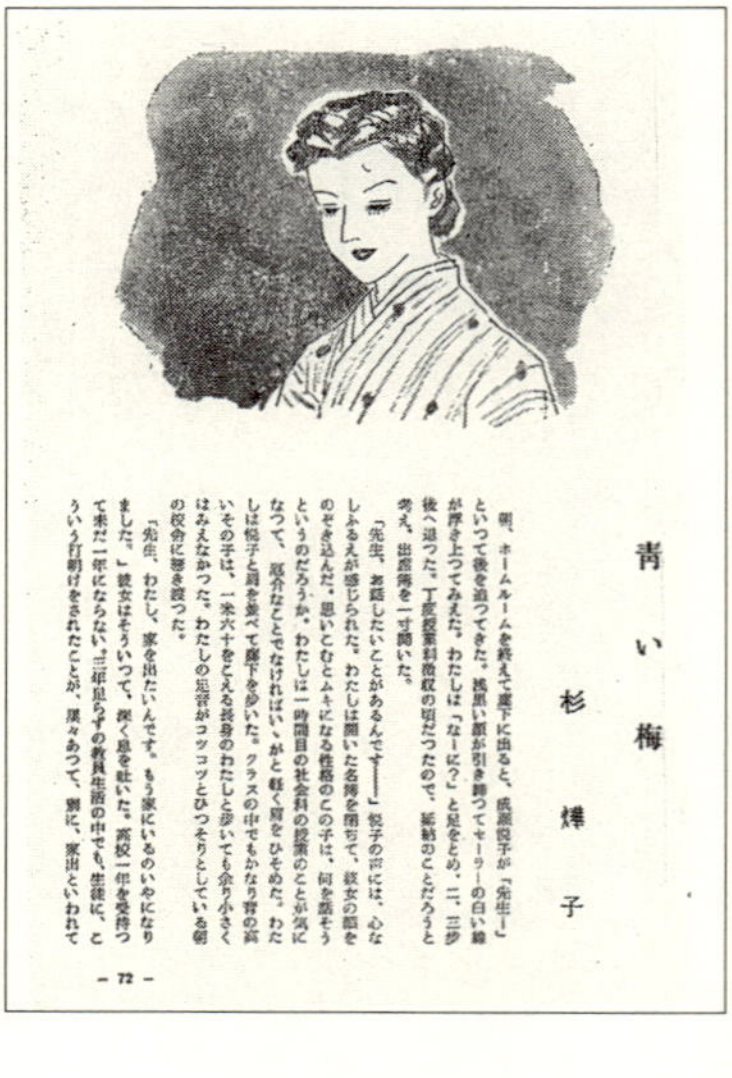
青い梅

杉燁子

朝、ホームルームを終えて廊下に出ると、成瀬悦子が「先生ー」といつて後を追つてきた。浅黒い顔が引き締つてセーラーの白い線が浮き上つてみえた。わたしは「なーに?」と足をとめ、二、三歩後へ退つた。丁度授業料徴収の切だつたので、延納のことだろうと考え、出席簿を一寸開いた。

「先生、お話したいことがあるんです――」悦子の声には、心なしふるえが感じられた。わたしは開いた名簿を閉ぢて、彼女の顔をのぞき込んだ。思いこむとムキになる性格のこの子は、何を話そうというのだろうか。わたしは一時間目の社会科の授業のことが気になつて、厄介なことでなければよい、がと軽く眉をひそめた。わたしは悦子と肩を並べて廊下を歩いた。クラスの中でもかなり背の高いその子は、一米六十をこえる長身のわたしと歩いても余り小さくはみえなかつた。わたしの足音がコツコツとひつそりとしている朝の校舎に響き渡つた。

「先生、わたし、家を出たいんです。もう家にいるのいやになりました。」彼女はそういつて、深く息を吐いた。高校一年を受持つて未だ一年にならない。三年足らずの教員生活の中でも、生徒に、こういう打明けをされたことが、度々あつて、別に、家出といわれて

― 72 ―

たわたしは、生徒らに「生いたちの記」を書かせることにする。

そんなある日、悦子の父親の成瀬昌造が来校する。買ってきた月刊少女雑誌を悦子に渡してくれるよう頼み、父親は帰っていく。また別の日、山中と待ち合わせた喫茶店で昌造と出くわし、話を聞くこととなる。昌造は、悦子に対する男としての欲情を正直に告白する。悦子を母親の実家にやってくれたことについてわたしへの感謝を口にされ、わたしは言うべき言葉を失う。一週間かけて四十五人の「生いたちの記」に目を通したわたしは、戦後十三年、何もかも戦争に結びつけることの愚かさを知りながらも、現に消えることなく戦争の負債を背負った形の少女たちの存在に緊張感をぬぐえない。未だ酸っぱい青い梅に過ぎない少女たちを守るのは誰なのか。生徒たちの赤裸々な告白に接して、わたしは教師としての自信を取り戻し、わたしの正しかったことを確信する。

冒頭&末尾:

朝、ホームルームを終えて廊下に出ると、成瀬悦子が「先生—」といって後を追ってきた。浅黒い顔が引き締ってセーラーの白い線が浮き上ってみえた。わたしは「なーに？」と足をとめ、二、三歩後へ退った。丁度授業料徴収の頃だったので、延納のことだろうと考え、出席簿を一寸開いた。

「先生、お話したいことがあるんです——」悦子の声には、心なしふるえが感じられた。わたしは開いた名簿を閉ぢて、彼女の顔をのぞき込んだ。思いこむとムキになる性格のこの子は、何を話そうというのだろうか。わたしは一時間目の社会科の授業のことが気になって、厄介なことでなければいゝがと軽く眉をひそめた。わたしは悦子と肩を並べて廊下を歩いた。クラスの中でもかなり背の高いその子は、一米六十をこえる長身のわたしと歩いても余り小さくはみえなかった。わたしの足音がコツコツとひつそりとしている朝の校舎に響き渡った。

＊　＊　＊

成瀬悦子の件も、石川一子の件も、表面《おもて》だつて顕れた犯罪ではない。しかし、こうした因子《ファクター》が、累積して流血の惨事にも発展してゆくのだ。青くて堅い、未だ酸つぱい青い梅にすぎない彼女たち。しかし、その胸は一日毎にふくらみ、丸みを加えてゆくだろう。一丁前の口を利き、一ぱしの大人ぶつてはみても、未熟な青い梅に過ぎない少女達——誰が、彼女らを守つてやるべきなのか。家族か、教師か、社会か、国家か——恐らく、そのいずれも、その責は免れまい。

生徒たちの赤裸々な告白に接して、わたしは、はじめて、自信のようなもの——少くとも、わたしは間違つてはいなかつたことを確信した。

春休みが近づいていた。彼女らは、揃つて二年生になる。わたしは、彼女らと共に、二年生になろうと思つた。そして、同時に、山中徹が、わたしにとつて、あらゆる点で、必要な男であることも悟つた。

わたしは、やがて、彼と結婚するだろう。その時には、成瀬悦子に、夫婦《めおと》の人形を請求してやろうと思つた。

6　「どぶ川」

書誌：『文芸秋田』2号（昭和34年7月10日発行）
筆名：杉煒子
梗概：激しく降る雨に身を震わせながら、暗い夜のどぶ川沿いを、娘の香代子に届けるはずだった筍飯を抱えたまま、米はのろのろと自宅へと歩いていた。天皇誕生日を理由に娘の好物である筍飯を炊いた。息子の恭一と嫁の典子は映画に出かけていた。炊きあがった筍飯を弁当箱に詰めているところへ息子夫婦が帰宅する。嫁の典子は米が義姉に筍飯を届けようとするのを察知し、夕飯の食卓では米を無視した。

　夫の拓造は神経痛を患い八十を超している。五十五で勤めていた銀行を追い出され、以来寝たきりで、米が一手にその世話をしている。米が倒れたら恭一は親の世話をするとは言うものの、典子は実家から出入りの女を連れてきてやらせるつもりでいる。米は三十で四十七の拓造の許に後妻として嫁いだ。拓造は銀行の次長まで務め、傲岸《ごうがん》で通っていた。寝たきりになってからも、米を奴隷のように扱《こ》き使っていた。香代子は先天性膝関節脱臼《だっきゅう》もあり、嫁に行き遅れ三十三になっていた。先に結婚した弟恭一の嫁の典子とはよく衝突し、つい先日家を出て下宿していた。典子の話では、香代子は若い男と付き合っているらしい。下

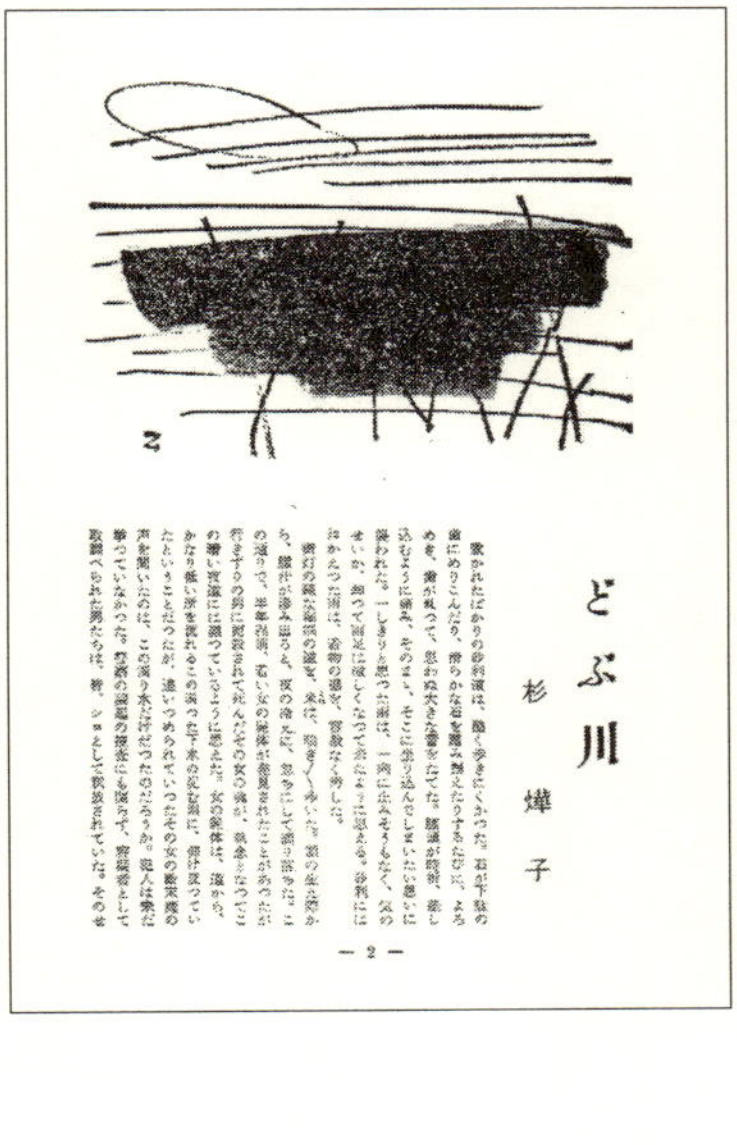

宿の理由は、実は義妹との衝突ではなく男との密会のためではなかったかと勘ぐる米だが、娘の身持ちのよさを信じていた。歩いて二十分位の所に香代子の下宿はある。米は娘の好物の筍飯を胸に急いだ。二、三軒手前の垣根から、香代子の部屋の灯りが見えた。急ぎ足で門をくぐると灯りは消えていた。ガラス戸を叩こうとして玄関わきの植え込みに近寄るとつんざくような香代子の笑い声と男の声がした。

冒頭&末尾：

敷かれたばかりの砂利道は、酷く歩きにくかつた。石が下駄の歯にめりこんだり、滑らかな石を踏み据えたりするたびに、よろめき、歯が軋つて、思わぬ大きな音をたてた。膝頭が時折、差し込むように痛み、そのまゝ、そこに坐り込んでしまいたい思いに襲われた。一しきりと思つた雨は、一向に止みそうもなく、気のせいか、却つて雨足は激しくなつて来たように思える。砂利にはねかえつた雨は、着物の裾を、容赦なく汚した。

街灯の疎な堀端の道を、米《よね》は、喘ぎ〳〵歩いた。額の生え際から、脂汗が滲み出ると、夜の冷えに、忽ちにして滴り落ちた。この通りで、半年程前、若い女の屍体が発見されたことがあつたが行きずりの男に扼殺されて死んだその女の魂が、執念となつてこの暗い夜道には漂つているように思えた。女の屍体は、道から、かなり低い所を流れるこの濁つた下水の淀む堀に、仰け反つていたということだつたが、追いつめられていつたその女の断末魔の声を聞いたのは、この濁り水だけだつたのだろうか。犯人は未だ挙つていなかつた。警察の躍起の捜査にも関らず、容疑者として取調べられた男たちは、皆、シロとして釈放されていた。そのせいか、九時を回つたばかりというのに、人足は、すつかり絶えていた。

＊　＊　＊

米は、胸の動悸をおさえかねて、植込の中に、しやがんでしまつた、気の狂いそうな怒りがこみ上げて来て、仄かなぬくもりを保つていた包みを、窓に叩きつけたいような衝動が、胸のうちに突き上げてきた。

完全な裏切りだつた。

「香代子——香代子」

言葉にならない叫びだが、米の身内を駆けめぐつた。

典子の云つたのは正しかつたのだ。香代子は、物堅い未亡人の留守を選んで、男をくわえこみ、こうした痴態を繰り返していたのだ。あの子の躰の中には、既に男の血が流れていたのだ。あの子は最早、生娘ではない。

米の最後の手の内の球は、砕け散り、泥濘の中に消えて行つた。

気のせいか、男と女の営みを思わせる激しい息づかいさえ、米の耳には、まざ〳〵と聞えてきた。米は狂つたように立上り、低い植込の脇の草を、下駄で、めちや〳〵に踏み荒した。踏みにじられて、足許から、蓬《よもぎ》が鼻をさすように鋭く匂つた。

7 「胚芽」

書誌：『文芸秋田』４号（昭和34年12月20日発行）

筆名：杉燁子

梗概：二ヶ月程前、療養所を抜け出してきた誠作は、三日二晩狂ったように三千代を貪《むさぼ》った。思いがけぬ帰宅から二週間後、誠作を見舞った三千代に、誠作は妊娠していないか尋ねる。恐怖のようなものが、三千代の体を貫く。二人は結婚して五年になる。二年前、誠作は突如吐血して結核との闘病生活に入った。子どもが出来るとすれば、健康な夫との間でなければならないと感じていた三千代にとって、病の夫との間に子どもが誕生することは、どうにも不快でたまらなかった。しかも陵辱《りょうじょく》されるようにして植えつけられたとなると冒瀆《ぼうとく》に似た屈辱感を拭《ぬぐ》い去れなかった。

三月の末、真夜中に療養所から電報で誠作の病状の急変を知らせてきた。急いでタクシーを飛ばす三千代。車は石ころを時折はじき飛ばしながら、海岸沿いの道を療養所へと向かう。その途中、冷えのせいか下腹部に痛みを覚えた。痛みは徐々に激しさを増し、我慢していたが、療養所の小高い丘へ曲がるカーブで大きく左折すると同時に、三千代は息の止まるような苦痛を覚え、下腹部に生温かいものが流出するのを感じた。タクシーを降り、療養所への階段を上りながら、三千代は不思議な解

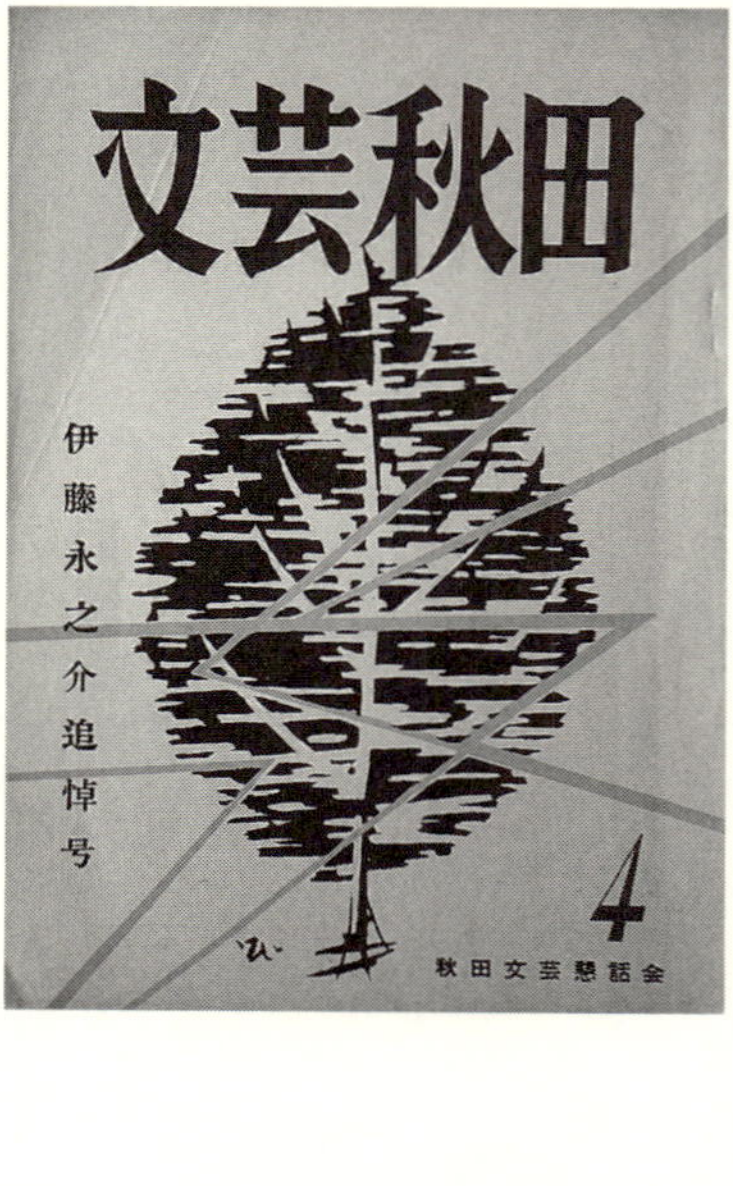

胚芽

杉 燁子

— 64 —

放感を感じていた。

冒頭&末尾：

誠作が、その静脈の太く浮き出た、逞しい両腕で、ぐい〳〵と羽交い締めのように迫つてくる。三千代は、生腥いような男の臭いに、むせかえり、思わず身をのけぞらせた。

衿元に、冷りとした暁方の空気が、しのび寄つていた。

夢だつた。

三千代は、妄想を払いのけるようにして、枕許のスタンドを灯してみたが、青白い光が六畳間を照し出すと、却つて、独り寝のわびしさがそゝられた。

＊　＊　＊

バックミラーに写る乗客の姿に、運転手は

「お客さん、どうかしましたか？」

と訊ねた。

「いゝの。少し、お腹が痛むけど、気にしないで、急いで頂戴。」

三千代は、そう答えながら、痛みが、殆ど耐えられぬ程のものになつてきているのを感じた。

誠作のいる療養所は、小高い丘の上に在つた。車が大きく左折して、それでも、スピードをゆるめずに登りつゞけた時、三千代は、息の止るような苦痛を覚え、同時に、何か、生温いものが、下腹から流出するのを感じた。

車が、療養所の玄関に横づけされ、運転手が、手早く、後のドアを開けた。三千代は、下腹を抑えて、通いなれた病院につゞく階段を昇りながら、不思議な解放感が、全身を包んでいるのを感じていた。

8 「履歴書」

書誌：『秋田魁新報』新年文芸短編小説第一席（昭和36年1月1日発行）※入選作として掲載。

筆名：杉燁子

梗概：都会のビル街の一室で、田淵遼吉は針生という青年の差し出した一枚の履歴書を手にしながら、去っていく青年のクツ音を、高鳴る心臓の鼓動とともに聞いていた。「ぼく、針生小枝のむすこです」の一言が、五十も半ばを過ぎた田淵のからだを底からゆさぶった。

二十五年前、学生時代を過ごしたS市で、田淵は下宿先の娘に恋をした。娘の名が針生小枝だった。卒業を間近に控え、所属する研究会が左翼学生の運動として当局から弾圧された。金持ちの次男坊で何不自由なく育った田淵は、仲間から指弾され脱会を迫られる。泥酔した田淵は足を滑らせ川へ転覆して下宿に運びこまれる。親身になって介抱《かいほう》する小枝を、酒の勢いから陵辱してしまう。翌日、東京から急行した母に拉《ら》致《ち》されるように連れ去られた田淵は、一ヶ月後には事故で兄を失い、田淵家の家督《かとく》を継ぐ羽目になる。以後、母の選択で迎えた妻との間に子どもはなく、戦争と戦後のインフレの怒濤《どとう》を乗り越えることに経営者として腐心《ふしん》し、一度も小枝の消息を耳にしたことはなかった。田淵の会社を訪れた青年が残した履歴書には、「針生遼一」の名前が記されていた。遼一の「遼」の字は、明らかに遼吉の「遼」であった。常務室の窓から見えるプラタナスの街路樹の葉が、かすかな風に吹かれてそよいでいた。田淵の胸には、くずれるようなむなしさが舞い起こった。

短編小説第一席入選作
履歴書
杉燁子
絵 伊藤博次

冒頭&末尾：

針生と名のる青年の後ろ姿が、常務室の重いドアのかなたへ消えていった時、田淵遼吉は、もう一度、よびもどしてみたい衝動に襲われた。

明らかに青年のものと思われるクツ音が、冷たいコンクリートの床に、正確に規則的に響き渡り、それはやがて、かすかなものとなり、聞きとれなくなってしまった。

田淵は、瞬間的に腰を上げたイスに、再び深々と全身をゆだねた。あの若いクツ音は、彼の高鳴った心臓の鼓動とともに、尾をひいていつまでも残った。

＊　＊　＊

彼は、もう一度、青年の残して行った一枚の紙を開いてみた。「筆頭小枝長男　針生遼一」遼一の遼の一字は、明らかに、田淵遼吉の名のそれであった。彼女は、作為あって、その人の名の一字を自らのむすこに付したのだろうか。

田淵の妻は、すでに、彼女が、遼吉との間に子どもを望むことのできない年齢に達した時、「あなたにせめて、私の知らない子どもでもおありだったら……」と言ったことがあった。彼はその時、妻のその一言を女の愚かしいたわごととして一笑に付して打ち消したが、そんなことばさえ、妙になまなましい執念となって、よみがえってくる。

彼は、たまらなくなって、イスをはなれ、オフィスの窓から、晩秋の町を見おろした。

町はすでにたそがれていた。仕事を終えた勤め人と、これから夜の町に仕事につこうとする着飾った女たちが、三々五々気ぜわしく行きかうばかりで、むろん、彼の求めたあのエリ足の清潔な長身の学生服の青年の姿はなかった。

プラタナスの街路樹が、かすかな風に吹かれて、一枚一枚葉を落としていた。その葉のそよぎが、田淵遼吉の胸で、大きな音をたてて、くずれるようなむなしい思いを舞い起こした。

参考：

・短編小説の選評　寺崎浩（『秋田魁新報』昭和36年1月1日）

十五、六枚の短編のまとめ方として、総体にまことにうまい。そういうチャンスが多いためにうまくなってしまつ《ママ》たのだろう。

ただの読み物になってしまっているのもある。小説をこしらえるうまさを知ったのである。そこまではいいが、この作者は何を訴えようとしているのかと考えると、やはり準備もたらなかったり、焦点を合わせてそこへ鋭く自分の言おうとすることを集めるのに不足だったりしている。

「履歴書」（杉燁子）は菊池寛、芥川竜《ママ》之介などの流れをふむ作品で、胸のすくほどあざやかなさえを見せている。そして文章がうまく、その文章も個性的なものがある。

・杉燁子「育児のかたわら執筆」（『秋田魁新報』昭和36年1月1日）

三十一歳の主婦。宮城女専国文科卒。弘前学院、秋田高校、敬愛高校などの教員の経歴をもつ。本名杉田瑞子、一子の母。

学生時代から小説を書きはじめ、三十三年に河北新報読者文芸と婦人朝日懸賞小説に入選。現在は「文芸秋田」同人のほかＮＨＫ秋田放送局の学校放送のシナリオを執筆している。

入選作「履歴書」はふと思いついた題材をひと晩でまとめたものという。「なにしろ子どもがいるので時間をとっていられませんから」というのが杉さんのことば。子どもに手がかからなくなったら腰をすえて大作に取り組みたいそうだ。

「私はこの作品でもわかるようにローカル味のあるものはダメ、それに人物も若い人や女より初老の男性に魅力があるんです。でもこれを機会にもっと幅のある作風を築いていきたいと思っています」と抱負を語っている。

9　「死期待ち」

書誌：初出は『文芸秋田』６号（昭和37年７月30日発行）※『新潮』（59巻12号　昭和37年12月１日）に全国同人雑誌推薦小説として掲載される。

筆名：杉田瑞子

梗概：夫拓造が昏睡状態に陥り、米の許には家族が揃った。所在なくうろつく米を尻目に、東京に残してきた夫に手紙を書く娘の香代子、婦人雑誌を広げてどこか浮き浮きしている嫁の典子、憮然《ぶぜん》とした面持ちで煙草をふかす息子の悠一。

　病人の拓造の部屋はキチンと片づけられ、拓造の横になっている布団は隅に押しやられ、タンスの上には菊の花まで飾ってある。苦《く》学力行《がくりつこう》の人として親戚からはその出世を讃えられもし、家では厳格一点張りだった拓造の生涯も終わりを迎えようとしている。米は後妻として仕えた四十年間を振り返り、一度も夫婦らしい心のゆきかいを覚えなかったと振り返る。

　茶の間での子どもたちの話題は、拓造の遺産のことだった。香典を当てにする悠一だが、遺産はほとんどないに等しい。典子にしてみれば残される米こそが「大いなる遺産」なのである。いつも毒のある表現をサラリと言いのける典子は、米にとっては始末に負えなかったものの、拓造には気に入られた。娘の香代子にさえ結婚祝いに何もあげなかったのに、典子

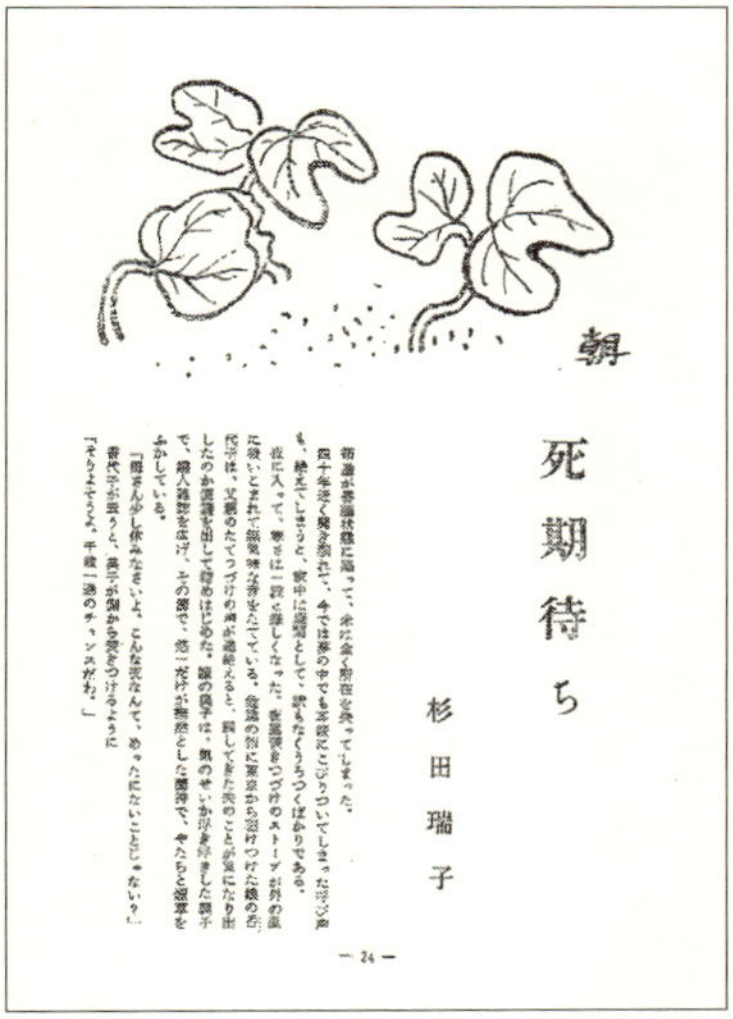

には誕生プレゼントに真珠を与えた。

いよいよ拓造の病状が危うくなり、米は重要書類を入れた小箪笥の整理を思いつく。写真や手紙の束と一緒に、小さな化粧品の箱が一番奥にしまい込まれていた。開けてみると、珊瑚の根掛けが大きな音をたてて転がり出た。拓造の眉がピクリと動き、口が「ママ」と声を発した。収められていた写真はすべて先妻のものだった。

拓造が昏睡状態に陥り、医師からあとは時間の問題と宣告された晩、典子の母が見舞いがてら喪服を届ける。米は、自らの不用意にハッとさせられる。香代子はすでに東京から来る時に持参していた。当然の準備を怠った自分に、米は屈辱感を募らせる。その夜、米は白い反物を広げ、下着を縫った。雪が土の上をうっすらと覆った。翌日、拓造に下顎《かがく》呼吸が現れ、八十三年の生涯を閉じる。風花が舞い、血の気を失った蒼白の夫の顔からは、喪家《そうか》の気配が漂い始める。

冒頭＆末尾：

拓造が昏睡状態に陥って、米は全く所在を失ってしまった。

四十年近く聞き馴れて、今では夢の中でも耳底にこびりついてしまった呼び声も、絶えてしまうと、家中は森閑として、訳もなくうろつくばかりである。

夜に入って、寒さは一段と厳しくなった。夜昼焚きつづけのストーブが外の風に吸いこまれて無気味な音をたてている。危篤の報に東京から駆けつけた娘の香代子は、父親のたてつづけの声が途絶えると、残してきた夫のことが気になり出したのか便箋を出して認めはじめた。嫁の典子は、気のせいか浮き浮きした調子で、婦人雑誌を広げ、その傍で、悠一だけが撫然《ママ》とした面持で、やたらと煙草をふかしている。

＊　＊　＊

いつの間にか日は西に傾き、裸木の影が薄れていた。米は、その日ざしをさえぎろうとして立って、カーテンを曳いた。すかしガラスを透して、屋敷の隅のゴミ溜めに餌をあさる黒い鳥の群があった。そのうちの二、三羽が、屍臭を嗅ぎつけたものかけたたましい声を挙げると屋根に舞い上った。次第に広がる夕もやに、ハラハラと舞うように落ちてくるのは風花であった。

憎しみも又愛のかたちのあらわれとすれば、米と拓造の夫婦の愛憎の歴史は、ここですっぽりと終りをつげたことになる。

米は立ったまま、薄日の中に横たわる夫の姿を眺めやった。今の今まで失われずにいた額の憎々しいまでの光沢はかき消すように失せ、血の気を喪った蒼白の顔のあたりから、喪家の気配が次第にたちこめはじめていた。

10　「足音」

書誌：『秋田魁新報』新年文芸短編小説第一席（昭和39年1月1日発行）※入選作として掲載。

筆名：杉田瑞子

梗概：「私」は、佐川六郎の足音だけは聞き分けられる。六郎の足どりが家の前をよぎる間、日課のように私は息をこらして目を閉じる。二十年前、息子の卓にせがまれて買った泰山木が、今年は二つの花つぼみをつけた。

二十年前のその日、卓は六郎と一緒に遊びに出かけた。六郎は祖母一人の手で育てられ、近所の子どもたちからはろくでなしのロクと呼ばれていた。卓が出かけて間もなく、六郎がやって来て、卓がため池で行方不明になったことを知らせた。私は夢中で駆け出した。卓は間もなく藻に絡んだ死体となって池から引き上げられた。卓の野辺送りの朝、泰山木の花が開いた。

卓の死後、夫は人が変わったように無口になった。私は無言の叱責に耐えながら、庭の草花に愛の対象を移し変えて過ごすようになった。庭で目を閉じると聞こえてくるのは六郎の足音であった。

六郎の祖母も五年前にこの世を去り、六郎は一人で杉ぶきの家に住み、嫁を迎える年頃になった。卓の死後、一度も六郎とは言葉をかわしたことはなく、卓の死の真相も推量の域を出なかった。

泰山木の二つのつぼみが日に日にふくらみ開花も間近なある日、私は近づく足音のないことに気がついた。雨が上がってとうとう二つのつぼみが見事な花を咲かせた日、六郎の家から棺が運び出された。六郎の死であった。その夜、私は、卓と六郎が虫とり網を振り回しながら泰山木の花のまわりを駆け回る夢を見た。

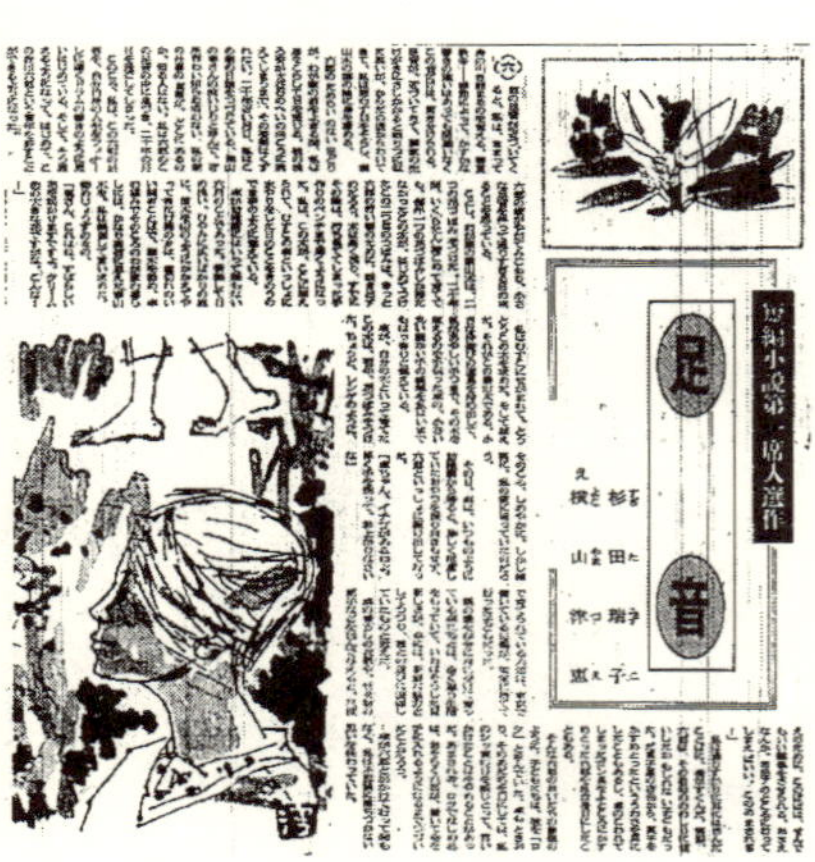

冒頭＆末尾：

六郎の足音が近づいてくると、私は、きまって身の引き締まるのを覚える。春夏秋冬――季節によって、かすかな響きの違いはあっても間違いなくこの音だけは、聞き分けられる。足音が、近づいてきて、隣家の生けがきにさしかかると戦りつに似た思いが、からだの底からわいてきて、私は思わず目をそらし、泰山木の葉の陰に身を潜める。

六郎のためらいのない足どりが、わが家の前をよぎる間、私は息をこらして目を閉じる。彼の後ろ姿が大谷石のへいの向こうに消えてしまうまで、その姿勢はくずれない。二十年近い月日、私はこの朝の日課をつづけている。津山の奥さんの庭いじりと呼んで、近所界わい知らぬ者のない、私の朝の仕事の真意が、どこにあるのか、知る人はない。私は六郎のこの足音の中に息づき、二十年の月日を過ごしてしまった。

このころ、私は、この六郎の足音を、自分自身の人生をフィナーレに導くドラムの響きのように思いはじめている。そして、そう思えるようになって、はじめて、この佐川六郎という青年を許すことができるようになった。

＊　＊　＊

空の暗い日だった。雨の近いことが、庭の草木のたたずまいにも知られた。私は、その日、いつもの時刻になっても、近づく足音のないことに疑念をいだいた。待ちわびて、泰山木のつぼみに指を触れると、そのかすかな刺激にも、花のつぼみは開きそうにほころんでいた。

雨が上がって、とうとう二つのつぼみが、みごとな花を咲かせた日、六郎の家から棺が運び出された。彼は仕事中、工場のベルトコンベアに巻きこまれ、両足を切断され、意識を失ったまま、不帰の人になったという。

私は彼の口から、卓の死の真相を、ついに聞き出すことのできなかったことを、ふとくやんだ。しかし六郎は、永遠に口を閉じたまま、幼い日の小さなできごとの一つとして、忘れ去ってしまっていたのかもしれない。

卓を失ったころ、私は熱病のように、一つの詩のフレーズを口ずさんだ。そのことばは、いまでも私の胸の嘆きの谷間の奥深くしまいこんである。

わが子は
余りに美しくさとかりしゆえ
神のとり給えるなり

その夜私は、卓と六郎が、六歳の童児にかえって、虫とり網を振り回しながら、泰山木の花のまわりをかけ回る夢をみた。その夢の中で、二人のほおは夕焼けの空のように赤く泰山木の花のつぼみのように柔らかくほころんでいた。

参考：

・短編小説評　寺崎浩（『秋田魁新報』昭和39年1月1日）

私のところへきたのは十四編。その中で学校教師が半数の七。あとは公務員、看護婦、医師など各一編という割合い。その中で死を扱っているのが、四編。同じような絵を描く女性を扱って自殺をさせているのが二つ。高校生らしいのが一つあったが、二月十三日、三月十三日と、月の十三日ばかりを順を追って時間の推移を現わしたアイデアに感嘆した。（中略）

杉田瑞子氏の「足音」は文章がしっかりしていて、ひたひたと力強く迫る描き方は図抜けてうまい。「私」の心の描出もまことにデリカなうまさで、何ごとかの事件をさらりと書いてのけて心の足音を聞かせている。

こうなれば力量順に行くより仕方がない。

総じてレベルが上がったかというと、前年のほうがバラエティがあり、生なもの、郷土的なものがあっておもしろかった。

・「入選者の横顔」（『秋田魁新報』昭和39年1月1日）

杉田　瑞子（短編小説）

三十六年の新年文芸で第一席にはり《ママ》、ことしで二度目の栄誉である。家では二男の母だが、創作歴は古い。宮城女専国文科卒というから、文章力は確かだし、昭和三十三年から同人雑誌「文芸秋田」にはいり、しばしば佳作を発表している。一昨年の「死期待ち」などは、堅実な手法で、孤独な老人をみごとに描いて好評だった。本県には珍しい女の書き手として、活躍している。同人誌のほうの筆名は杉燁子。

今回入選した「足音」は、子どもの事故死がテーマ。それを母の気持ちと、生き残った子どもの微妙な感情を織りまぜて、さらりとまとめている。

「私は地方色を出すことがニガ手。人間のどうしようもない宿命・業といったものに興味をひかれます。〝足音〟も、そんなモチーフです。身内にあった事件なので、ぜひ書いてみたかった」と語る。秋田市飯島港北町、三十四歳。

11 「歳月」

書誌：『文芸秋田』 9号 (昭和40年8月29日発行)

筆名：杉田瑞子

梗概：白井亮介は二十年ぶりの退院で、妻の実家へ向かう車の中にいた。娘婿の均が、車を玄関までつけようとするが、亮介は門で降り、歩いて玄関へ向かった。亡き舅の表札に畏れを感じながら、娘信子と孫めぐみの出迎えを受けた。

富美は医師から夫の退院を告げられた時、夫の処遇について困惑した。なぜなら、法律上は富美と亮介の戸籍は別々になっていたからである。

退院の日の夕食は、妻の家ではあるが、白井家の食卓といってよかった。亮介夫妻と三人の子どものうち長女と次女、それに次女の婿と孫の六人。久々のビールに酔う亮介であった。

三十年前、富美と亮介が結婚した時、富美の実家を訪れた亮介は、義父太平と酒の上のちょっとしたことから口論となった。以来二十年間、和解せぬままに太平は他界した。その三十年前の酒席で生前の太平がついた席に、今は亮介が居る。その光景を不思議に思いながら、富美は亮介の寝室を準備する。

亮介は妻の用意した中二階の部屋に身を横たえながら、孤独感を味わっている。階下では、富美が二十年振りに同

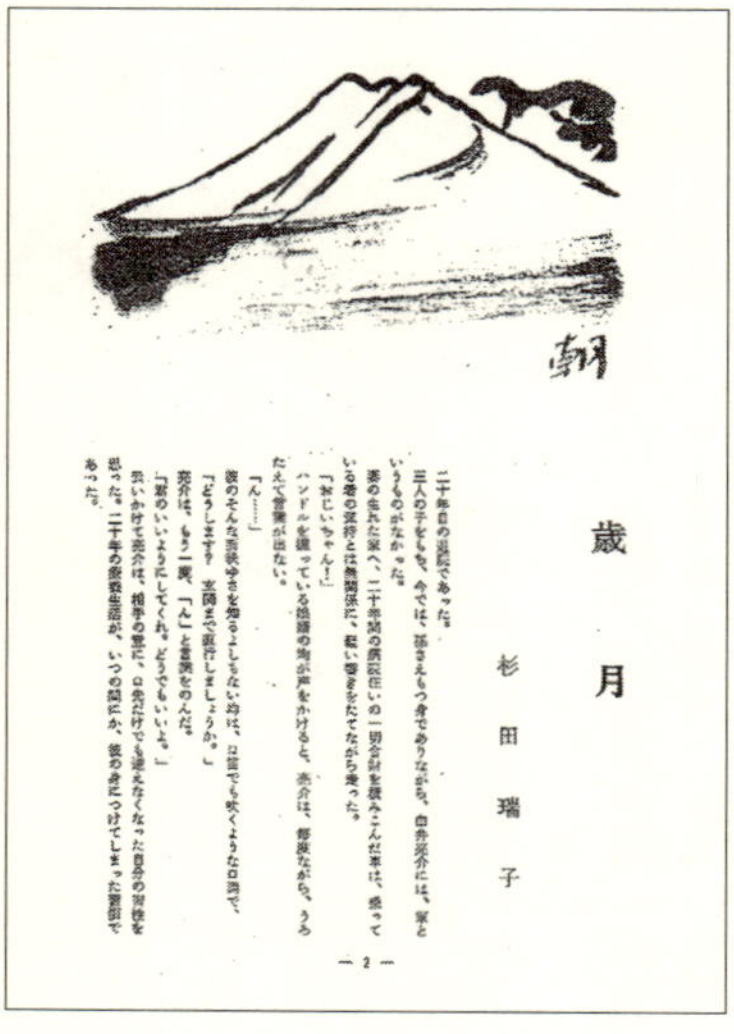

歳月

杉田瑞子

二十年目の退院であった。

三人の子をもち、今では、孫さえもつ身でありながら、白井亮介には、家というものがなかった。

妻の生れた家へ、二十年間の病院住いの一切合財を積みこんだ車は、乗っている者の気持とは無関係に、軽い響きをたてながら走った。

「おじいちゃん！」

ハンドルを握っている娘婿の均が声をかけると、亮介は、うろたえて言葉が出ない。

「ん……」

彼のそんな気持を知るよしもない均は、口笛でも吹くような口調で、

「どうします？　玄関まで直行しましょうか。」

亮介は、もう一度、「ん」と言葉をのんだ。

「家のいいようにしてくれ。どうでもいいよ。」

言いかけて亮介は、相手の言葉に、口先だけでも逆えなくなった自分の習性を思った。二十年の療養生活が、いつの間にか、彼の身につけてしまった習性であった。

— 2 —

じ屋根の下に夫を迎えながら、床を共にしなかったことから不眠に陥っていた。富美は亮介が入院中に一度だけ女の終焉を意味する事件を経験した。奉公人の留吉から力づくで迫られたのである。

亮介の退院後、富美の気丈で男まさりな性格は目立ち、亮介は修道僧のようなさわやかさをたたえている。長女美奈子に縁談が持ち上がり、一人夜更けて夫の居室へ向かうことの多くなった富美は、女としての心の揺らぎを意識し出す。

秋、美奈子が結婚相手の家に出かける前夜、富美は亮介の寝室へ上がり込み、口づける。富美は亮介と退院の挨拶に親戚回りに出かける。山の家に住む叔母への挨拶を済ませると、富美は亮介との夫婦の絆を改めて深くする。

冒頭＆末尾：

二十年目の退院であった。

三人の子をもち、今では、孫さえもつ身でありながら、白井亮介には、家というものがなかった。

妻の生れた家へ、二十年間の病院住いの一切合財を積みこんだ車は、乗っている者の気持とは無関係に、軽い響きをたてながら走った。

「おじいちゃん！」

ハンドルを握っている娘婿の均が声をかけると、亮介は、毎度ながら、うろたえて言葉が出ない。

「ん……」

彼のそんな面映ゆさを知るよしもない均は、口笛でも吹くような口調で、

「どうします？　玄関まで直行しましょうか。」

亮介は、もう一度、「ん」と言葉をのんだ。

「君のいいようにしてくれ。どうでもいいよ。」

云いかけて亮介は、相手の意に、口先だけでも逆えなくなった自分の習性を思った。二十年の療養生活が、いつの間にか、彼の身につけてしまった習慣であった。

＊　＊　＊

山添《ママ》いの夕暮れの空気は冷く、亮介は、マスクをかけても、時々、思い出したように咳こんだ。

「車を呼びましょうか。風邪をひいたらいけないわ。」

曲り角の店先に、赤い電話がみえた。富美は、かけよろうとして、夫のさえぎる手を感じた。

「いいよ。車なんか。平気だよ。」

こだわりのない晴れ晴れとした口調であった。叔母の言葉の毒を、少しも気取らないさわやかな調子であった。

「寒かったら、これをするといい。大丈夫だよ。寒いのには馴れている」

そういうと亮介は、首にまきつけていたえり巻をはずして、富美の肩にかけた。その手をさえぎろうとして、彼女は、久しぶりに、夫の匂いをかぎあてたように思った。それは五十の坂をはるかに越した男の匂いではなく、亮一と同じ、むせかえるような若い男の息吹きを残した匂いであった。

「こうして富美と二人っきりで歩くなんて、何年ぶりだろう。亮一の生れる前、北海道では、よくこうして歩いたね。」

富美は、だまってうなづき、童女のような気持で、夫の匂いの中に首をすくめた。

月が昇りはじめていた。仲秋の名月を数日後に控えた、冴えた、あざやかな新月であった。

「足許に気をおつけ。山の道は石ころだらけだ。」

長身の男と、小柄な女の二つの影が、夜の道に長い影を落し、並んではもつれた。

12　「冬の旅」

書誌：『文芸秋田』10号（昭和41年7月10日発行）

筆名：杉田瑞子

梗概：旅の出がけに、玄関先で植え込みの八ツ手の下に鍵を置こうとした杏子は、亡くなった息子のことを思い出した。孝雄と結婚してからも仕事を続けた杏子は、長男卓を出産するが、間もなく失ってしまう。杏子の仕事は物書き。卓の死は、〆切の迫った原稿に気を取られ、ほんの少し目を離した間に起こった。表通りでダンプに轢かれたのだった。卓の死後、夫の態度は酷薄《こくはく》（残酷で薄情なこと）になり、杏子を「前科者」として扱う程であった。

　卓を失って四年ぶりに旅へ出た杏子は、仕事上の会に出席するため、樹氷で知られた温泉場へと向かった。旅の同行者は、放送局のプロデューサーの千田という青年だった。その青年の肌から匂う薄《ハッ》荷《カ》の香に、かつての恋人佐山や夫孝雄と同じものを感じ、杏子は亡くなった卓のことを思いながらも、女としての迷いに思いを馳せた。

　杏子は孝雄と結婚する前に、佐山と関係を持ったことがあった。夢の中でその十五年前の行為を蘇らせ、無意識のうちに夫以外の男と交わりたいという気持ちが表れたのではないかと不安になる。杏子の部屋の隣には咳をする男の客が泊まっていた。食堂で煙草をくわえ、眼鏡のレンズを磨いてい

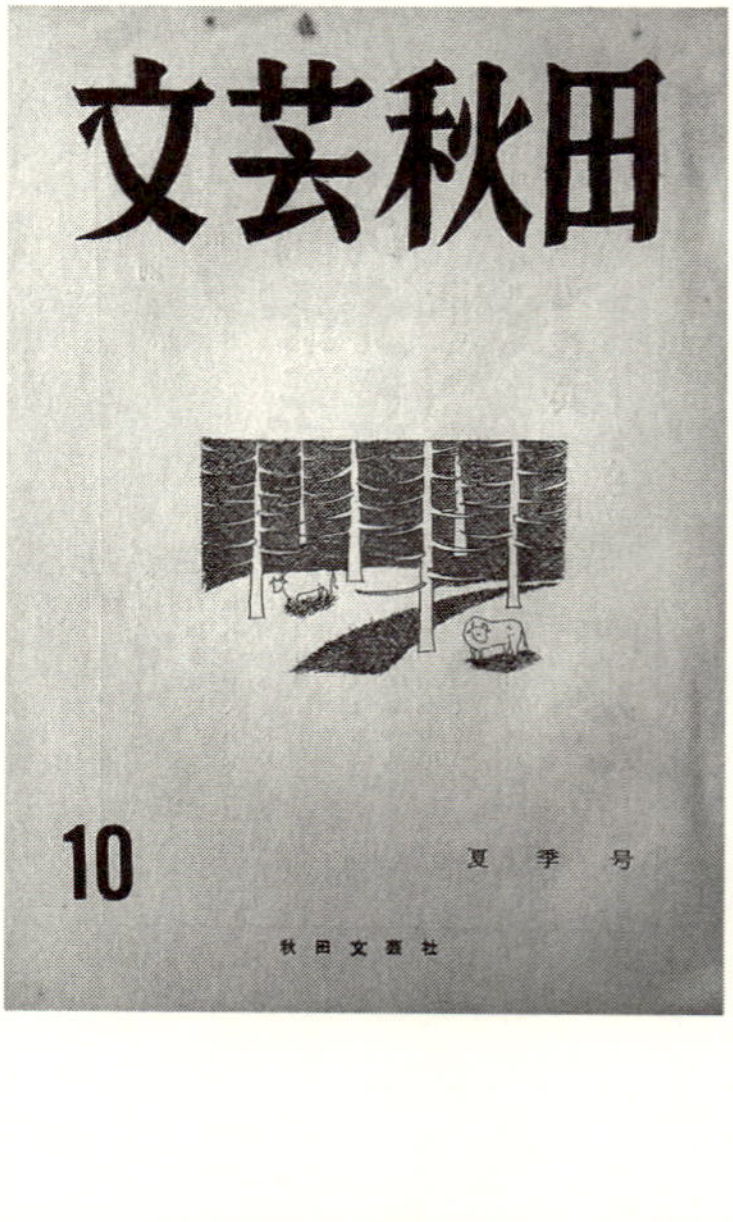

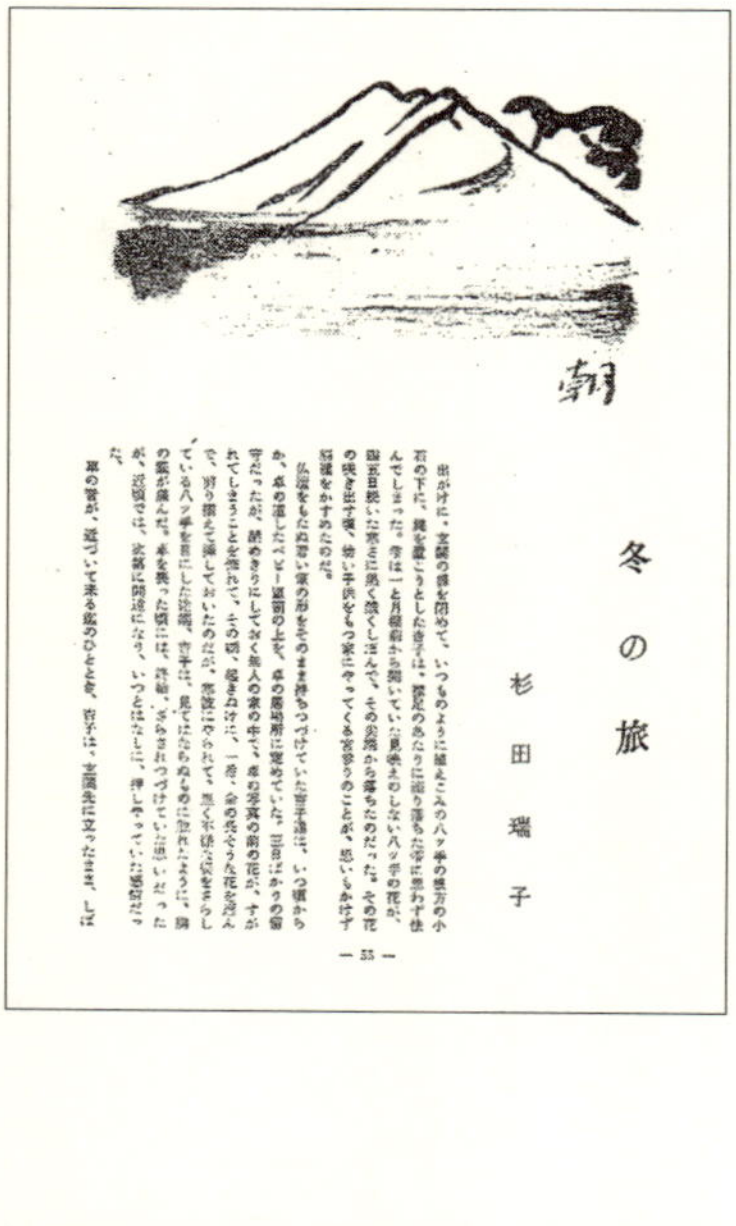
冬の旅
杉田瑞子
— 55 —

る男の額には大きな傷跡があった。忘れもしない佐山だった。部屋に戻った杏子は、自分の中で女という性が激しく揺れるのを感じる。帰りのバスの中でも佐山と乗り合わせた杏子は、佐山からかつて夏の夜に杏子が昏倒して額に負った擦り傷のお詫びを伝えられ、佐山の妻と子の死を知らされる。風花が舞う中、杏子は佐山と別れ、帰途を急いだ。

冒頭＆末尾：

出がけに、玄関の扉を閉めて、いつものように植えこみの八ツ手の根方の小石の下に、鍵を置こうとした杏子は、襟足のあたりに滴り落ちた雫に思わず怯んでしまった。雫は一と月程前から開いていた見映えのしない八ツ手の花が、四五日続いた寒さに黒く醜くしぼんで、その尖端から落ちたのだった。その花の咲き出す頃、幼い子供をもつ家にやってくる宮参りのことが、思いもかけず脳裡をかすめたのだ。

仏壇をもたぬ若い家の形をそのまま持ちつづけていた杏子達は、いつ頃からか、卓の遺したベビー箪笥の上を、卓の居場所に定めていた。三日ばかりの留守だったが、閉めきりにしておく無人の家の中で、卓の写真の前の花が、すがれてしまうことを怖れて、その朝、起きぬけに、一番、命の長そうな花を選んで、剪り揃えて挿しておいたのだが、寒波にやられて、黒く不様な姿をさらしている八ツ手を目にした途端、杏子は、見てはならぬものに触れたように、胸の底が痛んだ。卓を喪った頃には、終始、さらされつづけていた思いだったが、近頃では、次第に間遠になり、いつとはなしに、押しやっていた感情だった、

＊　＊　＊

二人は、はじめからの連れのように、揃って、バスを降りた。

十五分の後には、杏子の乗る汽車が入る。佐山は、できれば、もう一度別のコースから、Ｚに入って、樹氷の写真

をとってゆくつもりだと云う。

佐山の差しのべた手を、杏子は、ためらわず、握りしめた。もう涙はなかった。二人の合わされた手の上にも、雪が花のようにこぼれ、杏子は、花吹雪の中に立っているような気がした。山の奥にそそり立っていた樹氷が一つ、街の中に佇立しているようであった。

駅のスピーカーが、けたたましく鳴りはじめ、下りの列車の到着を知らせた。

杏子は、コートの裾をひるがえして、改札口に向った。もう一度振り返って佐山を見ようと思いながら、彼女は前を、急いだ。

13「卯の花くたし」

書誌：「卯の花くたし」（昭和41年11月27日発行　蕗の会）※『婦人公論』第九回女流新人賞に応募し、最終候補作となったものを「蕗の会」が筆写。
秋田県立図書館蔵。

筆名：杉田瑞子

梗概：卯の花くたしの雨が降り続く中、米は、蒲団の中から一杯の茶を求めて、嫁の典子を呼んでみたが、返事はない。八年前、夫拓造は八十三歳で亡くなった。一年前には友人のけいがこの世を去った。身近な者の死に遭うことは、自分の番が近いことの自覚を深めさせた。

　玄関に声がして、孫の達也が帰宅した。ジュースを所望する達也を母の典子が叱る声がする。米は、茶を諦めて目をつぶり、三十年前拓造が退職金で建てた総檜造りの家や家族のことを思い出す。米は後妻で、拓造の先妻は東京育ちのハイカラな女で、三人の娘を残して病死した。娘たちは皆既に亡くなってしまった。米と拓造の間には二人の子どもがあった。姉が香代子で弟が悠一。悠一が典子と結婚したのは、勤め先の銀行の上司に勧められたからであった。香代子は三十過ぎでようやく結婚し、今は東京に暮らしている。一度その家を訪ねた時、自分の居場所がないことを思い知って早々に帰宅した米は、居づらくとも典子の家の六畳を自分の終《つい》の棲家《すみか》と覚悟した。

　雨が小止みになると周囲の物音が賑わってくる。米は、久々に掛け声をあげて起きあがった。典子は買い物に、達也はボールを買いに出かけた。達也が開け放していった窓から見える赤い芍薬《しやくやく》に、三年前に分けてくれたけいのことを思い出した。風の冷たさにガラス戸を閉めようとしたが、中々閉まらない。力任せに引くとしたたかに指を挟み

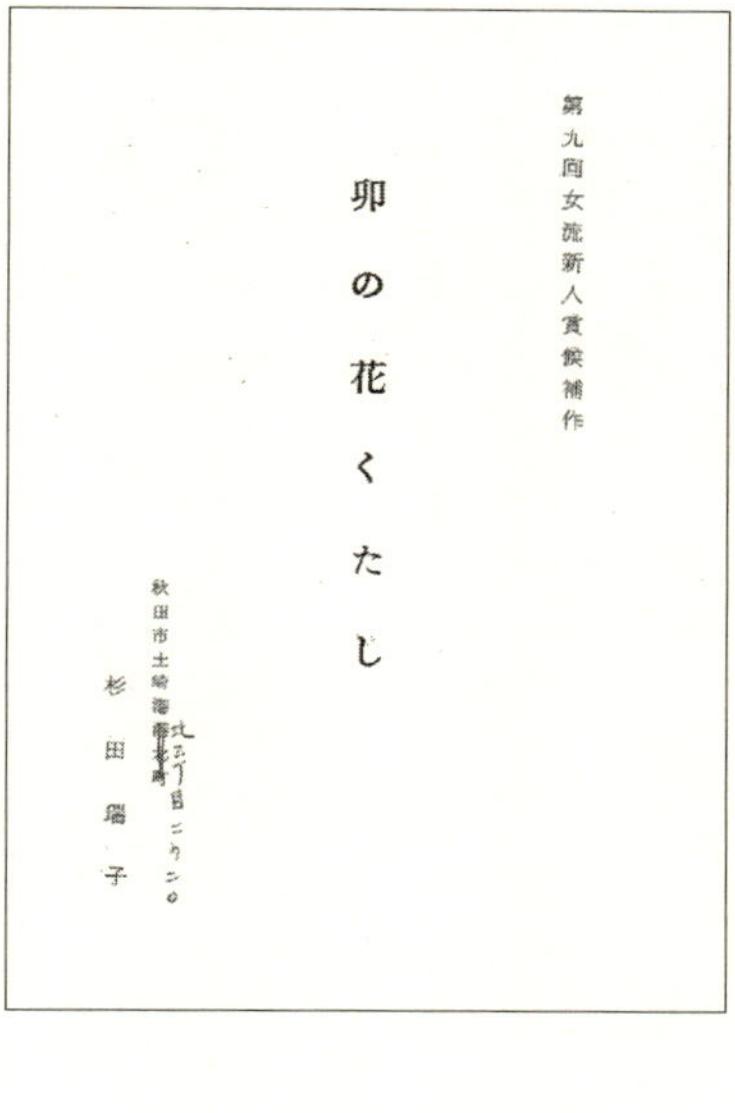
第九回女流新人賞候補作

卯の花くたし

秋田市土崎港

杉田瑞子

右の肩を引き違えてしまった。針仕事をしようとしても指が動かなかった。誰もいない家の中で、米は声を出して泣いた。買い物から帰った典子は、医者へ行くことを勧めたが、断って床に入った。

米の体は日が経つにつれて衰えていった。十日程の日程で東京へ出張に出かけた悠一の帰りを待ちながら、床の中で呻吟《しんぎん》する日が続いた。悠一の帰りまで一両日、典子が買い物に出かけた昼下がり、米は尿意を催し、体を起こそうと努めた。しかし、体重を支える右手が利かず、どうしようもなかった。蟻地獄に落ちた虫のようにもがきながら、居るはずもない典子のことを呼んだ。玄関先で音がして達也の声がした。達也を呼ぼうとして大きく体を動かした瞬間、米の腿を生温かい尿がゆっくりと伝っていった。

冒頭＆末尾：

卯の花くたしの雨が降りつづいて、今日でもう五日になる。

庭の植え込みと、花畑の間の僅かばかりの土地に立てた竹竿の上で、一月程前、青葉の風を吸いこむように泳ぎ回った鯉のぼりの矢車も、降りつづく雨に、錆つきでもしたのか、音が絶えてしまった。

近頃、ふとした加減で、急に物音の遠くなる米《よね》の耳にも、時折、風の具合で、カラカラと快い音を伝え、鯉の影が、咲き揃った花群の上をゆら〳〵揺れると、それをたのしんでは、仕事の手を休めて、伸び上って、窓越しに眺め入っていたのだが、そのひそやかなたのしみも雨に封じこめられてしまった。

宿痾のような神経痛を持ち、湿りに弱い米の躰は、回らなくなった矢車よりも、始末が悪く、雨で物音の籠りがちな家の中では、米の呻きも、茶の間に届く筈もない。

「ママさん」

「典子さん」

「典子」

と、呼び声を変えては、幾度も、自分の声の行方をためしてみるのだが、嫁の典子の応えはなかった。

＊　＊　＊

ハツ〳〵と息がはずみ、脂汗が流れた。汗のにじんだ膚は、辛うじて支えても、やがて、ずるっと滑り、その度に、痛む肩が、悲鳴を挙げる。

「ママさん。」

「典子さん。」

「典子――」

いる筈もない嫁の名を呼ぶ。典子は今頃、何処で、喋りこんでいるのだろうか。

雨足を縫って、学校帰りの子どもの声が近づいてくる。あのさゞめきの中で、一際、甲高いのは、達也にちがいない。

玄関が、ガチャ〳〵と鳴った。典子は、どこをどううろついているのか。

「ママ、ママ。」

拓造が死の床で挙げた声によく似た声音であった。

「達也ちゃん――」

声を挙げようとして米は、大きく躰を動かした。

生ぬるい液体が、静かに躰の中から流れ出し、やせ衰えた腿をゆっくり伝わって行った。

躰の緊張がほぐれると、涙が、頬を伝い、目尻からひっきりなしに流れ落ちた。

雨は相変らず降りつゞき、その中を小走りに近づいてくるのは、典子の足音であろうか。

米は、陥穽のように降りつゞける雨の中で、自分が次第にはまりこんでゆく老の行方を眺めていた。

14　「北の港」

書誌：初出は『文芸秋田』12号（昭和43年2月15日発行）※第五十九回芥川賞候補作となり、『秋田警察』（24巻4号〜25巻2号　昭和44年4月10日〜45年2月10日）に杉燁子のペンネームで十回にわたって転載。自費出版した作品集『波瀾万丈』（昭和49年11月1日　宝雲新舎出版部）に収められる。

筆名：杉田瑞子

梗概：仲仕播磨屋甚七の娘ゆきは、一番下の妹さきを負ぶって子守をしていた。土蔵の陰で密会する異父姉きんと清助の会話を耳にしたゆきは、石油会社がロシアから雇い入れた技師ガスパリアンのもとに送られる女に選ばれたのがきんであることを察した。ところが、きんは清助と駆け落ちし、ガスパリアンのもとへ行く女としてのお鉢はゆきへと回る。母のさわときんの腹にいる子どものためを思い、ゆきは意を決してガスパリアンのもとへ赴く。

人々が鬼のように懼《おそ》れていた赤毛の大男ガスパリアンは、意外にも深く優しい心遣いをゆきに見せた。肺炎に苦しむガスパリアンを見事に看病し通し、ガスパリアンのゆきに対する信頼と愛情はまた深くなった。

一年後、ガスパリアンは日本を去り、ゆきはガスパリアンと過ごした異人館を与えられ、生涯生活に困らぬだけの

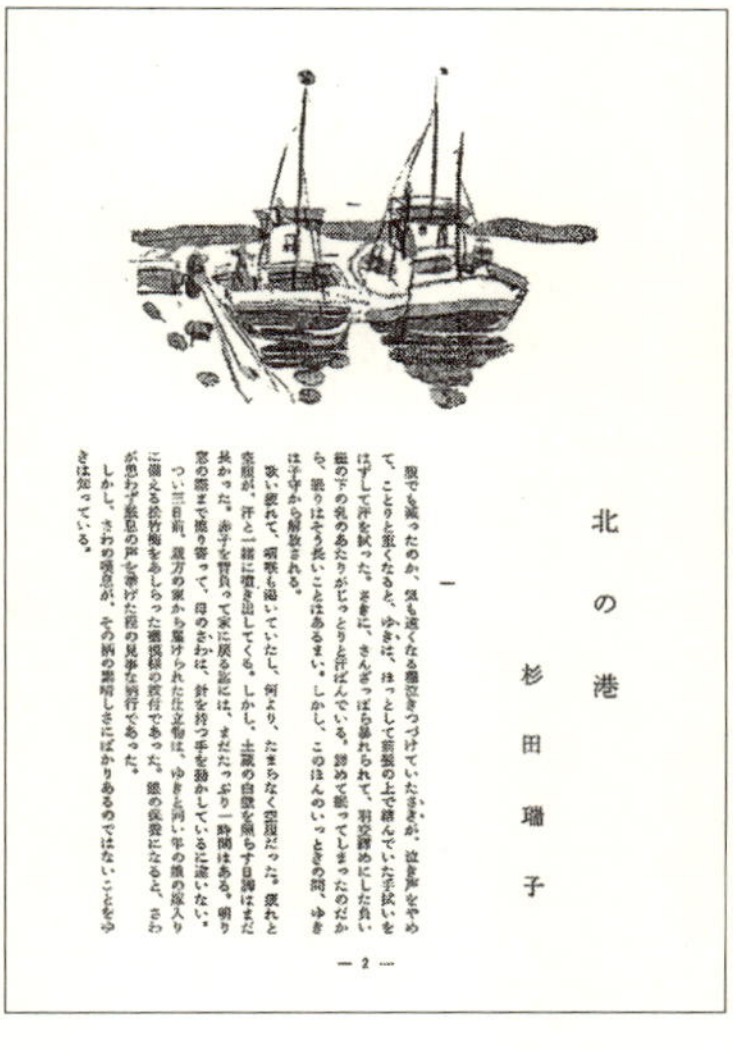
北の港
杉田瑞子
— 2 —

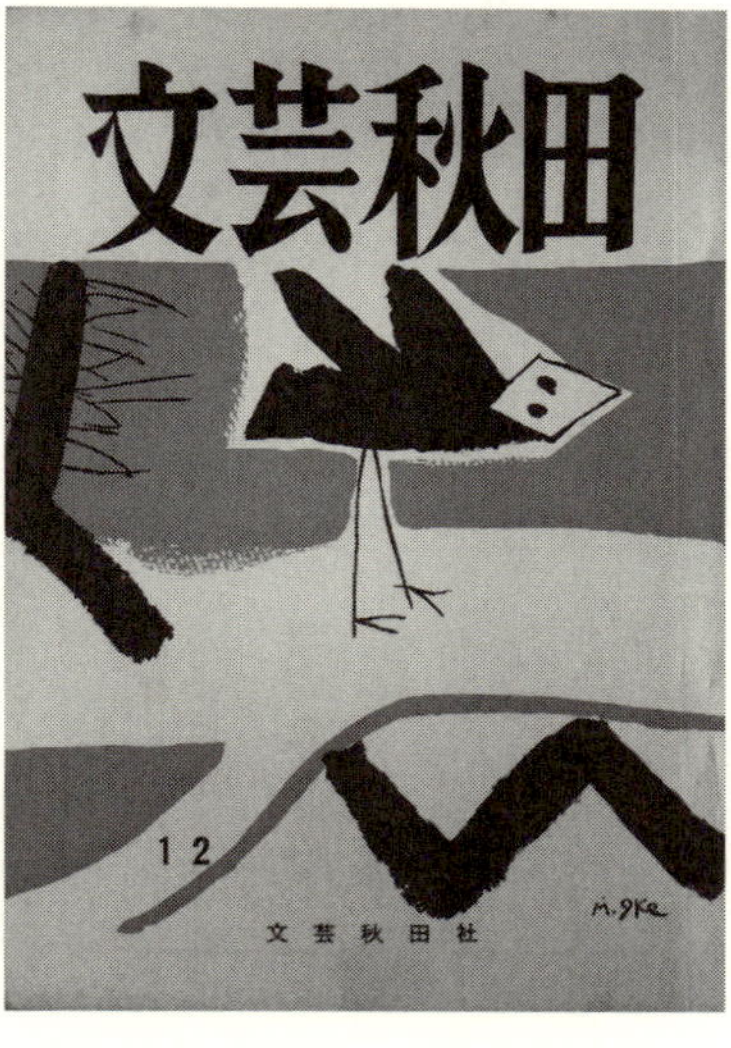

金も手に入れた。三年後、ガスパリアンの後を引き継いだ技師長の高野がロシアへ行く際、ゆきは自分の安否をガスパリアンに伝えて欲しいと頼む。十ヶ月後に帰国した高野は、ガスパリアンから預かった宝石をゆきに渡す。高野が発する異国の香りにゆきの心は揺らぎ、一晩だけの交わりを持つ。索漠《さくばく》とした思いを胸に二十三歳のゆきは、生涯孤《こ》閨《けい》を貫く決意をする。

大正末年頃、尾羽《おは》打ち枯らした母子が異人館を訪れた。きんと冬子であった。ゆきに「らしゃめん」（外国人の妾）になることを決意させたのは冬子であった。ゆきは冬子のためにきん母子を受け入れる。やがてきんの勧めで異人館をカフェ「ガス灯」として改装し、水商売を始める。冬子を東京にある全寮制の女学校に入れた年の夏、神明社の祭りの晩に、きんは戻り山車《やま》に轢《ひ》かれて死ぬ。女学校を卒業した冬子はゆきの許に帰った。水商売に染まる前に冬子を嫁がせたいと考えたゆきは、製油所の技師を相手に選んだ。

昭和二十年八月十四日、製油所を抱えるこの町は、Ｂ29による爆撃を受け、ゆきは逃げる際に倒れ、大怪我を負ってしまう。末妹さきに救われ異人館へと運ばれたゆきは、視力を失い、足を曳きながらも生き延びた。戦後、製油所の復興に派遣された冬子の夫が、ゆきを引き取る。昭和四十年冬、町が国の新産業都市に指定され湧き返る中、ゆきは病巣である子宮摘出の手術を受ける。長時間の手術は成功したものの、容態は悪化し、白い風花の舞う中、ゆきは七十三年の生涯を閉じた。

冒頭＆末尾：

腹でも減ったのか、気も遠くなる程泣きつづけていたさきが泣き声をやめて、ことりと重くなると、ゆきは、ほっとして前髪の上で結んでいた手拭いをはずして汗を拭った。さきに、さんざっぱら暴れられて、羽交締めにした負い紐の下の乳のあたりがじっとりと汗ばんでいる。諦めて眠ってしまったのだから、眠りはそう長いことはあるまい。

しかし、このほんのいっときの間、ゆきは子守から解放される。

歌い疲れて、咽喉も渇いていたし、何より、たまらなく空腹だった。疲れと空腹が、汗と一緒に噴き出してくる。

しかし、土蔵の白壁を照らす日脚はまだ長かった。赤子を背負って家に戻る迄には、まだたっぷり一時間はある。明り窓の際まで擦り寄って、母のさわは、針を持つ手を動かしているに違いない。

つい三日前、親方の家から届けられた仕立物は、ゆきと同い年の娘の嫁入りに備える松竹梅をあしらった裾模様の紋付であった。眼の保養になると、さわが思わず厳《ママ》息の声を挙げた程の見事な柄行であった。

しかし、さわの嘆息が、その柄の素晴しさにばかりあるのではないことをゆきは知っている。

＊　＊　＊

手術を担当した医師は、こういって、膿盆の中の肉塊を示した。

珊瑚色の腐敗臭を放つ肉片であった。冬子は、自分をこよなく愛してくれたおばの生涯を、十八才を境に、急カーブに捩じ曲げたものの正体をその上に見た。

医師の断言に関らず、翌日の夜、ゆきの容態は悪化した。

酸素吸入が施され、ポコツポコツ〱ポコ〱というものの煮立つような、深い沼から水泡の湧き立つ音が、深夜の病室に流れた。冬子は、看護の疲れで、椅子によりかかったまままどろんだ。

「ガスさん。サモワールの湯コ沸いたスよ――」

ゆきの声に、冬子が目を覚まし、ゆきの枕辺に寄った時、ゆきは、溜息に似た大きな息をもらし、そのまま息絶えた。七十三年を生き、生きることに疲れ果てた女の吐息であった。

病室の窓の外を、闇を縫って白い風花が舞っていた。

硬直をはじめ、小さく凋んだ顔は、おだやかな凛とした美しさを漂わせ、死化粧を施す冬子の手をとめた。

播磨屋ゆきの墓は、生前の望み通り、製油所を見下す砂丘につづく松林の中に、北の海に向って立っている。

15　「あるブロンズ」

書誌：『文芸秋田』14号（昭和43年11月5日発行）

筆名：杉田瑞子

梗概：花冷えのする四月半ば、宍倉家に前々社長宍倉宗平のブロンズ像が届けられた。会社の創立二十五周年を記念して作られた。妻のはるは、そのブロンズ像があまりに小さいことに、亡夫に対する会社の評価の低さを感じ、不満であった。

八百坪を超える屋敷に住んでいるのは、はると一人娘の幸子と犬のシロである。幸子は二十五で結婚し、三人の子をもうけたが、長男はバンドマン、長女は技術屋に嫁ぎ、次女は居所不明である。

はるが宗平の妻となったのは、宗平二十七、はる十九の時であった。宗平が山里の村に嫁見《よめみ》（嫁の下見）にやってきた時、はるが羞恥心のあまり会おうとしなかったため、周囲が一つ年下の姪をはるにそっくりだと偽って会わせた。そうとは知らぬ宗平は、婚礼後の神戸への夜行列車の中で、初めてはる本人と顔を合わせる。はるは、そら豆そっくりの顔をしていた。それでも大家の総領としての怠惰と気弱さが、二人を離縁へとは導かず、五十年連れ添わせる。

昭和二年のパニックにより、宍倉家の財産を寄託していた銀行が倒産する。宗平は、神戸の会社をたたみ秋田へと

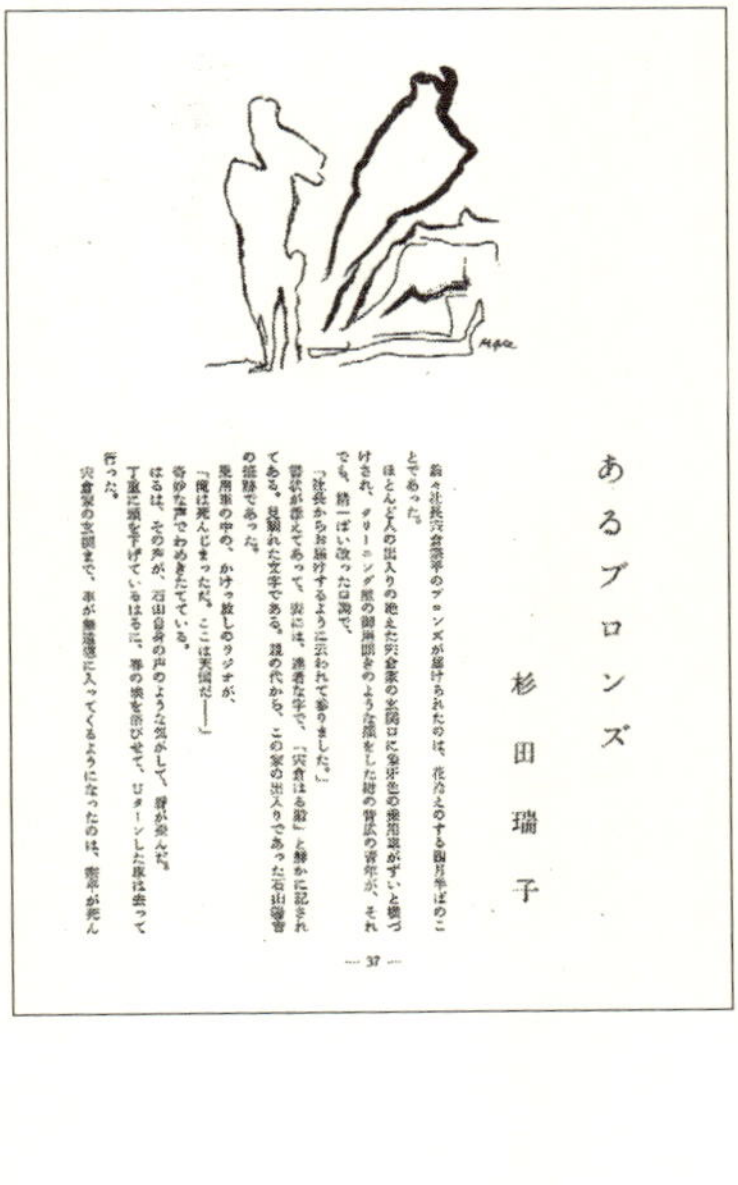
あるブロンズ

杉田瑞子

前々社長宍倉宗平のブロンズが届けられたのは、花冷えのする四月半ばのことであった。

ほとんど人の出入りの絶えた宍倉家の玄関口に象牙色の乗用車がずいと横づけされ、クリーニング屋の御用聞きのような顔をした紺の背広の青年が、それでも、精一ぱい改った口調で、

「社長からお届けするよう云われて参りました。」

書状が添えてあって、表には、達者な字で、「宍倉はる殿」と静かに記されてある。見慣れた文字である。親の代から、この家の出入りであった石山啓吉の筆跡であった。

乗用車の中の、かけっ放しのラジオが、

「俺は死んじまっただ。ここは天国だ――」

奇妙な声でわめきたてている。

はるは、その声が、石山自身の声のような気がして、唇が歪んだ。

丁重に頭を下げているはるに、春の埃を浴びせて、Uターンした車は去って行った。

宍倉家の玄関まで、車が乗込んでくるようになったのは、宗平が死ん

— 37 —

帰った。六月にフェーン現象に見舞われ、大火によって町の三分の一が焼失した。宍倉家も家財のほとんどを失った。

はるはあばた女に苛《さいな》まれた。はるのことを「へちゃむくれ」と女中たちの前で批評し、「ダイヤクーハツラーイヨオ」と浪曲もどきに嘲弄《ちょうろう》した。神戸時代に女を囲った宗平であったが、その女はかつてはるの代わりに宗平が会った姪にそっくりであった。宗平は子煩悩な一方で乱行も多かった。社員の不正を許せずに平手打ちにしたり、囲碁相手の住職をはめ碁（だまし碁）をしたといっては追い出したりした。

昭和十五年、宗平はかつての褒章により宮中に招かれ、幸子は結婚する。

冒頭&末尾：

前々社長宍倉宗平のブロンズが届けられたのは、花冷えのする四月半ばのことであった。

ほとんど人の出入りの絶えた宍倉家の玄関口に象牙色の乗用車がずいと横づけされ、クリーニング屋の御用聞きのような顔をした紺の背広の青年が、それでも、精一ぱい改った口調で、

「社長からお届けするように云われて参りました。」

書状が添えてあって、表には、達者な字で、「宍倉はる殿」と鮮かに記されてある。見馴れた文字である。親の代から、この家の出入りであった石山隆吉の筆跡であった。

乗用車の中の、かけっ放しのラジオが、

「俺は死んじまっただ。ここは天国だ――」

奇妙な声でわめきたてている。

＊　＊　＊

この土地さえ去ってしまえば、宍倉の家の、今では虚名に近い体面とも袂別できるだろう。幸子の夫だって、生きてサナトリウムを退院する日があったとしても、湘南の家にまではやって来まい。年々、大仰な交際が億劫になってきているはるには、万事好都合な話であった。

宍倉の家に、あとを継ぐべき男子のいないことを、はるは、はじめて歓んだ。

湘南に建てる家は、神戸時代、一度だけ訪ねたことのある幸子の友人の貿易商の家で見た、マントルピースのあるこじんまりとした家にしよう。その上こそ、夫のブロンズを置くに、最もふさわしい場所だと、はるは思ったのである。

16「小鳥が・・・・」

書誌：『ABS Report』No.18（昭和44年1月1日発行）

筆名：杉田瑞子

梗概：津倉啓吉は、四十の坂にさしかかっていた。妻の三千代は再婚で、先夫の子と啓吉の子との四人暮らしである。啓吉は、仕事に脂の乗り出した時期だったが、会社は倒産し、職を失ってしまった。暮らしのために三千代は内職に精を出し、子どもや夫の世話に手が行き届かず、家族関係はぎくしゃくしていった。そんな時、啓吉は、出版社に勤める「娘」と出逢い、坂道を転がるようにのめりこんでいった。啓吉が、病気で会社を休んだ娘を見舞った翌日、三千代は子どもを伴って家を出た。半月近くが経ち、啓吉は娘と別れた。その日は雨が降っていた。雨にも気づかぬ素早さで、娘は小鳥のように啓吉の前から姿を消した。啓吉を驟雨のように襲った束の間の恋は、夏と共に終わった。

冒頭&末尾：

雨が降っていた。

乾ききって熱気を吐いている地面に、涙の跡に似た黒い粒がポツ〳〵と落ちはじめると、白い雨足が追いかけるようにやってきて、忽ち干上った舗道を濡らした。雨はみる〳〵激しさを加え、いつとき《ママ》視界を遮った。雨足が、コンクリートに撥ね返って、埃と一緒に飛沫を上げる。人影ばかりか、車の往来まで絶えた日暮れ前の通りを、娘は、まるで雨にも気づかぬような素早さで飛び立って行った。

夢の中でも雨は降っていた。三千代が、内職にミシンを踏みはじめてから、啓吉は、寝醒めによく雨の音を聴いた。手入れの届いたミシンの音は、襖越しに聞くと、驟雨に似た響きをたてる。

頭髪が、一本一本枕に絡んだように頭が上らない。頭の半分は目覚めているのに、あとの半分が、夢の世界の虜になっている。夢のつづきを辿ることはやさしかった。醒めきらない意識の中で、小人の綱曳きのように誘いかけてくる。娘を失った愛《かな》しみが、躰の底から衝き上げてくる。

＊　＊　＊

三千代が子供を伴って家を出たのは、その翌る日であった。買物に出たエプロン姿のまま、三千代は、北に向う遠い汽車に飛び乗ったのである。冷蔵庫の上に、書き残した走り書きの手紙があった。

「あなたの心が戻ってくる日まで、お母さまのところで待っています。」

電話が娘からのものか、三千代からか判然としないまま、啓吉は煙草をふかしつづけた。

娘と別れたあと、又、幾日も雨は降る気配がない。子供達の学校のはじまる九月は、目の前に迫っている。

一緒に会社をやめた仲間たちで、小さな会社をはじめようという誘いがかかっていた。

雨の中を駆け抜けて行った娘は、傷の癒えた小鳥のように啓吉の懐から飛び立って行った。その鮮かさが、啓吉に決意を促した。

不惑の坂にさしかゝった男を、驟雨のように襲った束の間の恋であった。長い苦しい休日も、夏と共に終りに近づいていた。

17　「雪の暮夜」

書誌：『文芸秋田』15号（昭和44年4月10日発行）

筆名：杉田瑞子

梗概：祖母が文生に襖越《ふすまご》しに声をかけたのは、夜十時だった。やがて、おまるで小用をたす音がせせらぎのように聞こえ、文生は夜驚症《やきょうしょう》で祖父母の間に寝ていたことを思い出す。文生は三度目の受験を控え問題集に向かっていたが、祖母が心配して声をかけたのをきっかけに横になった。寝そべった文生を二枚の凧絵が見下ろしている。祖父がお護符《ふだ》として描いてくれたものだった。祖父の凧絵も最近は商品化し、量産されるようになったので迫力がなくなった。

去年一年は予備校に通ったが、失敗に終わった。就職を祖父に断たれて、三度目の挑戦を決意したものの、勉強は予定通りには進まなかった。国立でなく私立ではダメかと言い出す機会をうかがっているうちに、国立に向かうことは家族間で決定的となり、大島家では墓を新しくした。建墓の費用は、文生の私大受験放棄によって賄《まかな》われたのだった。

大島家は、藩政の頃家老職を務めた県南の名門として知られていた。祖父は高等師範で倫理を学び、名校長の名をほしいままにした。しかし、祖母は元々病弱で、子を産むことができなかった。従兄の子を養子として迎えたのが文

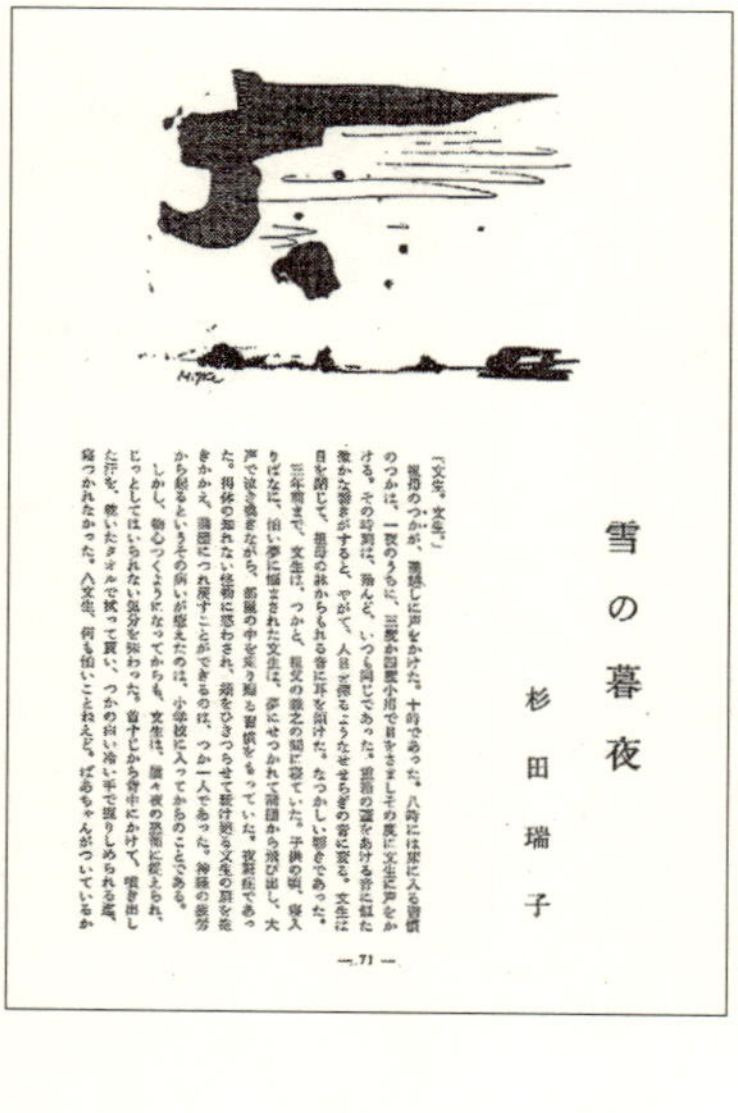
雪の暮夜

杉田瑞子

—71—

生の父である。父は濁った眼の、ぐにゃぐにゃした赤子だったが、大人になってもトンチンカンなことばかり口走った。私立の大学を出て市役所に勤めているが、配属先はゴミ収集員や屎尿《しにょう》処理場であった。「わらじ作りの子に生まれて、駕籠に乗ることを強いられる」ことへの迷いは拭《ぬぐ》い去れず、文生の成績は下降線をたどったまま、三度目の入試が迫っているのである。

車の音がして、文生の部屋の脇で停まった。下宿仲間の佐川の父と愛人だろうかと思っていると、話し声から母の帰宅とわかった。パートの仕事の忘年会帰りだった。母にパートの仕事を紹介したのが佐川の父で、かつては大島家の用人だったが、今はスーパーの経営者となっている。弟の話によれば、大島家の長屋跡地に停まる白いスポーツセダンは、佐川の父が愛人のために買った車だそうである。その車で母は帰宅した。

文生の部屋の戸を開けて、母が酒臭い息で「お土産」と言って、酒の肴の菓子を抛《ほう》り投げてよこした。働くようになって、母は慎ましい母から猛々しい働く女に変わった。それもすべて、文生の学費稼ぎのためなのである。父が階段を下りて、小用の帰りに母の酔い覚めのための水を汲んでいった。菓子で空腹が満たされた文生は、いつの間にか眠った。外は雪が降り注ぐ音ばかりだった。朝四時、父母が二階から降りてくる。一日の始まりを告げる物音に耳を傾けながら、湿った蒲団に潜り込んだ文生は、自分の身を考え続けるのだった。

冒頭＆末尾：

「文生。文生。」

祖母のつかが、襖越しに声をかけた。十時であった。八時には床に入る習慣のつかは、一夜のうちに、三度か四度小用で目をさましその度に文生に声をかける。その時刻は、殆んど、いつも同じであった。重箱の蓋をあける音に似た微かな響きがすると、やがて、人目を憚るようなせせらぎの音に変る。文生は目を閉じて、祖母の躰からもれる音に耳を傾けた。なつかしい響きであった。

三年前まで、文生は、つかと、祖父の義之の間に寝ていた。子供の頃、寝入りばなに、怕い夢に悩まされた文生は、夢にせつかれて蒲団から飛び出し、大声で泣き喚きながら、部屋の中を走り廻る習慣をもっていた。夜驚症であった。得体の知れない怪物に惑わされ、頬をひきつらせて駈け廻る文生の肩を抱きかかえ、蒲団につれ戻すことができるのは、つか一人であった。神経の疲労から起るというその病いが癒えたのは、小学校に入ってからのことである。

＊　＊　＊

時計が四時を告げた。ゼンマイのゆるんだ時計の寝呆けた響きが文生に一日の終りを知らせる。

二階が俄にうるさくなった。利江につづいて、倫之の降りて来る音がする。遅く帰った母に替って、今朝は、父が家々を回るのだろうか。文生は灯りを消して、湿った蒲団にもぐりこんだ。とにかく一日が終った。あとは正午頃、つかが起しに来る迄、眠ることができる。

薄いベニヤ板越しに、飯を焚くストーブに火を入れる音がする。母は、昨夜の化粧のあとを残した厚い唇で、火吹き竹を吹きながら、気忙しく働きはじめたに相違ない。表の戸が、鈍い音をたてると、シャッシャッと雪を掻きはじめた倫之の屈託ない力強い音が聞えてくる。大きなあくびは、武生に違いない。

一日のはじまりを告げる物音に耳を傾けながら、文生は、日頃、蔑んでいた者たちにも到底及ばなくなった自分を考えつづけた。

18「小舟で」

書誌：初出は『文芸秋田』17号（昭和45年4月20日発行）※自費出版した作品集『波瀾万丈』（昭和49年11月1日　宝雲新舎出版部）に収められる。

筆名：杉田瑞子

梗概：水平線に沈む夕陽に心を奪われながら、男は一本のオールで小舟を操っていた。今年は、盆過ぎに酷暑がやってきた。一時間の約束でボートを借り、二人で沖へ出た。一向に獲物のかからない釣りに熱中している間に、小舟は沖へ流されてしまった。泳ぎのできる同行者が、岸まで泳いで助けを呼ぶために小舟を離れたのが夕方五時だった。小舟に一人残された男は、同行者に投げ与えた一本のオールを恨みながら、夜更けとともに募る孤独で退屈な時間に身を焼いた。

空腹をこらえ、仲間の救助を信じながら、男は一年前に男鹿の海でさらわれた子どもたちのことを思い出していた。爆音が近づいてきた。声をからして手を振っても、無情に通り過ぎていった。札幌への定期便だった。穏やかな海の上で、夜も昼もない毎日を繰り返して五日目を迎えた。台風十五号が南海上に発生していた。六日目の夜、男は舟べりに迫る搏動《はくどう》に似た響きを耳にした。船だった。声を振り絞ってナイロン帽を振っ

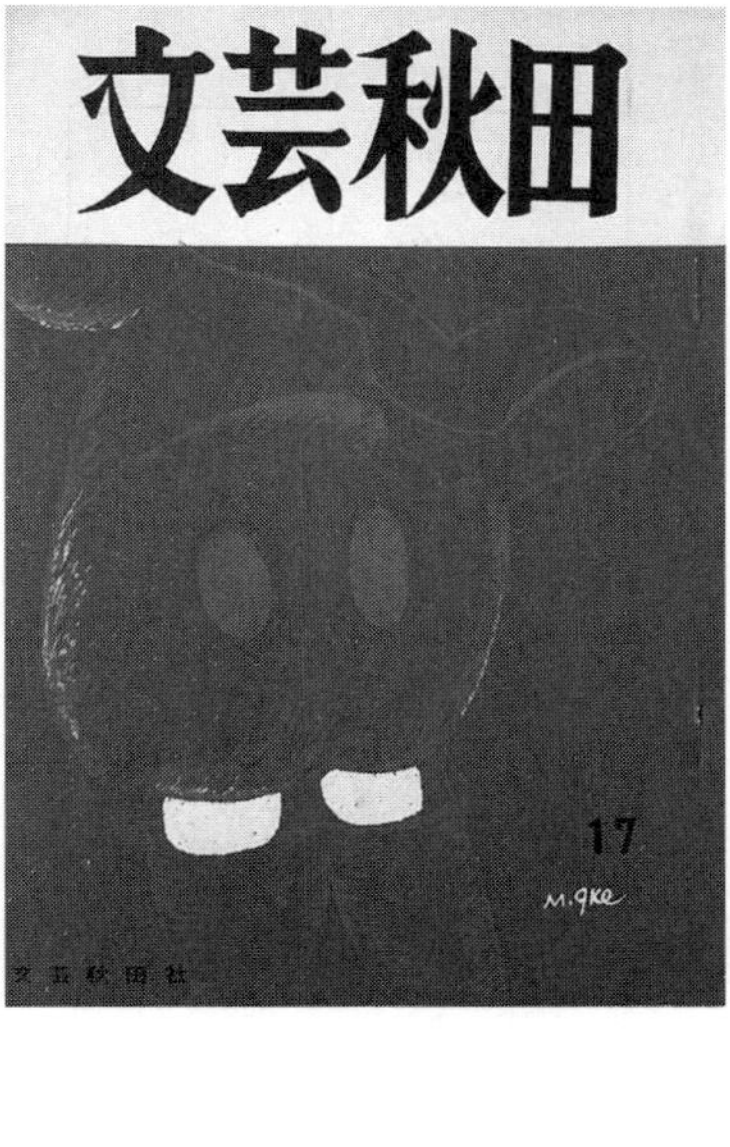

小舟で

杉田瑞子

— 66 —

たが、あっけなく船は夜の闇に消えた。七日目の朝はうねりが強かった。海水が容赦《ようしゃ》なく小舟の中に流れ込み、小舟はきりきり舞いを繰り返した。接近する巨大な黒い物体に、男は迫り来る死を覚悟する。気を失って息を吹き返すと、かろうじて小舟は男を乗せたまま波間を漂っていた。台風十五号が東シナ海に抜けると、再び退屈なほどやさしい海が目の前に展開した。漂流をはじめてから八日目の夜を迎えようとしていた。甘い眠りが男を包み込もうとした時、長い灯台の光が男の眠りを妨げた。陸が迫っているのだった。絶望の中に光明を見出し、男は静かな興奮を感じた。九日目の朝、男は北海道松前の海岸にたどり着いた。

冒頭＆末尾：

水平線を構図の中心において、壮大な夕焼けが展開していた。

昼間の輝きを喪った太陽が、直視できる明るさに光を減じたかと思うと、急速に衰え、長い光芒を落として水面に没してしまった。太陽を呑みこんだ海が、油のように燃え上った。上空から確実に迫ってくる闇の中で、それは、ひときわ激しく燃えさかる。

海上には船影一つ見えず、波の色も埋めつくす程に、色とりどりの水着で彩っていた海辺の騒音も絶えていたが、陸は、それ程遠い距離ではない。

月は、低い稜線の蔭でためらっていた。

男は、一本だけ残ったオールで、やみくもに水を弾いていた手を止め、燃える水に掌を浸しながら、夕映えに心を奪われていた。

じっとりと重い水の圧力が、海水の流れと、小舟の速度を伝える。

生れてはじめて手にしたオールの握りの形のまま、掌が腫れ上っていた。海水が、熱を帯びた掌を冷やし、破れかけた皮膚が疼いた。痛みを耐えている間にも、夜はあたりを包みはじめ、水面が、魚の鱗のような輝きに変って行った。

＊　＊　＊

十米ばかり先の家の門口で、漁師らしい日灼けした老人が大きなあくびをしたかと思うと、浴衣の前をはだけて、長い放尿をはじめた。起きぬけの尿の臭いが、男になつかしさをそそった。

「ここ男鹿半島ですか？　入道岬ですか？」

老人は首を振り、そのまま家に入ろうとする。

「ここ男鹿半島と違いますか？」

異様な風体に驚いた老人が、足をとめ、怪訝な眼差しを注いだ。

助かる——と男は思った。

「ここは松前だよ。北海道の松前町だ。」

「松前？　知らないなあ。」

生れてから二十年、一度も生れた町を出たことのない男には、聞きとりにくい訛がある。

老人が近寄ってきて、男の肩に手をかけた。

「お前、キャンプ場の客かい？」

「いや違う。」

「おかしいなあ。どこから来た？」

「秋田から、秋田のS海岸から漂流してきたんだ。今日で八日目、いや九日目の朝だ。」

老人の顔が景色《ママ》ばんだ。大きな声をあげ、人を呼びながら、男の躰を支える。

家々がにわかにざわめきはじめ、人の走る音がする。

男は混濁して行く意識の中で、聞き馴れた潮騒の音が、次第に遠ざかってゆくのを聞いていた。

参考：

・「漂流九日、生きていた加藤さん」（『秋田魁新報』昭和41年8月29日）

ココ船川ダシカ……松前（北海道）と聞いてビックリ

飲まず食わずで　衰弱しているが生命に別条なし

下浜沖ボート漂流事件

〝助かった〟――去る二十一日正午ごろ、秋田市下浜沖でボートに乗ったまま潮流にまかれ行くえ不明となっていた同市大町三丁目五番、建築業加藤良二さん（二四）は、二十九日未明、北海道の最南端、松前郡松前町の海岸に漂着、奇跡的に助かり、道立松前病院に収容された。かなり衰弱しているが、生命に別条はない。（中略）

飛行機が頭上を旋回　船にも帽子ふった（中略）

加藤さんは手当てを受けながら渡辺医師に断片的に漂流後のもようを次のように語っている。

漂流二日後に陸がすっかり見えなくなった。その後飛行機が二度ほど頭上を旋回したのを見た。また巡視船らしい船影も見つけ、必死に帽子を振ったが、いずれも私を認めてくれず、間もなく去ってしまい、絶望感はつのるばかりだった。食物はもちろん水も一滴もない。かわきがひどく、海水を飲んだが、胸がむかついたので、海水を飲むのはこの一度だけでやめた。暑さがひどいときは海中に身を入れてしのいだ。漂流中に何度もボートが転覆し、そのつどやっと起こしてはボートにはいった海水を帽子でかき出した。夜は海水をかき出す作業のためまどろむていど。昼はつとめて眠るようにした。

漂流中おだやかな日が続き、からだをあまり動かすことがなかったので、助かったと思う。

19　「未亡人」

書誌：『あきた』10巻5号（昭和46年5月1日発行）

筆名：杉田瑞子

梗概：須永はオーバーの襟を立て、退社で道を急ぐ人々の群れに逆らいながら、事務所へ戻るところであった。前夜、弟の康夫から電話で相談を受け、一時間程会ってきたところだった。相談の内容は、母の世話のことだった。一年交替で母をみるという約束だったが、子どもも多い弟の家ではお手上げの状態だった。事務所に帰ると、江上という女性から電話があったことを秘書から告げられた。帰宅してから須永は、妻の美和子に母のことを相談したが、妻は母を戻すことに強く反対した。

翌朝、事務所に出ると、昨日の江上さんから再度電話があったことを秘書から伝えられた。連絡先がメモされた紙を見ながらダイヤルを回すと、出た相手は学生時代の恋人の浩子だった。浩子は須永に会ってお願いしたいことがあるという。康夫と会った喫茶店で会う約束をして仕事に戻った。約束の時間に喫茶店へ行くと、浩子は既に来ていた。十五年ぶりの再会だった。浩子のお願いというのは、須永の会社で浩子の教え子で失業中の男の子を一人雇ってもらいたいということであった。

あきた　50
郷土作家創作シリーズ
未亡人（第五回）
杉田瑞子
さし絵
カット　仙台正利

浩子は大学卒業後に結婚したが、相手は悪性の脳腫瘍で間もなく他界し、以来浩子は未亡人となり、教師をして働きながら亡夫の姑を養って生活している。出稼ぎ先で父を亡くした男の子の就職先を依頼しに来たのだった。須永は浩子の話を聞き、男の子の就職先を世話することに決めた。同時に須永は、母の世話に同意してくれるまで、意を尽くして美和子と話し合ってみることも決意する。

冒頭＆末尾：

康夫と別れて事務所へ戻るわずか数百米《メートル》の道のりが遠かった。

退社時刻のオフィス街は、道を急ぐ人の群で賑わっていた。朝のラッシュの緊張を含んだ雰囲気とは違って解放感が、日脚の長くなった舗道いっぱいに渦をまいている。

人波に逆って歩きながら、須永は、街角のウィンドウに映った自分を、黒い不吉な鳥のように思った。彼岸も間近いというのに、冬の衣裳をよろい、オーバーの襟まで深々とたてている須永の姿は、逸早《ママ》くコートを脱ぎ棄て身軽になって足早に通りすぎる若いサラリーマンさえ混っている群れの中では、たしかに異様な印象を投げかけていた。

弟の康夫から電話があったのは、前日の夜だった。

——電話では、ちょっと話しにくいんだ。明日そっちまで行く用事があるから、一時間ばかり都合してくれないか。

日頃、陽気な康夫には珍しい圧し殺した声で、しかも有無をいわせぬ響きがあった。

受話器をおいて煙草をくわえると、須永は鉛を呑みこんだような気分になった。

——康夫さん？　きっとお姑《かあ》さまのことよ。

後片付けの茶碗をやけに鳴らしながら、美和子がぷいと台所へ去った。流し台の音が、いつもより高い。機嫌の悪い証拠だった。

＊　＊　＊

——これ、裏の山で採ったの。きのことぜんまい。召し上る？

母の好きなものだった。意を尽くして美和子と話合ってみよう。同意してくれるまで。

昼食を一緒にというのを浩子は断った。バス停まで送らせてくれと須永はいった。考えてみれば、揺れる吊橋の上で別れたきり、別れらしいこともなく終った愛であった。

エスカレーターを並んで降りながら浩子は言った。

——私、変りました？

にやにやしているようでいて眼は笑っていなかった。

——いや、ちっとも。

——そう。がっかり。

そういうと浩子が、二、三段先に降りた。後ろ姿には、やはり十幾年、亡くなった夫の母と同居している未亡人の顔があった。

20 「池の話」

書誌：『文芸秋田』19号（昭和46年10月12日発行）
筆名：杉田瑞子
梗概：男は、夢の中にいた。浅い眠りの中で、昨日出来上がったばかりの池の噴水の渦に、巻き込まれそうになった女の体を見ていた。赤黒かかった水が、青に変わり、女の体を浚《さら》おうとした時、眼球の水晶体が濁り始め、青い複眼がどんでん返しのように揺れて目が覚めた。蚊帳の向こうに女が座っていた。まだ朝の五時前だった。いつもよりかなり早かったので、「どうしたの」と尋ねると、女は医者に連れて行くよう頼んだ。死んだ魚のような眼が、男の上を撫で回す。男は女を放ったまままどろんでしまう。枕元に伸びた朝の光、子どもたちの声に目を覚ますとラジオ体操の時刻が迫っていた。男は会社を休んで女を病院へ連れていくことにした。女の頬がゆるみ、フナのようなキョロキョロとよく回る眼が少しずつ動き始めた。
　女の病気は神経症で、男と出会う前から持っていたものだった。十五年前の夏、父を亡くして絶望の淵にいた男は、デパートの脇のポストの前で、取り残されたように動かず紅もささずに口を半ば開け、忘れ物でも思い出そうとしている頼りない顔つきの女を認めた。男は、母の寝顔にも似た女の顔に、声をかけずにはいられなくなり、「どうかしたんですか？」

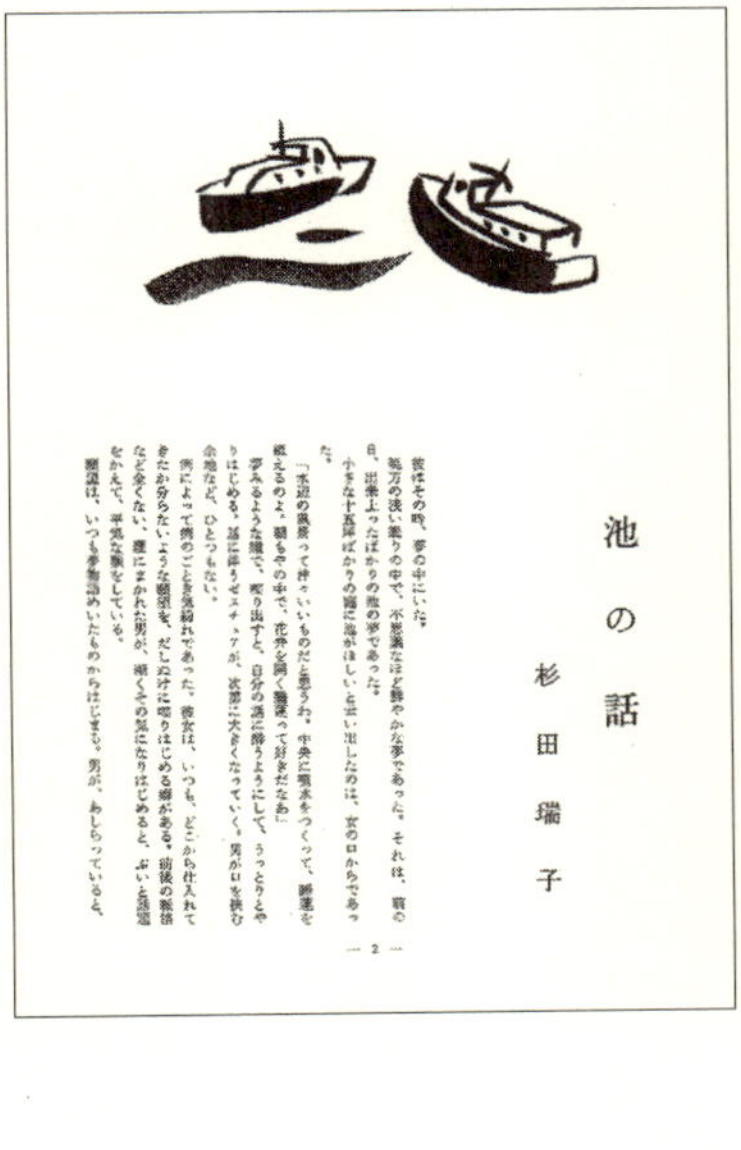
池の話
杉田瑞子
— 2 —

と問いかける。そのまま、バスで女を海辺の町まで送ったことがきっかけで、二人は結婚することになった。以来、女の病気のせいで十五年を超す歳月を一緒に過ごすこととなった。

新婚旅行は摩周湖。めったに湖面を見せることはなく、乳白色のガスに覆われていたが、帰りのバスを待つ間に湖から吹き上げた風にガスが取り払われ、湖はすべてをさらけだした。女の心もまた摩周湖のようであった。

池作りの老人がやって来て、庭に縄を張り、土を掘り返す作業が始まった。二日目、三日目と老人の作業につられるようにして女も家の掃除などに精を出した。四日目頃から女は落ち着かなくなった。雨で老人の作業が休みの日、一人でデパートに出かけて歩けなくなり、仕事中の男に電話で助けを求める。デパートの屋上に駆けつけた男は、十五年前と同様、「蝶になりそこねた蛹」のような姿の女をしっかりと受けとめた。

池が完成し、男が水を張ると、寄り添うように池の縁に屈《かが》んで、女は池の表面を見つめていた。翌朝、枕元に朝の光が伸びる頃、男は青い遮幕を透かして塑像のように座っている女に気づいて目覚める。男は、女を病院に連れて行くことにする。もう一度フナのようなケロッとした女の顔を見るために。

冒頭＆末尾：

彼はその時、夢の中にいた。

暁方の浅い眠りの中で、不思議なほど鮮やかな夢であった。それは、前の日、出来上ったばかりの池の夢であった。小さな十五坪ばかりの庭に池がほしいと云い出したのは、女の口からであった。

「水辺の風景って仲々いいものだと思うわ。中央に噴水をつくって、睡蓮を植えるのよ。朝もやの中で、花弁を開く睡蓮って好きだなあ」

夢みるような瞳で、喋り出すと、自分の話に酔うようにして、うっとりとやりはじめる。話に伴うゼスチュアが、次第に大きくなっていく。男が口を挟む余地など、ひとつもない。

例によって例のごとき気紛れであった。彼女は、いつも、どこから仕入れてきたか分らないような願望を、だしぬけに喋りはじめる癖がある。前後の脈絡など全くない、煙にまかれた男が、漸くその気になりはじめると、ぷいと話題をかえて、平気な顔をしている。

願望は、いつも夢物語めいたものからはじまる。男が、あしらっていると、ひとりで焦らだち、そのうち、あちこちから、夢を紡ぐための糸を仕入れてきては、そいつを、いつの間にか、確実性をもった青写真にかえていく。奇妙な才能だと男は思っていた。

＊　＊　＊

水面を叩く噴水の音が鳴りやまない。水量はかなりふえているのだろう。手応えのある重いひびきであった。

「水、大分たまったらしいね。」

一服つけながら男は言った。

「出かけるの。釣りに――」

「いや、釣りは当分、おあずけだ。フナは君がすっかり癒ってからだ。」

女の頬がゆるんだ。表情が戻ってきている。フナのようにキョロキョロとよく回る眼も、少しずつ動きはじめた。

「今日中に病院へ行こう。」

「会社、どうするの？」

「休んだって平気だよ。」

「大丈夫？」

「この暑さだ。給料以上に働くっていうのはとんだ見当ちがいの思い上がりだ――」

しばらくして女が言った。

「あなたついて行って下さる？」

「決ってるじゃないか。」

女の顔に灯がともった。朝日をまともに受けた髪の分け目に白いものが光っている。

男はもう一度、あの逼げまわるフナのような、ケロッとした女の顔を見たいと思った。

21　「ゼブラ・ゾーンの中で」

書誌：『文芸秋田』20号（昭和47年5月20日発行）

筆名：杉田瑞子

梗概：山際省三は、友人の坂口透の死を弔って帰宅するタクシーの中にいた。帰るのは、湘南海岸沿いにある旧海軍の陸戦演習場跡に建てられた五階建て五十棟の鉄筋アパートだった。坂口はピグミーとあだ名され、いつもクラスの中で道化役を演じた。妻の怜子と戸田を含んだ四人は中学の同級生で、しぶる怜子の両親を説得して省三と結婚にこぎつけさせてくれたのがピグミーだった。そのピグミーの死を聞いても、怜子は冷たく夕飯の心配をするばかりで、帰宅した省三を待っていたのは、「アジシオ」だった。

省三夫婦が住んでいるこの公団住宅は、実は長兄のもので、インドネシア赴任の期間、弟の省三に貸し与えたものだった。民営のアパートを転々としていた省三夫婦にとってはユメのような家だった。怜子は団地自治会に入会し、子どもたちの教育にも熱心になった。アパートに住んでいた頃はあれほど軽蔑した団地族だったが、今度は自分がその立場に立つと、怜子はあっさりとその上にあぐらをかき、今度ルで区切られた団地の中は、隔離された一種のゼブラ・ゾーンと言えた。

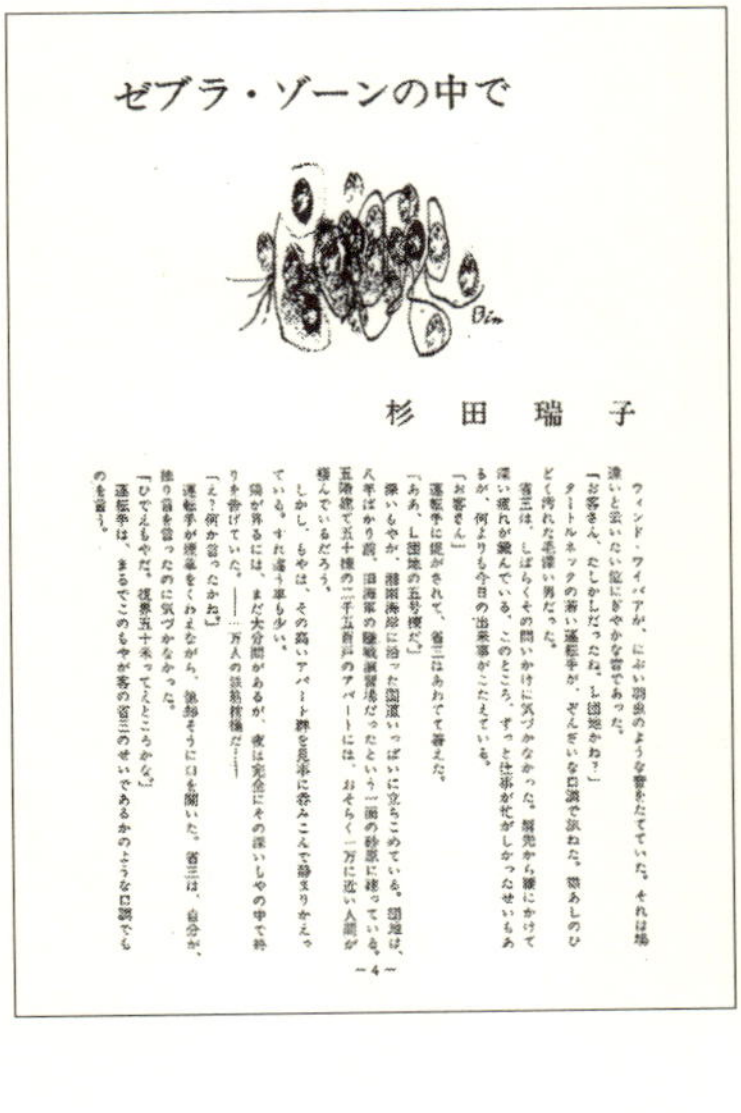
ゼブラ・ゾーンの中で

杉田瑞子

ウィンド・ワイパアが、にぶい羽虫のような音をたてていた。それは場違いと云いたい位にぎやかな音であった。

「お客さん、たしかしだったね。L団地かね?」

タートルネックの若い運転手が、ぞんざいな口調で訊ねた。襟あしのひどく汚れた毛深い男だった。

省三は、しばらくその問いかけに気づかなかった。頸筋から腰にかけて深い疲れが澱んでいる。このところ、ずっと仕事が忙がしかったせいもあるが、何よりも今日の出来事がこたえている。

「お客さん」

運転手に促がされて、省三はあわてて答えた。

「ああ、L団地の五号棟だ」

深いもやが、湘南海岸に沿った国道いっぱいに立ちこめている。団地は、八年ばかり前、旧海軍の陸戦演習場だったという一画の砂原に建っている。五階建て五十棟の二千五百戸のアパートには、おそらく一万に近い人間が棲んでいるだろう。

しかし、もやは、その高いアパート群を見事に呑みこんで静まりかえっている。すれ違う車も少い。

陽が昇るには、まだ大分間があるが、夜は完全にその深いしじまの中で終りを告げていた。——一万人の鉄筋核棺だ……

「え?何か言ったかね」

運転手が煙草をくわえながら、怪訝そうに口を開いた。省三は、自分が、独り言を言ったのに気づかなかった。

「ひでえもやだ。視界五十米ってとこかな」

運転手は、まるでこのもやが客の省三のせいであるかのような口調でものを言う。


—4—

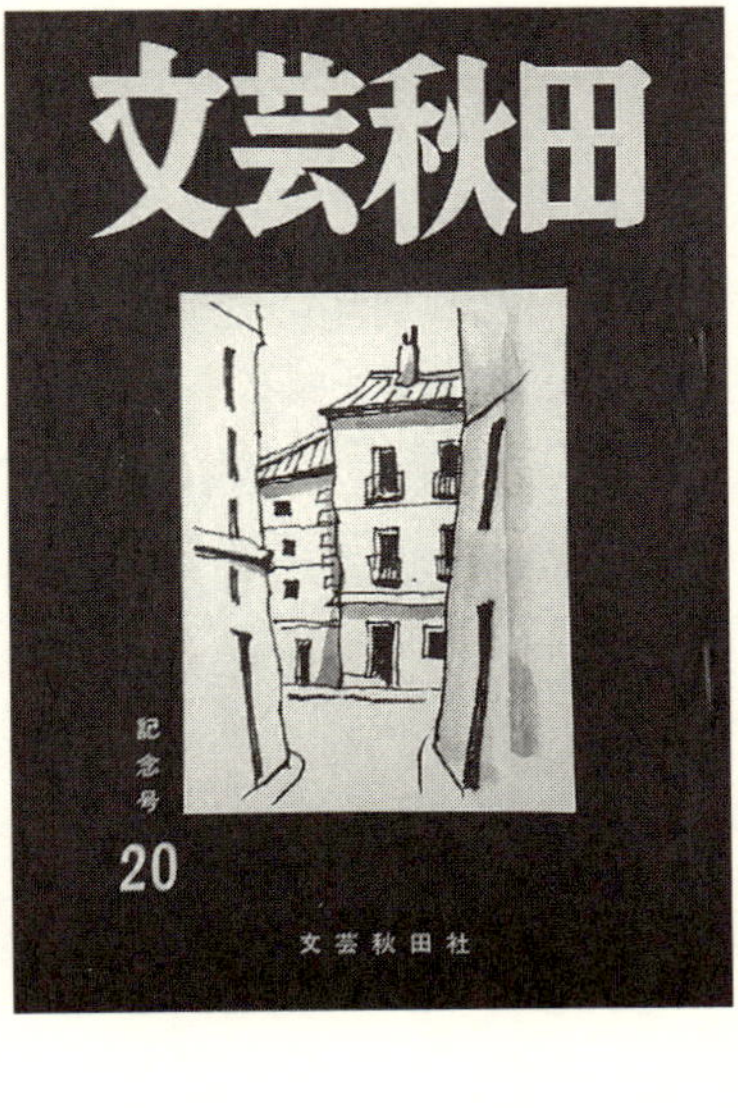

平凡で平均的な女になっていった。ガードレー中の人間からすれば自治であり権利である

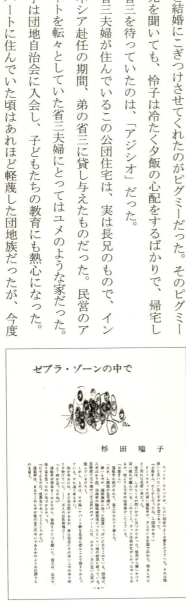

ものも、外の人間からはいい気な独り善がりの馴れ合いに過ぎない。そんな人間に自分もなりつつあることに省三はやりきれなさを感じつつ、自由な暮らしを続けて勝手に死んだ坂口のことを考えた。

冬も近づくある休日、息子の徹が凧揚げに出かけ、娘の伴子も自転車を乗り回していた。省三はサンダルをひっかけて外に出た。向かいの家の扉が半開きになって自由気ままな若者の生活が垣間見える。徹たちはこの向かいの住人である青年から凧揚げを教わっていた。初めて挨拶した省三は、この団地を「子どもの天国ですな」と語りかける。すると青年は、「愚劣ですよ」と答える。牙を喪《うしな》った中年男に返す言葉はなかった。

冒頭&末尾：

ウィンド・ワイパアが、にぶい羽虫のような音をたてていた。それは場違いと云いたい位にぎやかな音であった。

「お客さん、たしかLだったね。L団地かね？」

タートルネックの若い運転手が、ぞんざいな口調で訊ねた。襟あしのひどく汚れた毛深い男だった。

省三は、しばらくその問いかけに気づかなかった。肩先から腰にかけて深い疲れが澱んでいる。このところ、ずっと仕事が忙がしかったせいもあるが、何よりも今日の出来事がこたえている。

「お客さん」

運転手に促がされて、省三はあわてて答えた。

「ああ、L団地の五号棟だ。」

深いもやが、湘南海岸に沿った国道いっぱいに立ちこめている。団地は、八年ばかり前、旧海軍の陸戦演習場だったという一面の砂原に建っている。五階建て五十棟の二千五百戸のアパートには、おそらく一万に近い人間が棲んでいるだろう。

＊　＊　＊

いつの間にやってきたのか、ピーターパンを棄てた伴子が、灯台の脇の魚の骨の型をしたコンクリートの上で、空を仰いでいた。

「全く、子どもの天国ですな。ここは――。」

省三が云うと、青年は、吐き棄てるような口調で云った。

「愚劣ですよ。こんなもの――第一、造形的になってない――。」

ニべもない言い方であった。省三は思わず怯んだ。

「昔、ここは海軍の陸戦用の演習場だったところです。三八銃をかかえた我々の先輩が、這い松の間を這いずり回って、匍伏訓練をやったものです……。」

「我々の先輩？」

「そうです。ぼくの五つか六つ年上の連中たちですがね……。」

「カンケイないな。第一、そんなことナンセンスだ。――。」

ナンセンス？　省三は思わず大声を出しそうになり、あわてて口をつぐんだ。

ナンセンスか――省三は、ことばを返すことをやめた。何を言ったところで、この場を取り繕う科白は出そうになかった。いつの間にか、このゼブラ・ゾーンの中で、牙を喪ってしまった中年男の、曳かれ者の小唄か、おべんちゃらにすぎないようであった。

徹の凧が、一段と高くなった。

省三は、その凧が最もナンセンスな生き方しかできなかったピグミーがのぼっていった虹の橋につづいているような気がして、うっとりと眺めていた。

22　「街道のマリア」

書誌：『文芸秋田』22号（昭和48年8月15日発行）

筆名：杉田瑞子

梗概：保と泰子夫妻が新たに家を建てたのは、泰子が父から生前贈与された百五十六坪の土地だった。引越の最中、新居の最初の訪問者として訪れたのが、物売りの中城タエであった。新居には寝たきりの舅と姑、小姑の香代子、それに保夫妻の五人が移り住んだ。香代子は間もなく嫁いで大阪へ離れた。ササニシキを送って欲しいとせがむ義姉に約束したことから、泰子とタエの付き合いは始まった。頻繁《ひんぱん》にタエが訪問するようになり、噂話の情報収集に都合が良い姑は親しくなる。だが、タエの目の悪さを不審に思う泰子は、タエを家に上げないよう姑にクギを刺す。

姑の噂話によると、タエは満州で女郎をしていた。引き揚げ船の中で看病したことが縁で夫と知り合い、闇商売をしながら夫を養っている。泰子は出産のため勤めをやめ家庭に入った結果、タエとの接触は多くなった。ある日、卵の代金をとりに戻ったすきに、息子の卓とタエがいなくなってしまう。杉皮葺《ぶ》きのタエの家を訪れ、夫にタエの行方を尋ねるが、「いねえよ」と突き返される。家へ戻る途中、卓のはしゃぐ声が耳に入る。泰子はタエを誘拐犯と疑った自分に恥じ入る。

街道のマリア

杉田瑞子

— 65 —

舅が亡くなり、二人目の子ども革が生まれた。革が幼稚園に入り、卓が小学校へ上がった頃、泰子は煙草屋の店先で朝帰りするタエの夫を見かけた。煙草屋によれば、タエの闇商売のために時々夫は町のアイマイ宿や一杯飲み屋にやられるのだという。売春禁止法により、嫁の来てがいない百姓の息子たちは、こぞってタエのもとに通った。タエから卵を買うことは、まさに「卵とタマゴの交換」であったのだ。やがてタエは宗教団体の会員となった。旦那の帰りを待ちわびて、ドンドコドンドコ祈り続けながら、タエは体をはって街道の奥の若者たちを慰め続けるのだった。

冒頭＆末尾：

中城タエは、泰子の家の最初の訪問者である。

引越荷物を満載して送り届けた戻りのトラックが、私道のまだ踏み固められていない砂地に車輪を奪われ、ムシロや板きれを探し回るというアクシデントを惹き起して去ったあと泰子は、自分が働くことで漸く建ったこの二十四坪ばかりの家の、まだ庭とは呼べない庭の予定地を、ぼんやり眺めていた。

大型トラックで六台分の荷物は、まだ大方置き所の定まらぬまま、放置されてある。殆んどいっしょに建って、偶然同じ日に引越しとなった隣家は、一台のトラックで引越し完了という身軽さであった。

エプロンの下から大きな腹をつき出している妊娠末期特有のむくんだ顔の隣家の主婦が、次から次と運ばれてくる泰子の家の荷物を呆気にとられた顔で眺めていた。

しかし、隣家の主婦を愕かせたほどの荷物の三分の二は、泰子と保の若夫婦には関係のない両親たちの荷物であった。それも、本当に必要と思えるのはその半分で、あとは、どう考えても、ガラクタとしか思えない代物ばかりであった。

生活水準が上れば上る程、日影の部分の隠湿《ママ》さが拡大されていく。それを嘲笑うのは人間のオゴリというものではないか。

＊　＊　＊

今朝も、保が言っていた。

「卵屋さんの家の前を通ると、いつも、ドンドコドンドコやってるぜ。」

「あの人はね、旦那さんの帰りを待ちわびながら、一生懸命、街道の奥の若者たちを躰をはってなぐさめているマリアなのよ」

「君、もう、あいつから何も買わないだろ?」

泰子はだまって肯いた。

中城タエは、もう闇商売の本業を棄てた。その代り、明らかに悪質の性病の徴候を示す紫色のアザは、寒い冬の頬をむしるような風が終っても消えそうはない。

23　**「波瀾万丈」**

書誌：初出は『原点』23・24・25・30・35・36・37・38・39・40号（昭和48年5月1日〜50年1月1日発行）※自費出版した作品集『波瀾万丈』（昭和49年11月1日　宝雲新舎出版部）に収められる。（注：「第八回」掲載の『原点』38号と『波瀾万丈』は同日の刊行。したがって、「第九回」「第十回」の初出は『波瀾万丈』）

筆名：杉田瑞子

梗概：祖父野口直平の生涯を、史料に基づき調査して書き上げた作品。時代の波に乗り、一代で船成金として財を成した男の姿を一代の寵児豊臣秀吉になぞらえてみせる。

「第一回」…港祭の熱気を帯びて誕生した野口直平。

「第二回」…明治維新の激動期に土崎の町で育つ。

「第三回」…直平の妻ソノは山中新十郎の孫娘。

「第四回」…進取気性の処世術を発揮し船成金に。

「第五回」…分家妻ソノの嘆きと苦労。

「第六回」…神戸港での生活と現地妻。

「第七回」…神戸の船舶業と船成金。

「第八回」…浮沈の激しい汽船業界。

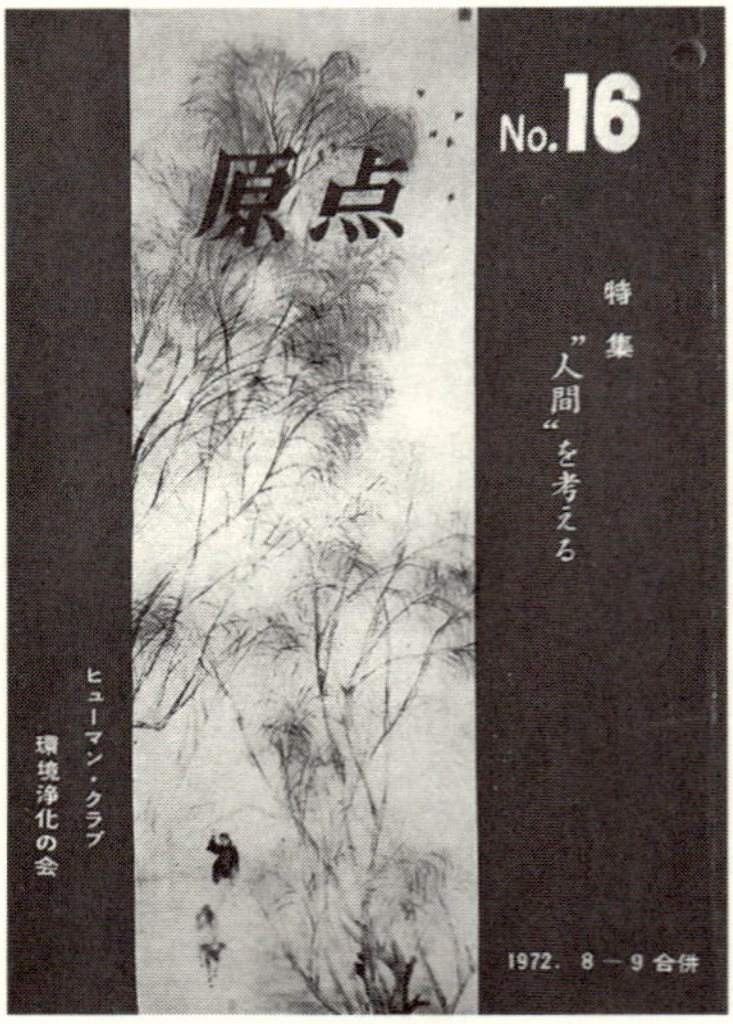

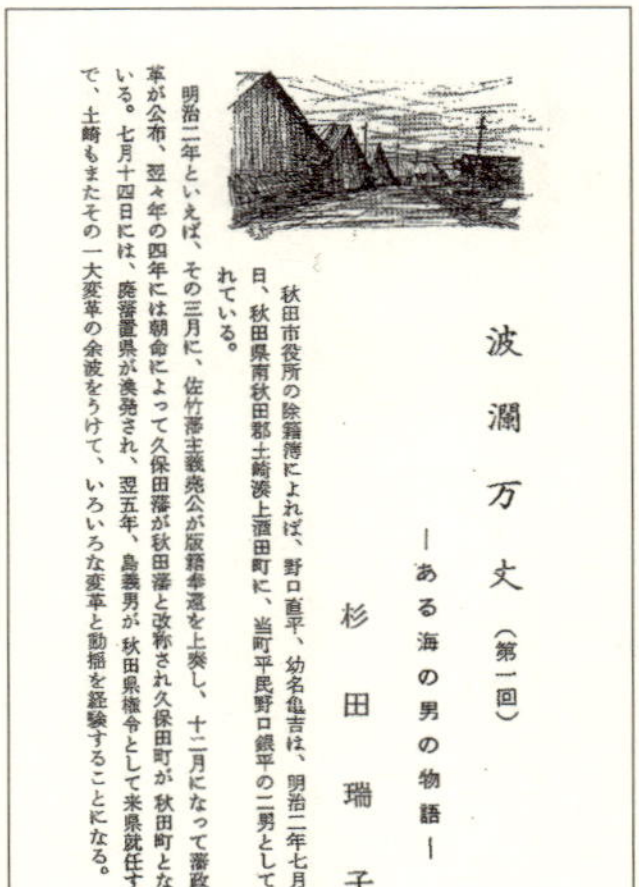

波瀾万丈（第一回）

―ある海の男の物語―

杉田瑞子

秋田市役所の除籍簿によれば、野口直平、幼名亀吉は、明治二年七月十八日、秋田県南秋田郡土崎湊上酒田町に、当町平民野口銀平の二男として生まれている。

明治二年といえば、その三月に、佐竹藩主義堯公が版籍奉還を上奏し、十二月になって藩政の変革が公布、翌々年の四年には朝命によって久保田藩が秋田藩と改称され久保田町が秋田町となっている。七月十四日には、廃藩置県が渙発され、翌五年、島義男が秋田県権令として来県就任するまで、土崎もまたその一大変革の余波をうけて、いろいろな変革と動揺を経験することになる。

― 54 ―

「第九回」…気配りと豪胆を兼ね備えた直平。

「第十回」…直平の死と野口汽船のその後。

冒頭&末尾：※ともに『原点』版

秋田市役所の除籍簿によれば、野口直平、幼名亀吉は、明治二年七月十八日、秋田県南秋田郡土崎湊上酒田町に、当町平民野口銀平の二男として生まれている。

明治二年といえば、その三月に、佐竹藩主義堯公が版籍奉還を上奏し、十二月になって藩政の変革が公布、翌々年の四年には朝命によって久保田藩が秋田藩と改称され久保田町が秋田町となっている。七月十四日には、廃藩置県が渙発され、翌五年、島義男《ママ》が秋田県権令として来県就任するまで、土崎もまたその一大変革の余波をうけて、いろいろな変革と動揺を経験することになる。

いわば、直平にとっても、土崎の町にとっても波瀾万丈の季節がやってきているのである。

＊　＊　＊

彼の建てた家は昭和二年六月二十四日の午前三時半に発した土崎大火で炎上して、神戸より送られたばかりの荷もほどかない品と共に灰燼に帰した。同年九月、貴平によって同地に建てられた家は今、秋田海陸運送会社の寮となり、土崎港中央一丁目に残っている。

秋田北港ができ、ソビエトとの対岸貿易も盛んとなり、新産業都市の港として、土崎港はその中心となっている。日本海縦断新幹線の噂も聞えるこの港町は、このあとどんな歴史を辿ることだろう。

しかし組織がすべてであり、大人物や英傑の出にくくなった今日、もはや時代を先取りして中央におどり出て、財界のメムバーの心胆を寒からしめるような人物の輩出は望めなくなったのではなかろうか。

露と落ち露と消えた《ママ》し我が身かな
難波のことも《ママ》夢のまた夢

一代の寵児豊臣秀吉の遺した歌である。

24 「ノラにもならず」

書誌：『文芸秋田』23号（昭和49年7月15日発行）
筆名：杉田瑞子
梗概：杉田宇内がまどろみかけた頃、妻の久女が駒下駄を鳴らしながら帰宅した。十二時を過ぎていた。久女の帰宅が遅くなったのは、自ら主宰する俳誌『花衣』の校正催促に手間取ったからであった。宇内の怒りが爆発し、「出て行け」と叫ぶ。じっと押し黙る久女を、宇内は布団で簀巻《すま》きにして引きずり、隣室へと押しやった。

久女は何度も宇内との離婚を思った。東京へ帰りたい、実家へ帰りたいと思いつつ、娘らのきらす足袋につぎをあて「足袋つぐやノラともならず教師妻」と詠んだ。貧しさと闘いながら子どもを守り続けた女の悲痛な叫びであった。久女は腎臓を患い、一年ほど、東京の実家で療養したことがあった。母親から離婚を勧められても、子どもから父親を奪ってはならないと、自らの意志で宇内のもとに戻った。その二人の娘はもう親の手を離れ、それぞれ自分の道を歩み始めていた。

宇内から隣室へ追い出されて一週間、久女は手近にあった「文芸《ママ》名家書簡集」を手にとる。パッと開いたページには「素木しづ子」の書簡があった。それは、妻を残して単身赴任している夫に宛てた手紙と息子を連れたまま離れて

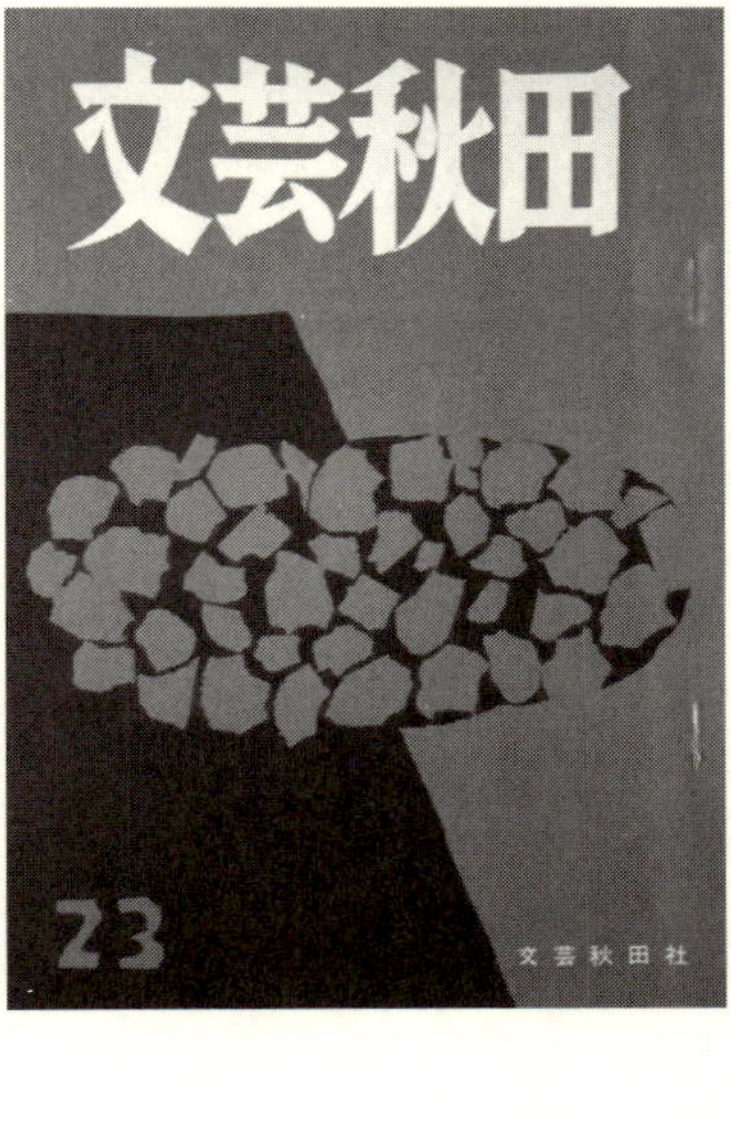

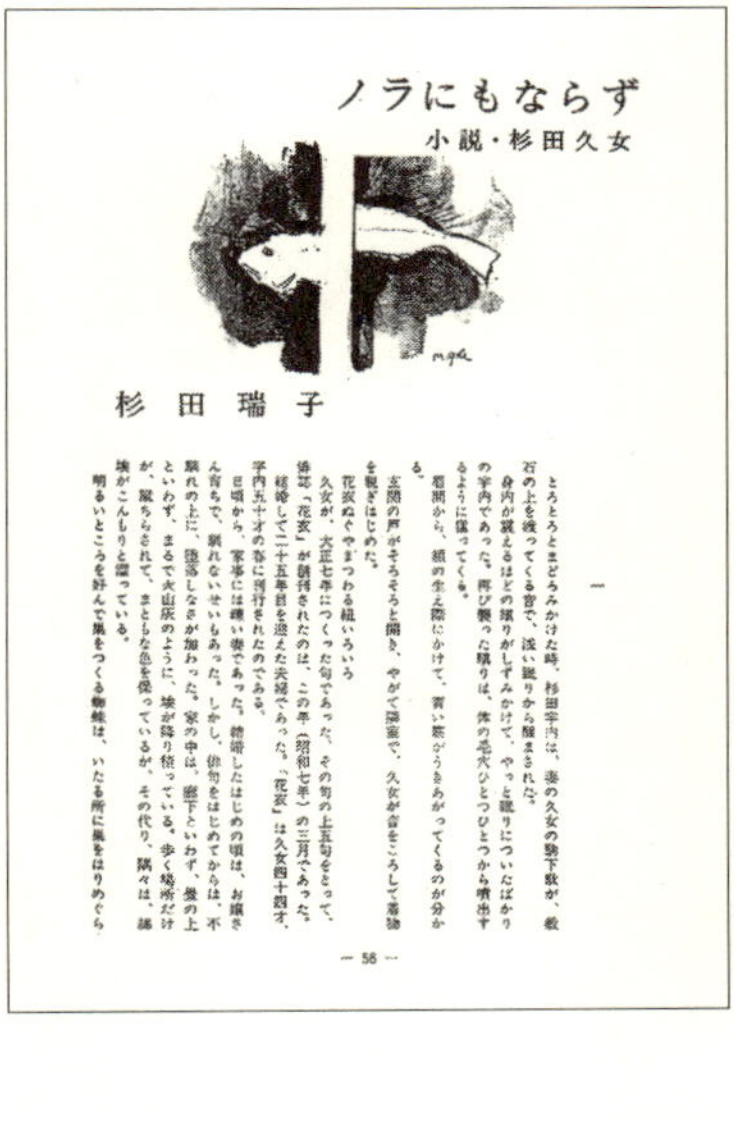
ノラにもならず

小説・杉田久女

杉田瑞子

とろとろとまどろみかけた時、杉田宇内は、妻の久女の駒下駄が、敷石の上を戻ってくる音で、浅い眠りから醒まされた。

身内が震えるほどの怒りがしずみかけて、やっと眠りについたばかりの宇内であった。再び襲った憤りは、体の毛穴ひとつひとつから噴出するように猛ってくる。

眉間から、額の生え際にかけて、青い筋がうきあがってくるのが分かる。

玄関の戸がそろそろと開き、やがて隣室で、久女が音をころして着物を脱ぎはじめた。

花衣ぬぐやまつわる紐いろいろ
久女が、大正七年につくった句であった。その句の上五句をとって、俳誌「花衣」が創刊されたのは、この年（昭和七年）の三月であった。結婚して二十五年目を迎えた夫婦であった。「花衣」は久女四十四才、宇内五十才の春に創刊されたのである。

日頃から、家事には疎い妻であった。結婚したはじめの頃は、お嬢さん育ちで、馴れないせいもあった。しかし、俳句をはじめてからは、不馴れの上に、[illegible]しなさが加わった。家の中は、廊下といわず、畳の上といわず、まるで火山灰のように、埃が降り積っている。歩く場所だけが、蹴ちらされて、まともな色を保っているが、その代り、隅々は、綿埃がこんもりと溜っている。

明るいところを好んで巣をつくる蜘蛛は、いたる所に巣をはりめぐら

— 58 —

暮らす夫に宛てた手紙とであった。久女は、訴えかけることのできる女を羨《うらや》ましく思うと同時に、子を思う母の気持ちに共感した。

珍しく酔って帰った宇内に挑みかかられた久女は、両手で首を締め上げられ、無数の傷を負って動けなくなった。やがて久女は、燃え尽きた脱け殻のような眼をして、一点を凝視するようになった。久女が狂ったのではないかと噂が広がった。『花衣』は五巻で終刊になった。廃刊の原因には、子宮筋腫という健康上の理由もあった。間もなく『ホトトギス』同人を除名され、宇内に付き添われて保養院へと入院する。病院の食事には毒が入っていると拒食反応を示すようになり、昭和二十一年一月二十一日、久女はこの世を去った。性格の相違を補い合うことを知らなかった夫婦は、互いに最後まで妥協しなかった。

冒頭＆末尾：

とろとろとまどろみかけた時、杉田宇内は、妻の久女の駒下駄が、敷石の上を渡ってくる音で、浅い眠りから醒まされた。

身内が震えるほどの瞋りがしずみかけて、やっと眠りについたばかりの宇内であった。再び襲った瞋りは、体の毛穴ひとつひとつから噴出するように猛ってくる。

眉間から、額の生え際にかけて、青い筋がうきあがってくるのが分かる。

玄関の戸がそろそろと開き、やがて隣室で、久女が音をころして着物を脱ぎはじめた。

花衣ぬぐやまつわる紐いろいろ

久女が、大正七年につくった句であった。その句の上五句をとって、俳誌「花衣」が創刊されたのは、この年（昭和七年）の三月であった。

結婚して二十五年目を迎えた夫婦であった。「花衣」は久女四十四才、宇内五十才の春に刊行されたのである。

＊　＊　＊

久女は田舎教師の妻としては、気位が高すぎ、近寄りにくい面もあったが、人づきあいも下手ではなく、都会風で洗錬《ママ》された女であった。

しかし、二人は、決して妥協しない夫婦であった。久女の懇願を退けて、宇内は絵筆をとらず、久女は、幾度も離婚を考え、ノラを志したが、ついに意を果さず狂ったまま世を去った。

久女が、離婚の道を選ばず、ノラともなれなかったのは、昌子、光子という二人の娘の存在ばかりではなく、彼女は、杉田宇内という古木に似た巨大な樹を拒みつづけ、なお、拠りつかずには生きゆくすべのないことを知っていたからである。

久女の墓は、没後十一年目、長野県松本市にある生家赤堀家の墓地内に分骨された。「久女之墓」と碑銘を書いたのは高浜虚子である。

久女の死後、宇内は郷里奥三河の山家に帰った。

晩年、彼は、猟銃をたしなみ、終日野山を歩き廻った。

その死の床にも、猟銃は大事そうに置かれてあったという。

彼が冬山に向って何を追い求め、発砲した銃声が、どんな音をたてたかを知る者はひとりもいない。

■随筆・随想・コラム等

1　**「唯今育児中」**

書誌：秋田県広報協会機関誌『あきた』２巻６号（昭和38年６月１日発行）

筆名：杉田瑞子

解説：「書いて」と「汗をかき」「背中をかく」の同訓異字をカタカナ表記にし、ダジャレ飛ばすところから始まり、「はア。唯今、素晴しい傑作をカイテいます」と、首尾照応させたオチがつけてある。

自分にモノを書くという楽しみの時間をなかなか与えてくれない子ども（育児）への不満をもらしながらもその忙しさをどこかで楽しみながら前向きに生きている様子が伝わってくる。育児の大変さを林房雄《はやしふさお》の文章を引用しては、説得力を高めつつも、「生みの母の愛情と献身」を「エゴイズムのかたまり」に傾けざるを得ない戦中派の自分を「親バカチャンリン」と揶揄《やゆ》するあたりは、真面目に陥って読む者を息苦しくさせない諧謔のサービス精神が覗く。

戦後派のように、神も人であったことを割り切って受け容れ、親も他人（別個の存在）と心得ることのできない戦中派を「ハイソレマデヨ」と小気味よく切り捨てたかと思うと、山上憶良《やまのうえのおくら》の歌を引き合いに出しては、親を養い子を育てること（家族制度の歴史の貧乏くじ）の不思議に万感の思いを寄せ、中里恒子《なかざとつねこ》、シューマンの妻を引き合いに、子どもの世話に追われながらも充実した仕事を成し遂げた先人に倣《なら》おうとする気概を示してみせる。

抜粋：

「今何かカイテますか」と訊ねられることがある。冗談じゃないと内心冷汗をカキながら、「はァ。背中のあたりをカイテいます」とお茶を濁す昨今である。

忙しい！　全く忙しい！　朝起きるから夜寝る迄、いや夜の間さえも、我が家の小さき男性共は、解放してくれない。新聞の見出しにさっと目を通すだけの日が続き、そのうち、それさえも叶わなくなって空しく山をなす新聞を眺めながら、はけ口のない欲求不満が、寂しさとなって我が身を包んでしまう。

夏休みなどに町を歩くと、よく家々の戸口に「自由」とか「勉強中」とかいう札をさげている光景にぶつかるが、それにならえば、さしずめ「唯今育児中」というところであろうか。（中略）

昨年来秋した女流作家の中里恒子氏は、子供の世話に追われ自由のなかった時代に、一番充実した仕事ができたと語っていた。シューマンの妻クララが、楽屋で泣き叫ぶ子のために急テンポで弾きあげたピアノの曲は、型破りの新鮮な表現と世の喝采を浴びたという。

私もそのうち「はア。唯今、素晴しい傑作をカイテいます」と答えられる日にめぐりあえるようになるのかも知れない。

2　「政治家の条件」

書誌：秋田県広報協会機関誌『あきた』3巻12号（昭和39年12月1日発行）

筆名：杉田端子《ママ》

解説：昭和三十八年十一月、アメリカ大統領ケネディ暗殺という世界を震撼《しんかん》させる事件が起こっている。ジョン・フィッツジェラルド・ケネディが第三十五代アメリカ大統領に就任したのは、昭和三十六年一月二十日のことである。就任演説で彼は、「国が何をしてくれるかではなく、国のために何ができるかを考えて欲しい」と演説し、さらに「人類の共通の敵」である暴政・貧困・疾病および戦争と戦うためにともに参加してくれるように世界の国家に依頼した。そして、その高く掲げた理想の実現には、「政権の百日間、千日間いや政権の全期間を費やしても難しいだろう。だが始めよう」と述べた。およそ千日後に凶弾に倒れるとは思いもしなかったろうが。

そのケネディ大統領の死後一年目に発表されたのが、「政治家の条件」である。ケネディこそが本当の意味での政治家であったとした上で、政治家である前に詩人であり家庭人であったケネディの姿を紹介し、「政治の貧困とは政治家の貧困」であると結論づける。政治家としての理想像ケネディを語ることは、作家・モノカキとしての理想像を確認する作業であり、母として一家庭人としての己を全うしながら、理想的な作品をものしていく自らの姿勢を確認している文章と言える。

抜粋：

ケネディ大統領が凶弾に倒れて、一年の月日が去った。「一瞬、歴史の進行が止ってしまった感じがする」とまで評された、その死は、全人類を慟哭させ、世界を葬送の曲で埋めつくした。

彼が、なぜそれまでに惜しまれたのか。それは、ケネディが、本当の意味の政治家であったからである。

政治家とは、低姿勢を表看板にして大衆におもねる俗流政治家ではなく、まして手練手管を行使して寝技を得意とする政治屋でもなく、予算獲得や、陳情に巧みな能吏でもない。政治家にとって唯一つの条件は、ビジョンを高く掲げ、大衆を強力に指導してゆく理想主義者であるか否かということだ。

3 「万年浪人」

書誌：随筆雑誌『叢園』33巻71号（昭和42年8月27日発行）

筆名：杉田瑞子

解説：育児が一段落した時に何か始めようと思って、結局「書くこと」に落ちついた事情がユーモラスに語られる。「深夜の哲人よろしく」と言うように、夜遅くまで家の灯が消えないところから、隣家の息子に「受験生」呼ばわりされたことを踏まえ、作家として一向にメの出ない状況を重ね合わせて「万年浪人」と称してみせた。

抜粋：

　さて、本年四月、いよいよ待望の二男坊入園。今度こそはと心がはやる。映画みたいなあ（毎度怪獣映画のお伴ばかりじゃなあ）、音楽会に行こうかな（近日辻久子来演の由）、美術館に通いつめようかな（滝田樗陰のコレクション公開されたとか）、又しても迷いつつ。（中略）

　子供を相手に柳眉を逆立てていても、コロリと心気《ママ》一転できるのは、どうやら書くことだけのようである。資本といえば、一枚一円也のマス目の紙と、三十円のボールペンさえあれば、心はまさに、天地の間を逍遙することができる。子供の外遊びの間、夜寝静まってから、炬燵の上といわず、取り散らした食卓の上といわず、忽ちにして、書斉に変ず。この融通無礙、まさに神技に等しい。（中略）

　今年、高校に合格した隣家の息子は、いつまでも消えやらぬ灯をみて「隣のおばさんは、年がら年中、受験生みたいだ」といったそうである。といえば、無為且つ無職、口を開けば、物価倍増の天下国家を論じ、一向にメも出ないところなどまさに、万年浪人にふさわしいと、我ながら感心した次第である。

4　「〝秋田市を学ぶ〟母親の会を企画して」

書誌：『広報あきた』386号（昭和43年7月20日発行）

筆名：杉田瑞子（港北小ＰＴＡ）

解説：秋田市教育委員会社会教育講師としての立場から、秋田市立港北小学校ＰＴＡ会員でもある杉田が、同小学校三年生の母親を対象に、「母親の会」を企画して行った事業について報告したものである。

抜粋：

去る六月十日から、市の広報車をお借りして、三回にわたって、三年生の子供をもつ母親を対象に、市内見学を実施した。「秋田市を学ぶ母親の会」という訳である。在籍二百二十三名中、参加者七十名というこの種の行事では、未曾有の数であった。（中略）

社会教育といったところで、すぐに役に立たない気の長い話には、主婦はおいそれとは乗ってこない。我が子の学んでいる学習を通して、母親たちは、郷土の歴史、政治のあり方、秋田市が現在かかえている諸問題、市民としての生活態度といった広範な事柄にも眼を開かせられた。

5 「オノノイモコ」

書誌：随筆雑誌『叢園』34巻74号（昭和43年9月20日発行）

筆名：杉田瑞子

解説：遣隋使小野妹子に自分の妹を見立て、都会の文物をもたらしてくれることに感謝を綴ったもの。妹は、東大の英文学会誌の編集とシナリオ研究をしている。台所とスーパーの間の振り子運動のようなミクロな生活をしている杉田に、東京という巨大な雑居都市の体臭をストレートにぶつけてくれ、激論に疲労困憊するものの、気分爽快にしてくれる様子がよく伝わってくる。

抜粋：

隣の花は赤いというから、人間、誰しも同じことを考えているかも知れないが、ヒガミッポサにおいては人後に落ちないカミサン族の私は、三食昼寝ＴＶ付きの殿様ぐらしをしていながら、年中、台所とスーパーの間の振子運動のミクロの生活にウンザリすると、昭和元禄の泰平の御代に生を亨《ママ》けたことをサラリと忘れ、この狭い秋田のくらしが、つくづくといやになる。世はまさに宇宙旅行時代というのに、東京行き一つ自由にならない手枷足枷のジャリ付きの身分が、呪わしくもなる。（中略）

そんな私に、東京という巨大な雑居都市の体臭を、ストレートにぶつけてくれる者がいる。盆と正月、あとは、フトコロ次第で、ふらりと帰省し、玄関から上りこむや、たちまち、矢継早に、

「三派系全学連をどう思う？」

「万延元年のフットボール読んだ？」

「ある大統領の死という本面白いよ。」

「八幡と富士の合併どう考える?」　ｅｔｃ……（中略）

質問の主は、我が末妹である。彼女は、婚期の遅れなど念頭になく、勤務先の東大で、英文学会誌の編集とシナリオ研究とやらに血道をあげている。私は、彼女に小野妹子と命名した。先進国隋の文物を伝えた人物である。妹子の帰京後、洗濯物の山と、埃だらけの家の中で、連日連夜の激論に、疲労困憊、惰眠を貧《ママ》りながら、気分は仲々爽快である。

誰方が《ママ》、我が小野妹子にムコ殿をさずけ給う奇特な方はないものだろうか。

6　「二千万ＴＶ時代の個性的な子供の育て方」

書誌：『ABS Report』№19（昭和44年5月20日発行）

筆名：杉田瑞子

解説：この年の二月十四日に、秋田放送婦人サークル（ＡＦＣ）の二月例会が開催された。その企画として行われた討論集会「10代とラジオ・テレビ」の中で、主婦の立場から意見発表した内容の一部を掲載したものである。

抜粋：

昭和26年2月1日に、八百六十六万台の契約数をもってスタートいたしましたテレビは、昭和42年12月、ついに二千万台を突破いたしました。普及率にいたしますと八十四・二パーセント、いまやテレビは一億総所有化の段階をむかえたと考えてよいかと思います。（中略）アメリカの視聴率調査によりますと、教育及び生活水準の高い家庭ほどテレビを見ないという結果が出ているということですが、（中略）

私のところでは、教育程度も生活程度もそこまでは行かないせいですか、テレビは見ておりますが、そうしたなかでも、平凡な事ではありますが、テレビを教養むけ、娯楽むけというようにハッキリわけて見る態度が、大人の場合にも子供の場合にも必要であると私は感じております。そして私は、教養番組、娯楽番組ともにあって然るべきではないかと思うのです。（中略）いつまでたっても子供のテレビ視聴について、子供と親の間の摩擦が絶えないという家庭があるとしますと、私は親の方の考え方、態度にあらためなければならないものがあるのではないかと思います。

7　「子供の周辺…現代社会の病根…」

書誌：『秋田魁新報』文化欄（昭和44年5月23日発行）

筆名：杉田瑞子

解説：この年の五月七日に、一日中央児童相談所長を務めたときの体験をもとに、年々増加の一途をたどっている児童相談所での相談件数を示し、産業資本の巨大化の一方で確かに根を張り出した現代社会の病根を指摘してみせる。中でも情緒障害児の激増に、二児の母親として自らの襟を正す必要性を実感し、普通児の中にも病根が伸びていると警鐘を鳴らしている。

抜粋：

友人にケースワーカーがいたり、心理学のセンセイがいたり、ネリカン・ブルースで名高い東京・練馬の少年鑑別所の元職員がいたりで、子供の問題ではまんざらのシロウトでもないつもりでいた。

ところが過日、秋田市で、一日中央児童相談所長なるものをつとめてみて、自分が全くの無知蒙昧（もうまい）の徒であることを思い知らされた。

相談所の「児童」とは、どういう年齢層をさすのか、それすら知らなかった。零歳児（時には胎児も含む）から、十八歳までの年齢を総括して「児童」と呼ぶという。一日所長の私は、まずこのことで、戸惑ってしまった。（中略）

重症心身障害児対策は、本県出身の〝おばこ天使〟らの献身ぶりによってクローズアップされ、今後六年間に全国の重障児はすべて施設に収容される見通しがついたという。座敷牢（ろう）のような納戸（なんど）の奥に、泣くことも知らず放置される不幸な子の影は消えるだろう。明るい、ほっとするニュースである。

しかし、産業資本の巨大化や、人間性を喪失した現代社会は、イタイイタイ病やサリドマイド児のように、新しい

障害児を生み出すに違いない。病根は消えないのである。（中略）

福祉事業は、目に見えない気の長い地味な仕事である。カッコいい仕事とは、とてもいえない。しかし、これらの窓口を総合福祉センターによって一本化し、親たちが小児科の病院の門をくぐるような気持ちでやって来られるようになることが望ましいのだ。

問題を起こしたり、障害のある子供たちも、若葉のもとで、晴れやかに笑い、はね回っていた。わが子に限ってと自認する親たちも、もう一度自分の子を外側からながめてみるべきだろう。

普通児の中にも問題は山積し、非行や犯罪の手は伸びていると、小学一年と四年の子をもつ私は考えたものである。

8　「男鹿への道」

書誌： 秋田県広報協会機関誌『あきた』８巻７号（昭和44年７月１日発行）

筆名： 杉田瑞子

解説： 紀行文的な随想である。昭和四十四年八月二日から九月二十五日まで、臨海工業用地と大潟村総合中心地を会場に秋田博覧会が開催された。竿燈まつりに合わせて開幕する秋田博のＰＲを兼ね、秋田駅から男鹿までの道のりを、それぞれの文化的景勝地を交えて紹介している。

秋田駅前から広小路を抜けて旧国道を北上するとまずは高清水の丘に立つ伊藤永之介《いとうえいのすけ》の文学碑を紹介する。そして、『種蒔く人』を顕彰した土崎図書館、さらには追分三叉路から男鹿街道を北上し、男鹿半島に入ると斎藤茂吉《さいとうもきち》の歌や三好達治の詩「八郎潟」、島木健作《しまきけんさく》『男鹿半島』、柳田国男《やなぎたくにお》『雪国の春』と男鹿の地を題材にした紀行文を悉《ことごと》く網羅してその魅力を紹介している。最後には水原秋桜子《みずはらしゅうおうし》と荻原井泉水《おぎわらせいせんすい》の俳句を置き、幸田露伴《こうだろはん》『遊行雑記』を用いて単なるレジャー開発にとどまらぬ旅の愁いを味わうことができるような開発への期待を述べている。

抜粋：

東京から八十分の空の旅で、秋田空港に着く。秋田市は人口二十三万、駅を背にして右側には、久保田城の名残りをとどめる蓮の花開く濠《ほり》がある。この一画を含めて千秋公園と呼び、最近は、藤田嗣治の名作で知られた美術館、県

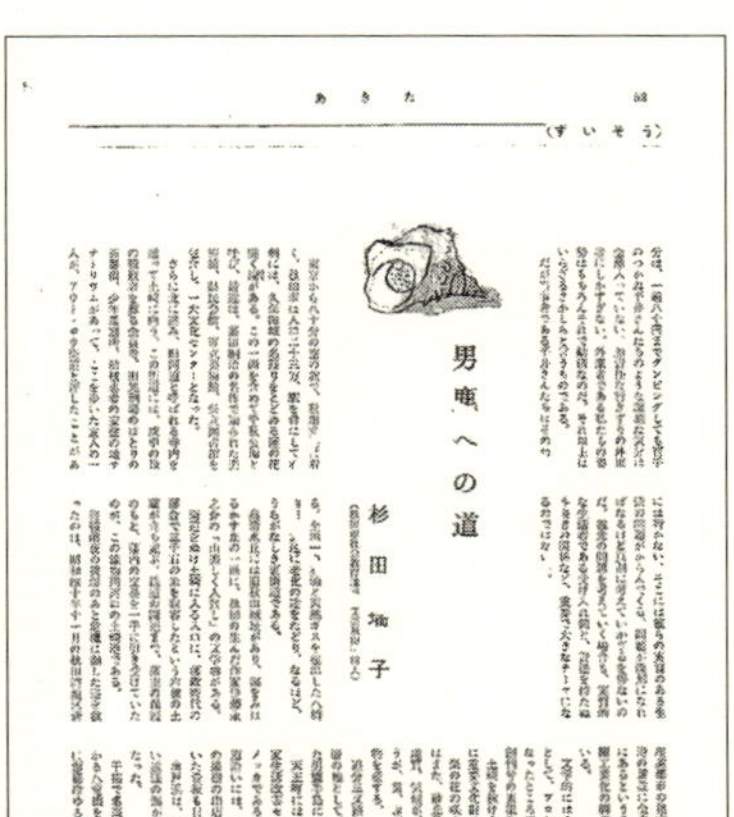

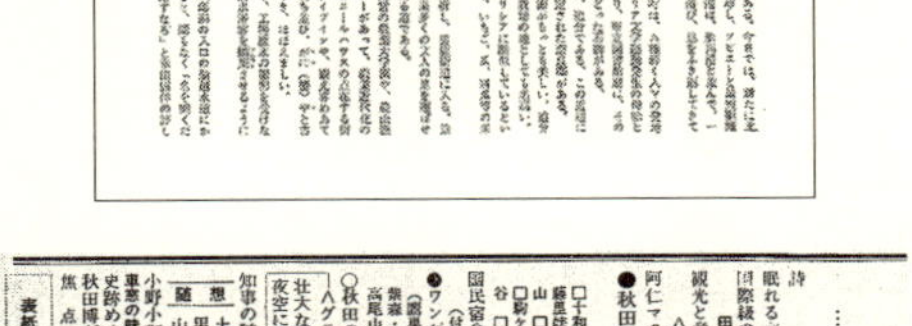
昭和44年7月1日
第8巻第7号（通巻86号）
……◇もくじ◇……

民会館、市立美術館、県立図書館を包含し、一大文化センターとなった。（中略）

高清水丘には旧秋田城址があり、海をみはるかす丘の一画に、秋田の生んだ作家伊藤永之介の「山美しく人貧し」の文学碑がある。

街道をぬけ土崎に入る入口に、藩政時代の藩倉で三千石の米を収容したという六棟の土蔵が立ち並ぶ。鉄道の開通まで、藩主の保護のもと、藩内の交易を一手に引き受けていたのが、この雄物川河口の土崎港である。

終戦前夜の被爆のあと危機に瀕した港を救ったのは、昭和四十年十一月の秋田港湾地区新産業都市の指定である。今日では、新たに北港の新設に全力投球し、ソビエトと最短距離にあるというこの港は、船川港と並んで、一躍工業化の脚光を浴び、息をふき返してきている。

文学的にはこの町は、《種蒔く人》の発地として、プロレタリア文学運動発生の母胎となったところであり、市立図書館庭に、その創刊号の表紙を型どった石碑がある。

9　「ゴーゴーダンスのメモ」

書誌：随筆雑誌『叢園』35巻76号（昭和44年8月30日発行）

筆名：杉田瑞子

解説：久々に上京して旧友たちと再会。様々に変わった旧友たちのことを妹に話すと、「舞踏会の手帳」と笑われる。「舞踏会の手帳」とは、一九三七年に作られたフランス映画。監督はジュリアン・デュヴィヴィエ。日本では一九三八年に公開され、その年のベスト一位に選ばれた。内容は、美しい未亡人クリスティーヌが葬儀を終えて邸宅に戻り、持ち物を整理していると、十八歳の時の手帳が出て来る。舞踏会で申し込まれて躍った相手の名前が記されてあり、彼女が二十年後の彼らを訪ねるという趣向。躍った相手の一人であるジェラールはすでに亡くなって、その息子と舞踏会に行くところで終わっている。二十年前あれほど胸躍らせた舞踏会が、今見ればそれほどでもないことを知るわけだが、そこまで衰えていなかったことを幸せだとして、「ゴーゴーダンスのメモ」と差をつけて表現したのである。

抜粋：

女という動物はウラミツラミを述べさせれば、際限もない生き物だが、本誌七四号に、私は、オノノイモコで、手枷足枷のジャリ付きで、何処にもゆけない悩みをルル連ねた。

ところが、この春、思いがけず、二十七年前の女学校の寮の会があり、飯坂に出かけ、序に足をのばして、東京まで行ってしまった。あら珍しやという訳で、早速、二十年前の女専のクラス会と十七年前、津軽のミッション時代の仲間のサカナにされ、合わせて三つの旧友の会に出席したのである。

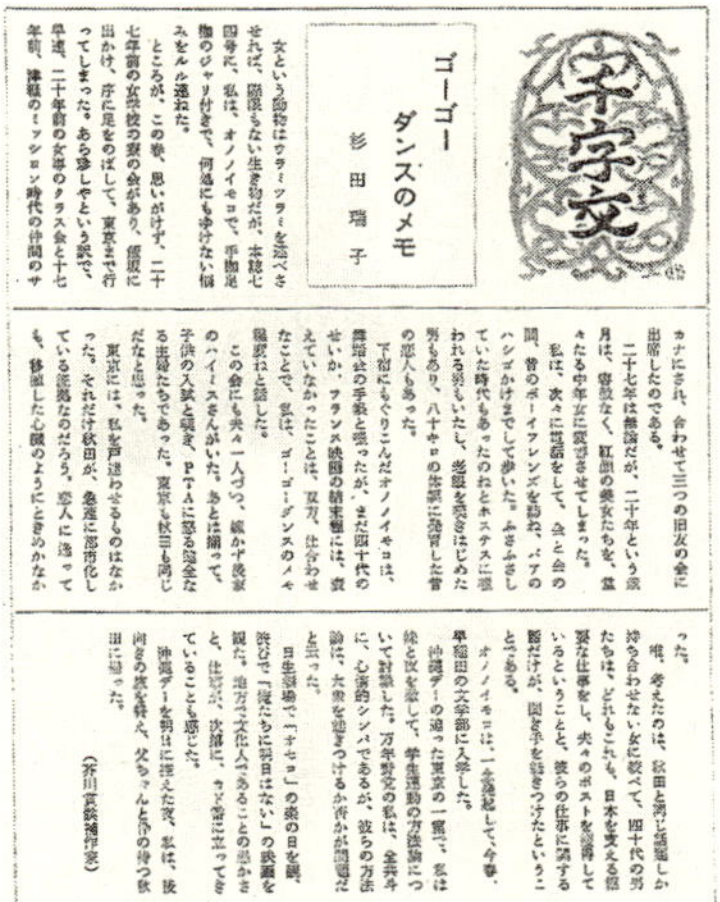

千字文

ゴーゴー
ダンスのメモ
杉田瑞子

女という動物はウラミツラミを述べさせれば、際限もない生き物だが、本誌七四号に、私は、オノノイモコで、手枷足枷のジャリ付きで、何処にもゆけない悩みをルル連ねた。

ところが、この春、思いがけず、二十七年前の女学校の寮の会があり、飯坂に出かけ、序に足をのばして、東京まで行ってしまった。あら珍しやという訳で、早速、二十年前の女専のクラス会と十七年前、津軽のミッション時代の仲間のサカナにされ、合わせて三つの旧友の会に出席したのである。

二十七年は無論だが、二十年という歳月は、容赦なく、紅顔の美女たちを、堂々たる中年女に変貌させてしまった。

私は、次々に電話をして、会と会の間、昔のボーイフレンズを訪ね、バアのハシゴかけまでして歩いた。ふさふさしていた時代もあったのねとホステスに[illegible]われる頭もいたし、老眼を使いはじめた男もあり、八十キロの体躯に発育した昔の恋人もあった。

下宿にもぐりこんだオノノイモコは、舞踏会の手帳と嗤ったが、まだ四十代のせいか、フランス映画の結末程には、衰えていなかったことは、双方、仕合わせなことで、私は、ゴーゴーダンスのメモ程度ねと話した。

この会にも夫々一人ずつ、嫁かず後家のハイミスさんがいた。あとは揃って、子供の入試と嘆き、PTAに怒る健全な主婦たちであった。東京も秋田も同じだなと思った。

東京には、私を戸迷わせるものはなかった。それだけ秋田が、急速に都市化している証拠なのだろう。恋人に逢っても、[illegible]した心臓のようにときめかなかった。

唯、考えたのは、秋田と同じ話題しか持ち合わせない女に較べて、四十代の男たちは、どれもこれも、日本を支える堅実な仕事をし、夫々のポストを[illegible]しているということと、彼らの仕事に関する話だけが、[illegible]結びつけたということである。

オノノイモコは、一念発起して、今春、早稲田の文学部に入学した。

沖縄デーの迫った東京の一隅で、私は[illegible]、学生運動の方法論について討論した。万年野党の私は、全共斗に、心情的シンパであるが、彼らの方法論は、大衆を遠ざけるか否かが問題だと云った。

日生劇場で「オセロ」の楽の日を観、渋谷で「俺たちに明日はない」の映画を観た。地方で文化人であることの[illegible]と、[illegible]ていることも感じた。

沖縄デーを明日に控えた夜、私は、[illegible]の旅を終え、父ちゃんと子の待つ秋田に帰った。

（芥川賞候補作家）

—2—

二十七年は無論だが、二十年という歳月は、容赦なく、紅顔の美女たちを、堂々たる中年女に変容させてしまった。私は、次々に電話をして、会と会の間、昔のボーイフレンズを訪ね、バアのハシゴかけまでして歩いた。ふさふさしていた時代もあったのねとホステスに嗤われる男もいたし、老眼を嘆きはじめた男もあり、八十キロの体躯に発育した昔の恋人もあった。

下宿にもぐりこんだオノノイモコは、舞踏会の手帳と嗤ったが、まだ四十代のせいか、フランス映画の結末程には、衰えていなかったことは、双方、仕合わせなことで、私は、ゴーゴーダンスのメモ程度ねと話した。

10　「古典の学習会…こんなＰＴＡ母親文庫もある…」

書誌：『秋田魁新報』文化欄（昭和45年４月23日発行）

筆名：杉田瑞子

解説：港北小学校ＰＴＡ文化部長の立場から、毎月六日に会員らと学校の図書館に集まって「更級日記」を講読した体験を紹介し、現代にも通用する知的女性の存在を確認できるところに古典を読むことの意義を確認するとともに、ＰＴＡ無用論に異議を申し立てている。

抜粋：

去年の九月から、ＰＴＡの母親文庫の会員と一緒に毎月六日、学校の図書室に集まって「更級日記」を読んでいる。古典文学を読みたいという希望がだれの提唱によるのか不明だが、文化部長を仰せつかっている私は、相談役という形で出席し、ことのついでに講読をつとめるはめになってしまった。（中略）

堀辰雄によって「古い押花のにおいのするような奥ゆかしさ」「いかにも女の中の女らしい。しかし決して世間なみにしあわせではなかった、そのさびしそうな……」と評された作者のたどった生涯のうち、私たちが、その手始めの対象としたのは、やっと上総（かずさ）からの九十日の旅を終えてあこがれの京にたどりつき、十四歳の春を迎えたばかりのころを描いた部分であるから、とてものんびりした学習である。（中略）

テストも予習もいらない学習は、正月には百人一首に脱線したりして、結構楽しい会である。近ごろＰＴＡ無用論などとイサマシイ意見もあり、体質改善の必要もあるかも知れないが、こんなに優雅でのんびりした、しかも格安の学習会もあることを、私は一人の主婦として喜んでいる。

11 「わが家の下宿人たち」

書誌：随筆雑誌『叢園』36巻78号（昭和45年11月30日発行）

筆名：杉田瑞子

解説：杉田の生家は下宿屋ではなかったが、戦後一時、家に置いた二人の下宿人について紹介している。一人は、後の芥川賞作家菊村到でもう一人は与謝野晶子の孫娘である。

菊村が杉田家に居候することとなった詳しいいきさつについては、「波瀾万丈」への寄稿文からもわかるが、学徒出陣した兄の学友と共に訪れた。昭和二十年七月上旬の敗色濃厚時に学業半ばにして軍に駆り立てられた学徒兵として、土崎港の高射砲台のコンクリート打ちをしていたようだ。後に菊村はこの時の様子を「風景の挨拶」として『文学界』12巻4号（昭和33年4月1日）に発表している。もう一人の与謝野晶子の孫娘が下宿していた時期は明示されないが、昭和三十年代と思われる。その末裔が現在なお秋田に住んでいる可能性はあるようだ。

抜粋：

三百米ばかり離れたところにある我が生家は、下宿屋ではないのだが、終戦の勅の下った二十五年前の夏の日から、二十年間に、闖入者に似た居候と、結婚直前の家事見習いをかねた一人の娘さんと、二人の下宿人をおいたことがある。

学友会名簿で探しあてたといって、当時、横浜高商から、学徒出陣して海軍に赴いていた兄の学友と、その軍隊仲間の戦友とが、はじめて、我が家を訪れたのは、敗色の濃くなった昭和二十年の七月上旬であった。二人は、共に、

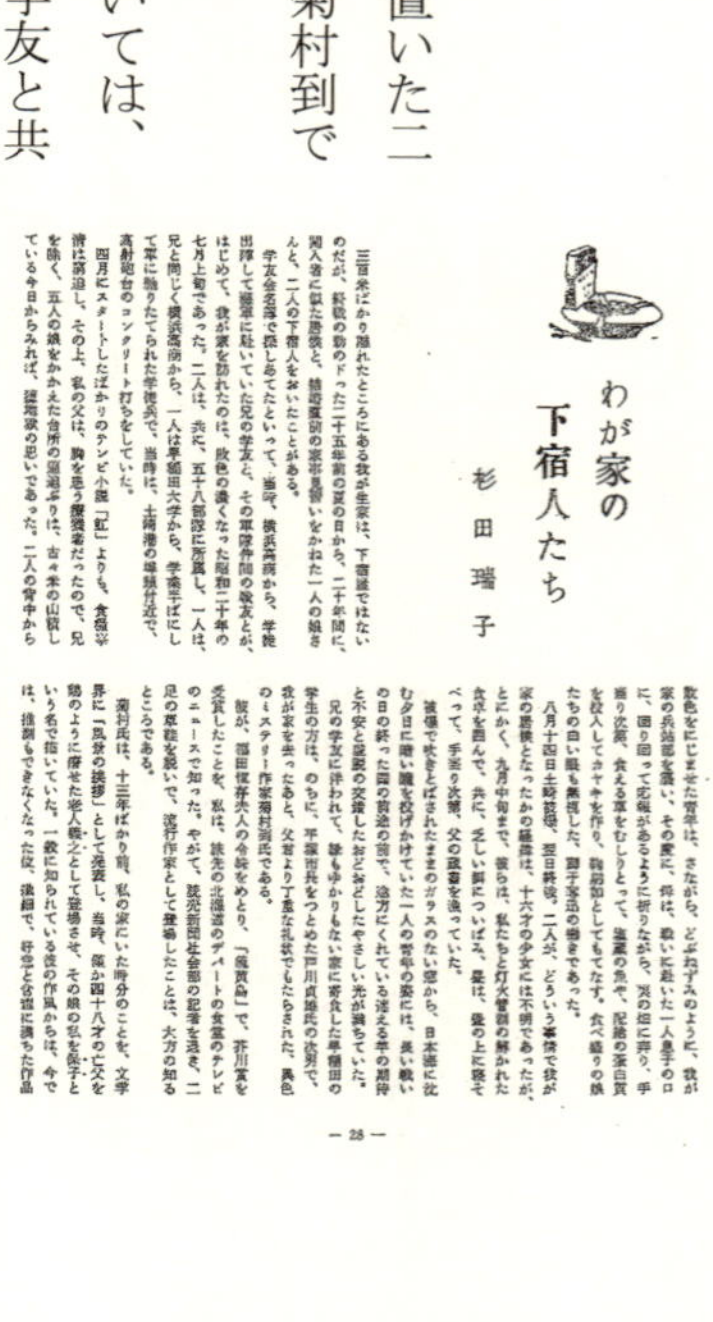
わが家の下宿人たち
杉田瑞子

三百米ばかり離れたところにある我が生家は、下宿屋ではないのだが、終戦の勅の下った二十五年前の夏の日から、二十年間に、闖入者に似た居候と、結婚直前の家事見習いをかねた一人の娘さんと、二人の下宿人をおいたことがある。

学友会名簿で探しあてたといって、当時、横浜高商から、学徒出陣して海軍に赴いていた兄の学友と、その軍隊仲間の戦友とが、はじめて、我が家を訪れたのは、敗色の濃くなった昭和二十年の七月上旬であった。二人は、共に、五十八部隊に所属し、一人は、兄と同じく横浜高商から、一人は早稲田大学から、学業半ばにして軍に駆りたてられた学徒兵で、当時は、土崎港の高射砲台付近で、高射砲台のコンクリート打ちをしていた。

八月十四日土崎被爆、翌日終戦。

被爆で吹きとばされたままのガラスのない窓から、日本海に沈む夕日に暗い瞳を投げかけていた一人の青年の姿には、

兄の学友に伴われて、縁もゆかりもない家に寄食した早稲田の学生の方は、のちに、平塚市長をつとめた戸川貞雄氏の次男で、

異色のミステリー作家菊村到氏である。

やがて、読売新聞社会部の記者を退き、二足の草鞋を脱いで、流行作家として登場したことは、大方の知るところである。

— 28 —

五十八部隊に所属し、一人は、兄と同じく横浜高商から、一人は早稲田大学から、学業半ばにして軍に馳りたてられた学徒兵で、当時は、土崎港の埠頭付近で、高射砲台のコンクリート打ちをしていた。（中略）

兄の学友に伴われて、縁もゆかりもない家に寄食した早稲田の学生の方は、のちに、平塚市長をつとめた戸川貞雄氏の次男で、我が家を去ったあと、父君より丁重な礼状でもたらされた、異色のミステリー作家菊村到氏である。

彼が、福田恆存夫人の令妹をめとり、「硫黄島」で、芥川賞を受賞したことを、私は、旅先の北海道のデパートの食堂のテレビのニュースで知った。やがて、読売新聞社会部の記者を退き、二足の草鞋を脱いで、流行作家として登場したことは、大方の知るところである。

菊村氏は、十三年ばかり前、私の家にいた時分のことを、文学界に「風景の挨拶」として発表し、当時、僅か四十八才の亡父を鶴のように痩せた老人義之として登場させ、その娘の私を保子という名で描いていた。一般に知られている彼の作風からは、今では、推測もできなくなった位、繊細で、好意と含羞に満ちた作品であった。（中略）

もう一人は、市内の高校の教師をしていた与謝野晶子の孫娘である。鉄幹と晶子との間には、十人を越《ママ》える子がいて、中には、ロダンによって命名されて誕生したオーギュストなる子どももいた筈である。長男の光《ママ》氏で慶応医学部を出た医学行政官、次男が、オリンピック事務局長をつとめた秀氏であることは、周知の通りだが、こぞってサラブレットという訳にもいかなかったのかも知れない。（中略）

彼女が我が家にやってきて間もなく、与謝野光氏より丁重な毛筆の挨拶状が送られて、三月から九月末までの六ヶ月の滞在中、与謝野秀氏夫人道子さんからは、彼女と、大学の国語科に学ぶ弟にあてて、衣類が送られてきたことがある。島津、鍋島といった錚々たる名家の人々が着用した品ということであったが、それは、余りに汚れ、その上、オールド・ファッションで、若い娘と男の子の使用にたえぬものばかりであった。（中略）

姉と弟とは、考えられない位、貧しく、簡単な食事を摂りながら、寄りそって生きているようであった。弟の方が、妹《ママ》より、よく気の回るたちらしく、「仏壇の花、とりかえたらいかが？」などと書きちらしたメモが、食卓の上に棄てられていたりしていた。（中略）

九月末、彼女は、私の母に送られて、カトリック教会で、挙式し、追分の間借りの部屋で、スイートホームをもった。

彼女がはじめての子を得し時、私は、母と二人で、西根小屋町の病院に出産見舞に行き、はじめて、鉄幹、晶子の間に生まれた子が妻《ママ》とした人と逢った。私の二人の息子が用いたおくるみや、下着や、セーターを抱きしめて歓ぶ姿に、私は、この、余り仕合せではなかった日本文学史に残る情熱の歌人の末裔が、それなりに、小さな自分の棲家をつかんだことを知って、胸を打たれた。生れた女児に、彼女は、当時放送されていた「旅路」の主人公有里とつけようか、彰子《しょう》にしようかと迷っていた。「彰子」《ママ》というのは、表彰の彰です」という。私は、ためらわずに答えた。

「有里なんかより、彰子の方がずっとずっといい。」

彼女は、祖母晶子が口語訳した源氏物語の作者紫式部が仕えた中宮彰子の名を知っていたのかどうか、文学には全く弱いのという彼女からは、彰子を選んだ理由は不明であった。（中略）

わが家の下宿人たちは、一人は、流行作家となり、一人は、二児を得て、市内の、大家族の中の長男の嫁として、共稼ぎの教師をしながら、生家の名を棄てたことに、さばさばしながら、ひっそりと生きているようである。

12「宿題なんて知らないよ…夏休みこそ情操育成の好機…」

書誌：『秋田魁新報』文化欄（昭和46年7月17日発行）

筆名：杉田瑞子

解説：小中学生の夏休み作品展を見に行き、如何に親の力が反映されているかを実感し、前年の三島事件を引き合いに出し、夏休みこそが子どもたちの情操教育にもってこいの機会であると結んでいる。

抜粋：

一年前の八月の末、秋田市の児童会館で市内の小中学生の夏休み作品展をみたことがある。作文・理科・社会・図工・家庭等の入賞作品の展示で、会場は子供づれの親子（おもに母子）でひしめいていた。（中略）

会場は、きびしい残暑のせいもあって、沸騰するふん囲気だった。そうした中で異様にきびしいまなざしで、作品をのぞきこんでいる母親が目についた。まるで獲物をねらう猟犬に似た視線であった。理由を解しかねているうちに、三人の子を育てた友人と会い、その話をしたら即座に、「バカねえ。来年は何をやらせたら、入賞できるかウノメタカノメでやってきているのよ。ネタあさりってところよ。そういう連中に限って、毎年入賞しているし、子供もそれを心得ているのよ」

いやなことを言うと思ったが、確かに信憑（ぴょう）性のある明快な解答であった。これではまるでサル回しの親子ではないか。（中略）

三島事件以来、私は子供たちにとって一番大事なのは情操だと痛感している。今の子供たちは、日日残酷なものに接しているせいか、虚構と現実の区別がつかないようだ。極言すれば、知識などは一夜づけでも覚えることができるが、情操というのはそうはいかない。これは、幼時から時間をかけて醸成してゆかねば決して育たぬものである。日ごろはクラブ活動に追われ、勉強にかりたてられて、親との接点も勉強の強制や、叱（しつ）言だけでしかない、心情的には下宿人化している子供たちを取り戻すのは夏休みである。

夏休みには、働いている父親の姿を見せるとか、家事に追われる（これは最近かなりアヤシイが）母親の姿をとっくりとみてもらおう。一家そろってお祭りに行き、花火に興じたり、一緒に食事やおやつをつくる――こうしたことを通して、思いやりのあるやわらかな心を育てることに努めたいものだし、夏休みにじっくり取り組んでみようという研究を、むろん否定するつもりはない。

夏休みあけに、立派な工作やすぐれた研究を持ってこなくても日焼けした健康な顔、治療の終わった歯、ふろたきや水まき、自転車乗りや留守番のできるようになった子供たちを、学校側も歓迎するようになれないものか。夏休みに、子供の能力を越えた宿題や研究なんか、少なくとも小学生では不要ではないか。夏休みを控えて、私はひそかに考えている。

13　「おりおん号同乗記…辺地を走る知恵の使者…」

書誌：『秋田魁新報』文化欄（昭和47年1月22日発行）

筆名：杉田瑞子

解説：秋田県立秋田図書館の自動車文庫〈おりおん号〉に同乗したときの見聞を記したもの。東由利村の住吉母親グループを訪れた際に、夫が出稼ぎに出た後の長い冬を乗り越えるために欠かせない本の力に、文化の本質を垣間見た体験が情感豊かに描かれる。

抜粋：

〈おりおん号〉というのは、県立図書館の自動車文庫の愛称である。私はこの車に二度同乗したことがある。受験生たちが延々長だの列をなす県立図書館の存在は知っていても、おりおん号のことを知る人は少ないかもしれない。同車は県内の図書館、公民館、書店などとはおよそ縁遠い辺地ばかりを巡回して走る〝動く図書館〟だからである。

（中略）

とりわけ私の胸を打ったのは東由利村の住吉母親グループであった。消防小屋の向かいのWさんという人の家が拠点になっていて車の到着を知ると、エプロン姿の女たちが、いつの間にか集まってきて群れをなし車の両側に開かれた書架から本を選びはじめた。私は彼女らが選ぶ本をだまって見ていた。「女性の法律」「子どもの心理と家庭教育」「教科書と教師の責任」「子をおもう母との対話」「成人病の本」「高血圧療養のコツ」「ママが困った時の本」「ガンはこわくない」「わらべ歌」「リウマチ療養のコツ」「子供の学習秘訣集」等々。（中略）

貸し出された六十五冊の本は、夫のいない家を守る女たちの教科書であり、ＣＭではないが「苦しい時の神頼み」だと言った。

読書とか文化というものは、日常の平穏な生活には全く無力なものである。〈詩をつくるよりは田をつくれ〉とは、よくぞ言ったものである。しかし、子供が進学のことで悩み、性の芽ばえで苦しみはじめ、非行のきざしをみせてきたとき、留守を守る母親は何を考えてやればいいのか。どう話をきり出したらいいのか。昔の十年が今の一年という時代に、自分の体験だけでは全く無力なのである。（中略）

おりおん号に同乗してみて、私は本というものに象徴される文化が果たしてきた役割りをはっきりと見た。書架の前で本を選ぶ女たちの親は、不思議なくらい若く美しかった。とりわけ、深く澄んだあの渇仰の目を私は忘れない。

正月も終わり、再び出かせぎ先に帰った夫たちの留守を守る女たちの間を、あの六十五冊の本は順番に手渡されながら、春の来るのを待っているだろう。おりおん号は、雪に悩まされながら、冬の間も、山あいの道をあえぎあえぎ走りつづけている。

14「秋田県人論　わが内なる秋田県人」

書誌：ヒューマン・クラブ機関誌『原点』12号（昭和47年4月1日発行）

筆名：杉田瑞子

解説：渡辺喜恵子の「秋田の女」に関する指摘を踏まえ、秋田県人に表れた気質を雄物川系と米代川系とに分けて説明し、自らを港生まれの鹹水系として綴ったもの。家の中では雄物川系、外では米代川系と使い分け、雄物川系の母たちを槍玉に挙げる一方、鹹水系を自認する自らはと言えば、中に流れる二分の一の雄物川系に引きずられてオタオタしていると自嘲する。得意のべらんめえ調で無頼漢振りを披露している。

抜粋：

オラン・ウータンではない証拠に、人並みに香港Ａ２型にやられて呻吟している。カイ僧辻久視氏に「秋田県人」について書くようにと言われても、息子の卒業式あり、謝恩会あり、その他モロ〱で些細にケンキューしている暇がない。第一この原稿、一体ロハなのか薄謝なのかも分からないで、三十八度五分の熱に耐えて、あれこれ文献を漁る必要もあるめぇ。江戸ッ子は三代つづかないと正直《ママ》正銘のきわめつきの江戸ッ子とはいえねぇそうだが、するってぇと、こちらは、生粋の秋田県人である。己れのことを語れば、それでごまかせると居直って筆を執ることにする。

もう十年位前のことだが、渡辺喜恵子さんが朝日新聞の家庭欄に、「秋田の女」のことを書いておられた。あやしげな記憶で恐縮だが、何でも秋田県人には、雄物川系と米代川系とあるということであった。（中略）

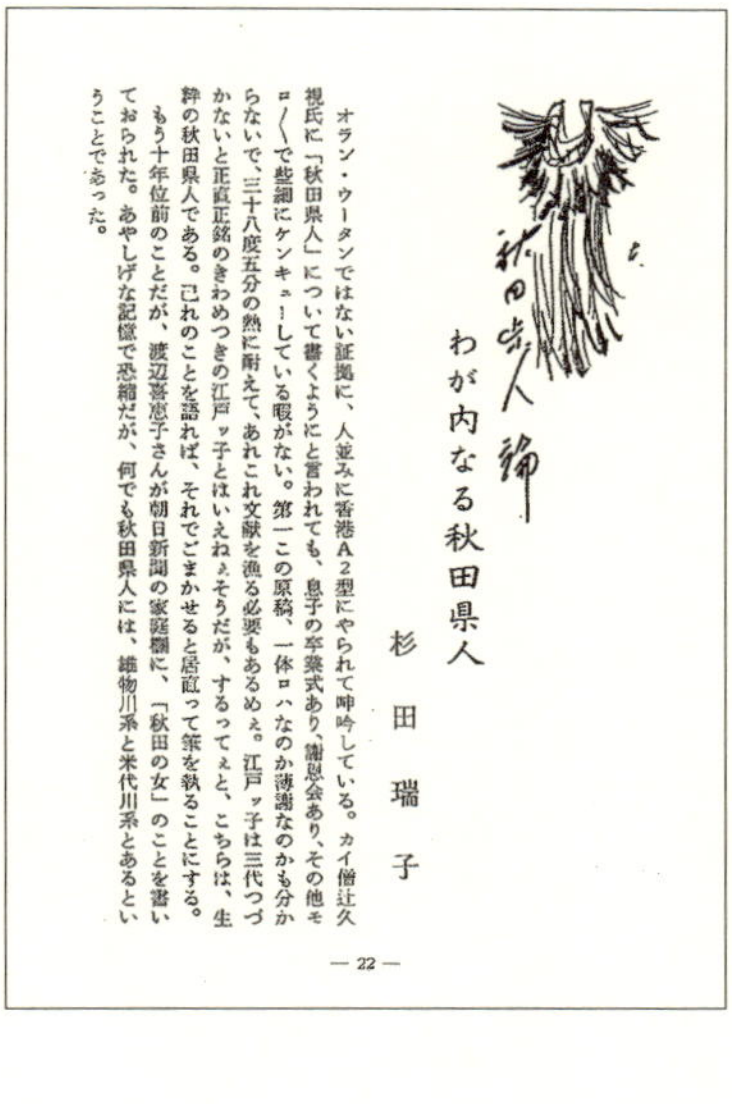

秋田県人論

わが内なる秋田県人

杉田瑞子

オラン・ウータンではない証拠に、人並みに香港Ａ２型にやられて呻吟している。カイ僧辻久視氏に「秋田県人」について書くようにと言われても、息子の卒業式あり、謝恩会あり、その他モロ〱で些細にケンキュ－している暇がない。第一この原稿、一体ロハなのか薄謝なのかも分からないで、三十八度五分の熱に耐えて、あれこれ文献を漁る必要もあるめぇ。江戸ッ子は三代つづかないと正直正銘のきわめつきの江戸ッ子とはいえねぇそうだが、するってぇと、こちらは、生粋の秋田県人である。己れのことを語れば、それでごまかせると居直って筆を執ることにする。

もう十年位前のことだが、渡辺喜恵子さんが朝日新聞の家庭欄に、「秋田の女」のことを書いておられた。あやしげな記憶で恐縮だが、何でも秋田県人には、雄物川系と米代川系とあるということであった。

— 22 —

私は、港っ子である。港で生まれ、港で育ち、今も港に住んでいる。淡水ではなく、鹹《かん》水である。いくつになっても港の姐ちやん《ママ》的なところからぬけきれない。

近頃は年令のせいで、大分臆劫になったが、少し前までは、ジャン・ソレ・ブーであった。この辺のところは、父親譲りで、宴のあとならぬ、火事のあとの帰り道の遠く長かったことよ。舌打ちをし、臍を噛みしめながら、あとは金輪際、奔るものかと心に決めながら、またぞろ、ジャンとくれば駆け出すのである。これまたCMならずとも、生きてる限りイ—だろう。因果な性分である。(中略)

雄物川系と、日本海の鹹水と、その全く相反す二つの面をもって生まれた私は、特《ママ》病の内因性うつ病がおこってくると、隣にトーフも買いにいけなくなり、躁状態の時には、ひり《ママ》で、毎日、おまつりさわぎを演じている。一緒にくらしていて、こんな面白い女はいないと思うのだが、果してテキはどう思っているか。案外、一日も早く、みまかることを秘かに念じているのかも知れない。

有島の「或る女」の早月葉子、修善寺物語のかつら、「風と共に去りぬ」のスカーレット——ああいう高慢で、自負心の強い女が、実は私は大好きである。ボルテージが高くて、生活力が旺盛で、気分の転換が激しくて、男をくうような女——そんな女に、私はこの年令になってもまだ憧憬れている。

それは、いくつになってもいつまでたっても、自分がそうなれないからである。雄物川系の我が母の与え給うた二分の一は、いつも暴走しがちな我が足を曳っぱり、良妻賢母にさせようとして私をいじめつける。

　高みより飛び降りるごとき心地して
　　この一生をわたるすべなきか

うろおぼえではあるが、啄木の歌である。私は、この歌の好きな自分から、まだ成長できずにオタオタしている。

15「モノカキという人間たち」

書誌：ヒューマン・クラブ機関誌『原点』16号（昭和47年8月1日発行）

筆名：杉田瑞子

解説：ＡＦＣ（秋田放送婦人サークル）が主催する講演会に遠藤周作が招かれ、会員ではなかったが参加した時の様子を記したもの。新たに中央教育審議会の委員に起用された遠藤に抱負を問いただしたところ、見事にうっちゃられたことを紹介した後、有吉佐和子委員が中教審の席上で文部省側の発想を痛烈に皮肉ったことに触れ、モノカキの本質を道徳や権威といった「ハリボテ」に向かって、「ドンキホーテよろしく蟷螂《かまきり》の斧をふるう、ゴマメの歯ぎしりをたえずやっているのが、モノカキという名の人種である」と言い切る。「国際交流」が命題化され、「教育」の本質を見失った議論に喝を入れた形になった有吉発言は、そのまま杉田瑞子の作家としてのスタンスを物語っている。

抜粋：

先頃、ＡＦＣ（秋田放送婦人サークル）が主催した講演会で、狐狸庵《こりあん》こと作家の遠藤周作氏の話を聴く機会があった。（中略）狐狸庵先生には是非、ムネの裡を明かしてほしいことがあって、モグリでノコノコ出かけたのである。

講演は面白かった。演説調でも説教調でもなく、ボソボソとメモもなしに喋るのだが、淡々とした語り口の中に日頃のウンチクが偲ばれた。かくれ切支丹の話であった。（中略）

明かしてほしい胸の裡とは、東大総長の加藤一郎氏、一橋大学長の都留重人氏が固辞されたあと、中央教育審議会

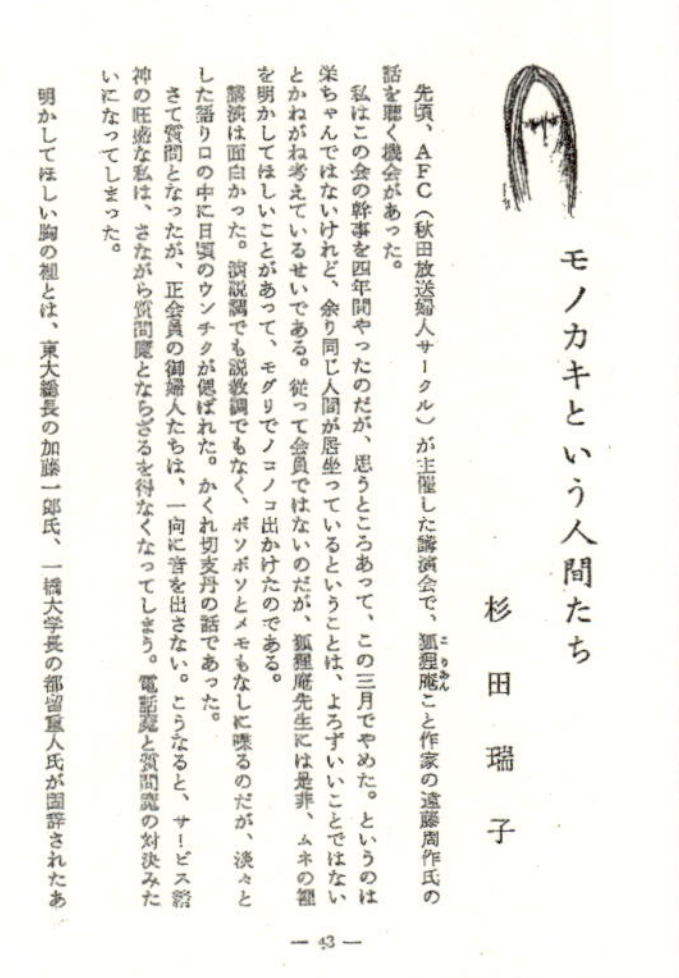

モノカキという人間たち

杉田瑞子

先頃、ＡＦＣ（秋田放送婦人サークル）が主催した講演会で、狐狸庵《こりあん》こと作家の遠藤周作氏の話を聴く機会があった。

私はこの会の幹事を四年間やったのだが、思うところあって、この三月でやめた。というのは楽ちゃんではないけれど、余り同じ人間が居坐っているということは、よろずいいことではないとかねがね考えているせいである。従って会員ではないのだが、狐狸庵先生には是非、ムネの裡を明かしてほしいことがあって、モグリでノコノコ出かけたのである。

講演は面白かった。演説調でも説教調でもなく、ボソボソとメモもなしに喋るのだが、淡々とした語り口の中に日頃のウンチクが偲ばれた。かくれ切支丹の話であった。

さて質問となったが、正会員の御婦人たちは、一向に音を出さない。こうなると、サービス精神の旺盛な私は、さながら質問魔とならざるを得なくなってしまう。電話魔と質問魔の対決みたいになってしまった。

明かしてほしい胸の裡とは、東大総長の加藤一郎氏、一橋大学長の都留重人氏が固辞されたあ

— 43 —

の委員に起用された氏に、昨年六月十一日に答申された中央審答申なるものをどう考えておられるか、また委員をひきうけたについての抱負であった。

しかし、狐狸庵先生は忽ち本性をむき出しにして、モノノミゴトにとぼけてしまった。（中略）

七月六日、新しい中教審の第二回会合が開かれ、席上、有吉佐和子氏が、猛然ハッスルして熱弁をふるい、「国際交流よりも、まず国内交流だ。政府と日教組が対立していて教育できるか。一番不幸なのは子どもではないか。諮問事項を変更してほしい」と動議を提出したというのである。（中略）

私はこれを知って快哉を叫んだ。これこそ我が持論の「物書きブライ漢」説を地でいったものである。（中略）

私は、モノカキなどという人間たちは、危険な種族だから、人前で物を喋らせたりするのは、余程注意してかかるべきだとかねがね思っているのだが、こういう危険にして不穏なことを言い出して、前文相の高見さんに最敬礼させたりするのだから困ったものだ。

道徳などクソくらえ、権威なんてぇもんは、実はハリボテじゃぁありませんかと、ドンキホーテよろしく蟷螂《かまきり》の斧をふるう、ゴマメの歯ぎしりをたえずやっているのが、モノカキという名の人種である。（中略）

ためつすがめつ、舌なめずりしながら、やおら噛みついた有吉委員も、「あっしは世のため人のためになんざぁなろうとは、これっぽっちも考えていねえ人間でさぁ――」と、いともあっさりと言ってのけた遠藤周作氏も共に私には実に面白かった。

御両所の御奮斗を祈り、中教審の行方を注目して見守っているところである。

16　「夏炉冬扇―読書週間をめぐって―」

書誌：秋田県立秋田図書館報『けやき』34号（昭和47年10月23日発行）
筆名：杉田端《ママ》子
解説：秋田県立秋田図書館協議会委員として、読書週間に合わせて読書の意義について綴ったもの。
抜粋：

ベストセラー「恍惚の人」で一躍、時の人になった感のある有吉佐和子が、野坂昭如との対談で、次のようなことを言っている。「まあ私は、小説なんていう夏炉冬扇の類を書いていて、何ら世に益することなき人生を送っているわけだから……」

夏炉冬扇とは、時にあわぬ無用の事物のことをたとえていったものである。

私は、読書についても同様のことを考えている。電話帳や料理の本、または俗にハウツーものと呼ばれる本は例外として、大ていの本、特に文学などというものは、全くもって日常の生活に役にたたない夏炉冬扇である。

ただ本を読んでいる人と読まない人とはどう違うかと問われれば、私は即座に答える。人間のスケールの大きさ、頭脳の若さ人間理解の深さであると。（中略）

秋の夜長、ＴＶをはなれて、本の行間にある深い意味をたどる作業にはもってこいの季節である。

17　「おばあちゃんと一緒…体験的恍惚（こうこつ）予防法…」

書誌：『秋田魁新報』文化欄（昭和47年11月15日発行）

筆名：杉田瑞子

解説：有吉佐和子の『恍惚の人』がベストセラーとなり、恍惚ブーム到来にひっかけ、とても恍惚とは縁遠い八十歳になる姑の長寿の秘訣を軽妙に伝える。

抜粋：

ただ今恍惚（こうこつ）ブームというので、老人同居の秘けつとか、八十になんなんとしてピンシャンとしている姑（しゅうとめ）の長寿のコツを伝授してくれとしきりに責めたてられるので、その秘伝の一部を公開してみるのも功徳（くどく）かもしれない。

私の姑（はは）は、在宅している時は、年から年中、しばしも休まず針仕事をしている。日なたボッコをしながらのぞうきんさしなどという代物では断じてない。

訪問着でこい、コートで結構、喪服、たん前、寝具に至るまで、家中はおろか親類縁者の縫い物いっさいをひき受けてチクチク縫っている。縫い賃がいくらかなどとはこちらの関知せざるところである。

いつやめられてもかまわない。ガバチョと懐に入ったところで、月々の小遣いにはカンケイない。（中略）

我が家の姑の十月のスケジュールを簡単に紹介しておくと、二日は鳥海山登山（ただしバスで五合目まで）、六日観劇、二十日から二泊三日の日光詣（もうで）といったところで、コウコツとなどしている暇はない。

おしゃべり嫁さんとつき合わせられているお陰で、彼女はまるで好奇心が着物を着ているみたいである。内外の情勢はことごとく知っている。特急電車の試乗、白鳥をみる会、施設見学、古跡めぐり、何でも誘えばホイキタとばかりにノッてくる。

この分では、うっかり地獄の観光旅行に誘ったりすると、アイヨとばかりにホイホイ出かけるのではないかと心がかりなくらいである。

18　「灯ともる窓の下で…受験する若者たちに…」

書誌：『秋田魁新報』文化欄（昭和48年3月5日発行）

筆名：杉田瑞子

解説：自らの受験失敗体験を紹介し、「やまない雨はないし、朝の来ない夜もない」と受験生たちにエールを送っている。

抜粋：

たまに夜遅く町を通ることがあると、カーテン越しにスタンドの灯のともっている家をあちこちに見かける。ああこの家にも受験生がいるのだなと思って、胸がキュッとひきしまる。

交通戦争となんらで《ママ》受験勉強もいつの間にか戦争並みの扱いを受けるようになった。戦争を知らないはずの年代の子供たちが、今その最後の追い込みに入っている季節である。

入学試験については、私は苦い体験をもっている。生まれてはじめて受験した当時の秋田高女―今の秋田北高に、土崎の二つの小学校から受験した十数人のうち、たった一人だけ落ちたことがあるのである。（中略）

しかし、今になって考えてみると、私はあの時、不合格になってよかったとつくづく思う。私は早くから自分のことは自分で処理する方法をいや応なしに覚えさせられたし、秋田にいては知らなかった広い世界を知った。（中略）

入試には必ず、合否がつきまとう。合格のよろこびに叫ぶ者と、不合格の悲運に泣く者とが出る。

しかし悲観するには及ばない。限りある身の力をためすばかりである。苦杯をなめたことのない人間には、人の心の悲しみがわからない。

私は、今では私を落としてくれた当時の秋田高女を恨むどころか、むしろ感謝さえしている。なぜなら、あの時スルリと合格していれば、小説などは書かない普通のおかみさんになっていただろうし、子供がやがて味わうかもしれない悲運をただ、嘆くだけだろう。

入試は人生の関所である。これを体験してみてはじめて、人は、人生の喜怒哀楽というものを知るようになる。明かりのついている窓の下を通る時、私は小さな声で声援を送る。がんばれよ。でも落ちても悲観するなよ。来年ということもあるじゃないか。やまない雨はないし、朝の来ない夜もないではないかと。

19　「児童図書の選び方―1冊の本とめぐりあうために―」

書誌：秋田県立秋田図書館報『けやき』41号（昭和48年6月26日発行）

筆名：杉田瑞子

解説：子どもにどんな本を与えたらよいか困っているという人のために、全国図書館大会の際に、早稲田大学教授の鳥越信先生が教授した方法を紹介し、望ましい読書生活について提言している。

抜粋：

読書やＴＶの見方の指導で、学校を訪問すると、あとの話し合いで、子どもにどんな本を与えたらいいか困っているという話が出ることが、しばしばある。（中略）「子どもの読書」という部会で、早稲田大学の教授で、児童文学者の鳥越先生がこの方法を教授して下さったのでお伝えしてみようと思う。（中略）

子どもに望ましい読書生活をさせようと願うならば、親や先生たちも、身辺から本を離さず、いつも活字に目をさらすという生活を捨てないでいるのが一番だと思う。よい読書人の子どもや、そういう先生に受け持たれた子どもは、たえず本のことが話題にのぼるから、どうしてもいい読書生活をするようになると思うのだが、どうだろうか。

20　「不思議な時代　色恋ぬきの交際」

書誌：『秋田魁新報』企画〈私のアルバム⑥〉（昭和48年8月24日発行）

筆名：杉田瑞子

解説：「私のアルバム」と題した連載企画の六回目。著者を撮影した一枚の写真にまつわるエピソードを綴るという企画のようである。写真嫌いの杉田が、宮城県女子専門学校卒業数日前に、男友達に無理矢理撮られた写真を紹介し、恋愛感情抜きの男友達との交友を重ねた学生時代を、「不思議な時代」と称して伝えている。

抜粋：

これは私が、最終学校宮城女専を卒業する数日前、むりやりある大学生にとらせられた写真である。

彼は、そのころ—今もそうかもしれないが—数多くもっていた私のボーイフレンドの中のひとりで、私の一年先輩の女性と結婚して二男一女の技術屋になっている。私はそのころ、ほとんど同性の友人とはつき合わず、日を替え曜日を替え、毎日のように、かわるがわる男友達と会っていた。（中略）

学校から送られてくる成績表をみる父親が「成績はまあまあとしても、どうしてこんなに欠席が多いのか」と目をむいたのは、以上のような日を送っていたためである。（中略）

色恋ぬきのつき合いを男友だちとの間にもてるというのは、考えてみると幸せなことかもしれない。私は息子たちにも、これをすすめたいと思う。これは「不思議な時代」の残した大いなる遺産である。

21　「小便ポプラ」

書誌：秋田県立秋田高等学校創立百周年記念『秋高百年史』（昭和48年9月1日発行）

筆名：杉田瑞子（旧職員）

解説：昭和二十六年から二十八年まで奉職した秋田県立秋田高等学校が、創立百周年を記念して発行した『秋高百年史』へ寄稿したもの。昭和編第四章「新制高等学校」に、旧職員の一人として当時の思い出を綴っている。

抜粋：

私が秋田高校定時制課程に奉職したのは、昭和二十六年七月から、二十八年三月までの一年九か月である。ちょうど、全日制に、はじめて女子の入学した年で、私の妹（野口珠子）も、娘子軍の第一期生として入学していた。

校長はウマというニックネームの高橋一郎先生で、話のはじめに、アノシーと、尻上がりの一言が加わるのが癖であった。（中略）

久保田町の旧い校舎の生徒昇降口の真前には大きなポプラの樹があって、授業から解放され急に尿意を催した生徒たちのツレションの場であった。小便ポプラとは、この樹のことである。

この一年九か月は、おまけに、私に、丈夫で長持ちがフクを着ているような亭主まで授けてくれた。退職金は、いつも娘の帰宅を待っていてくれた母に西陣織の傘を買ってあげたら、ちょうどバッチリであった。

なつかしい二十一年前の話である。

22 「韓国素描―若人の船リポート―」

書誌：ヒューマン・クラブ機関誌『原点』28号（昭和48年11月1日発行）

筆名：杉田瑞子

解説：『原点』編集委員の佐藤敬夫から、洋上セミナーをやりながら訪韓する企画の講師を依頼され、参加した時の様子をリポートしたものである。金達寿《キムタルス》『日本の中の朝鮮文化』という本を読んだことがきっかけとなっている。折しも金大中事件が起こって日韓関係が不穏になっていた時期ではあったが、結果的にはタイムリーな企画で終えることが出来たのではないかと記している。

抜粋：

二年ばかり前、私は金達寿《キムタルス》の「日本の中の朝鮮文化」という本を読んだことがある。これは、「朝鮮遺跡の旅」というタイトルで、「思想の科学」に連載したものに加筆して、単行本にまとめたものである。（中略）

本誌編集委員の一人、佐藤敬夫氏から、三月はじめ、県内の勤労青年八百余名を「さくら丸」で運んで洋上セミナーをやりながら、訪韓する企画がある、ついては講師として参加してはくれないかという話を受けた時、私に即決させたのは、この一冊の本であった。（中略）

秋田港中島埠頭から六泊七日の旅に出発したのは、十月四日午後三時である。五色のテープが風に舞い、ブラバンで送られる船の旅は、空の旅とも違って、仲々、風情のあるものである。（中略）

この八月に、例の金大中事件が起り、日韓関係が不穏になっている最中に、知事が名誉会長として訪韓するのは取りやめるべきではないかとの共産党議員諸公から申し入れがあったそうだが、結果的にいえば、この企画は、寧ろそれ故にこそ、タイムリーであったと考えてもいいのではなかろうか。

秋田の若者八百六十名は、彼の地を踏み、それぞれの眼でたしかめ、手で触れて、さまざまなサムスイングを捉えてきたと思うからである。（中略）

釜山から京城までの四百二十八キロは高速道路が通り、切れ目なしにピンクと白のコスモスの花が咲き乱れている。その傍らには、等間隔にプラタナスの樹が植えられ、地下を掘り、高架を渡した日本の高速道路とは全く違う。この道に蛇行して旧国道も通っている。（中略）

一九五〇年六月二十五日にはじまり五三年七月二十七日に終結した朝鮮動乱の四年間、高速道路に沿う旧道の都市は、北鮮軍や中国義勇軍の爆撃を受け、アメリカが国連に提訴して十七ヶ国よりなる国連軍が仁川に上陸するまでの間、韓国の九〇％は北鮮によっ《ママ》占領されたという。この道路に沿って国連軍の戦車が砂塵を捲き上げて北上したのである。（中略）

市内には随所に撮影禁止の箇所がある。北岳山には、ゲリラの襲撃に備えて、崖を削って金網を張った壕の中で、銃をかまえた兵士が目を光らせている。分割された民族の悲劇と緊迫感がひしひしと身にしみる。

彼らは、第二次大戦では日本軍の兵卒として戦い百五十万、朝鮮動乱では三百万の同胞を喪った。しかも、戦後の日本の経済復興の契機となったのも、この朝鮮動乱であることは、疑いのない事実である。（中略）

老人が疎外感に悩み死を選ぶ日本、忽ちにして公害が猖獗し、休耕による荒廃田をかかえる日本、沖縄と北方領土を除いては一度も本土を蹂躙されたことのない統一国家日本、世界で一番自由が許されているといわれる日本と、あの臨戦体制の中で、着実に歩みはじめている韓国とのさまざまな相違、私はウサギとカメのかけっこの寓話を憶い起しながら、今、ずっしりとした手ごたえを感じながら、二つの国の行末を考えつづけている。

23　「李さんのこと」

書誌：『広報あきた』577号（昭和48年11月10日発行）

筆名：杉田瑞子

解説：「若人の船」で訪韓した際、秋田で三年間暮らしたことのある李さんの訪問を受けた。李さんの告白を聞いての感想を綴っている。

抜粋：

「若人の船」で講師団のひとりとして訪韓する機会をもった。（中略）京城《ソウル》で、私は四時間単独行動の時間をもった。それは、今は大邱《テグ》に住む李という方がわざわざ京城《ソウル》まで訪ねてきてくれたのである。（中略）その夜、李さんは、秋田での三年間一度も話したことがないという話を告白した。（中略）日本人は、日韓併合の三十五年間、七奪といって、国王・国土・姓氏それに言語といった七つのものを奪いつづけた略奪者だったのである。私はこのことを生涯忘れまい。そして李さんと交友関係のあった人、これから在日韓国人とつき合うすべての人に知ってほしいと思う。

24　「よみがえった川…クリーンアップの若者たち…」

書誌：『秋田魁新報』文化欄（昭和49年6月5日発行）

筆名：杉田瑞子

解説：秋田青年会議所（ＪＣ）が主催する第三回クリーンアップ作戦に参加し、市民運動の意義を確認し、青年会議所の活動を紹介したもの。

抜粋：

県都秋田市を流れる旭川を、再び美しい川に戻し、生命を注ぎ、よみがえらせようとしてはじまったのが、三年前の四十七年五月七日の第一回旭川クリーンアップ作戦である。

主催は、秋田青年会議所（ＪＣ）であった。ＪＣというのは、いったい何をするところなのか、川反のホステスの品定めの会議でもするところかと実は私はひそかに考えていた。

私とＪＣとの接触は、秋田ＪＣが創立二十年を迎えた三年前の夏、寺内の青年の家に希望の丘を造成し、植樹をした宿泊訓練の日に講師として呼ばれたのが最初であった。

その後、チョクチョクＪＣメンバーと顔を合わせる機会が多くなり、昨年十月には、ＪＣ主管の「若人の船」で、韓国を訪れ、洋上のさくら丸の船底で、ゴーゴーを踊るまでに至った。（中略）

口舌の徒ならぬ筆舌の徒である私などは、いつもジロリとながめては批判ばかりしている手合いであるが、今回だけは、「見るまえに跳べ」を実践したのである。（中略）

市民運動は、行政の力に頼るばかりでなく、市民が体を動かすことによって、行政をつき動かし、両々相まって、よりよき社会をつくることである。

川を守るのも、子どもの遊び場を守るのも、災害時の避難場を確保するのも、緑をふやすのも、すべて市民と行政とのタイアップなくてはなし得ない。

これから毎年、さわやかな初夏の日、私は、重い腰をあげて、クリーンアップに参加するだろう。全く楽しいレクリエーションであった。

25　「生協運動と婦人の目覚め～大館生協と秋田生協を見る～」

書誌：ヒューマン・クラブ機関誌『原点』35号（昭和49年7月1日発行）

筆名：ルポライター　杉燁子

解説：秋田市民生協のすぐ近くに住んでいることもあり、秋田での発祥地大館生協の富樫理事長へのインタビューを織り交ぜながら、その歴史とこれからへの期待をまとめたものである。

・生協運動発生の歴史
・大館生協創業当時の苦悩
・一坪当の年間売上げ一千万円
・婦人はこまかいが連帯感が乏しい
・秋田市民生協の将来が楽しみ
・全国に例のないバス送迎の秋田生協
・生協は婦人の意識革命に点火

の七つの章に分け、自らをルポライターと称し、デビュー当時の杉燁子の筆名を用いて書いている。

抜粋：

生活協同組合――略して生協運動の世界的な歴史をみれば、産業革命がイギリスを手はじめとして起ったあと、近代工業の発達によって、農民や、家内工業者が、都市へ集まり、賃金労働者として働くようになったころからはじまる。（中略）

日本では、一八七九年、明治十二年にはじまり、だいたい一世紀の歴史をもっている。（中略）

秋田県において、最初に生協がうまれたのは、大館市である。
現在は秋田市と二つの都市に生協がある。(中略)
秋田市民生協がスタートしたのは、昭和四十六年の九月である。前述の如く、理事長高山信雄氏が、県議選で、一ぱい地にまみれたあと、乾坤一擲はじめたのが、これである。(中略)
秋田生協の特色は、マーケットが、土崎郊外という遠隔地なので、マイクロバスで、旧秋田市内からロハで主婦たちを送迎している。これは、全国にも例がない。
生協運動に最も熱心なのは、生活の重みをずっしりとかかえこみ、しかも、子どもに手のかからなくなった三十代後半から四十代の主婦たちであり、比較的積極的に参加してその地域の橋頭堡となるのは知識階級の婦人に多いという。(中略)
あの戦中戦後の物不足の時代を肌身にしみている主婦たちは、物不足は、結局はつくられた政策乃至は虚像であって、最期《ママ》に笑ったのは大メーカーや商社であったと知っても、またぞろ、買い占めに狂奔するだろう。
アメリカの消費者は、不買、ボイコットによってメーカーと対決するが、残念ながら、日本の主婦たちの意識はそこまでには育っていない。狭いながらも楽しい我が家のカマドさえ守られたらそれで満足している。(中略)
秋田生協マーケットの隣接地には、この一月から市立の保育所がオープンした。これも生協運動を通して、自分たちの力で、団結すれば、何かを生み出すことを知った主婦たちの生み出した結実である。
鶴岡生協では、今では、男性の理事長は、だまって、主婦たちの要求を聞いていればいいという。男性先導型ではなくなったのである。
大館と秋田、この二つの都市は、富樫茂、高山信雄という労働運動経験者によって点火された生協だが、いずれは、鶴岡のようになるだろう。

そしてこの生協運動は、「かしこい消費者」から「強い消費者」を育てあげ、今や、行政を動かし、政治の流れをかえていくようになってきた。

隣がピアノを買えば、うちも。向いにマイカーが入れば、こっちも、といったバカバカしい女性特有の無計画な消費、購売《ママ》をやめて、計画的な家計をもち、巨大な資本をもつ大メーカーと、そのメーカーからの政治献金によって支えられている財界の番頭面をした及び腰の政治家の心胆を、寒からしめるようになるだろう。

「一人は万人のために、万人は一人のために」この生協の国際的な合いことばが、どう女の生き方、考え方をかえていくか、私は秋田市生協のおひざ元に住み、じっくりと眺めつづけてみようと思う。

26 「女史ぎらい」

書誌：随筆雑誌『叢園』41巻88号（昭和49年7月25日発行）

筆名：杉田瑞子

解説：「ノラにもならず」を発表した直後に寄せた文章である。杉田久女の生涯に思いを馳せた頃だけに、「虚子きらひかな女きらひの一重帯」を引き合いに出し、「女史きらひかなゴーゴー踊る四十女」ともじってみせる。

抜粋：

他人に「先生」とよばれるのは、たしかに曾て十年間教師であった時代があるのだから仕方がないとしても、「女史」などと呼ばれるのは真平御免である。

女史ということばの与えるイメージは、まづデップリと脂ののっていること、ひどい近視の眼鏡をかけていること、いつも地味で流行おくれの服を着ていること、口を開けば、「期待される人間像」みたいなことばかり喋べりまくること等々である。

私は、どうもこんなテイタラクにだけはなりたくない。（中略）

小説の方は、芥川賞コーホ作家で終ってしまったが、これで、カマドを持たせりや、ノーベル賞級である。魔法つかいじゃあるめえかと思う位、我乍ら、ホクソ笑むほどうまいから、どこでも使ってくれるだろう。

しかし、この世に生をうけて四十四年のうち六年間を梁山泊みたいな寮ぐらしをして、ゴミでは人は死なないなどときめこんで、掃除休業を一ヶ月位も平気な、この売れない同人誌作家は、十日位で追い出されるのかも知れない。

その時は、叢園同人諸兄よ、このヘンテコな中年増のお手伝いさんを是非、お雇い下され。老人性の徴候で、朝まだきに目ざめるから、一生懸命、働きまする。

27　「夫婦は一世親子は二世」

書誌：秋田県広報協会機関誌『あきた』13巻10号（昭和49年10月1日発行）

筆名：杉田瑞子

解説：自らの社会教育講師や文部省モニター、ＰＴＡ役員の経験を踏まえ、夫婦の絆より親子の絆を大事にしたいという思いを綴り、生涯教育のあり方へ提言を行っている。

抜粋：

昔から、夫婦は二世、親子は一世という。しかし、私は、若い生意気盛りの時期をすぎて子どもというものをもってみよう、育ててみようと思ったころから、夫婦は一世、親子は二世ということを考えはじめた。（中略）

子どもの入学した年、私は、発足して二年目の「家庭教育学級」なるものに参加した。我が子の学ぶ同じ学び舎で、同じベルの合図ではじめられる学習を、やってみようと思ったのである。（中略）

四十三・四年と二年間、私はＰＴＡの文化部長をやった。長いこと開店休業だった機関紙を復活させ、親たちで、社会見学というものをやる機会を計画した。それまでは、反省会と称するノミクイつきの他校参観しかなかったのである。他校参観にしても、オンボロの、マッチ一本で炎上してしまうような学校で学ぶ子をもつ親にとっては、ヨダレが出そうな学校ばかり選定していても無意味だと考えたからだ。

四十五年から四十八年まで、副会長をやった。長男は、中学に進学していたので、中学校の方の常任委員、学級委員もやった。ＰＴＡバカと亭主は嘲笑した。（中略）

昨日（八月十八日）は、年一回のＰＴＡの奉仕作業が、朝の六時から八時まで行われた。上の子が入学した年から、今年までの九年間、訪韓のため日本をはなれていた昨年を除いて、私は一度も欠席したことはない。

子どもの手にあまるランマの窓拭き、排水溝のドブさらい、グラグラする机や椅子の手入れ、こうした作業は、本来、行政のやることかも知れない。しかし、私は、この年に一度の奉仕作業の日には、日頃のイチャモンつけをやめて、いそいそと参加している。

この九年間、一度も参加したことのない親、一度も欠かさずに参加した親、顔ぶれは決まっている。日ごろ担任の教師を悩ませるワンパク坊主をもつ母親が、不平ひとつ言わずに、黙々とトイレの床を拭いていた。

この機会に、せめて我が子に一点でも貰えたらと考えているイジラシイ親もあるかも知れない。その意図はさまざまにしても、とにかく二時間、参加した親たちは、いともたのしげに、自分の子の学ぶ学び舎の清掃に専念した。

私は、こうした親の考え方・姿勢を、子どもに伝えることこそ、何ものにもまさる教育だと思う。親子は二世というのは、このことなのである。

生涯教育とは、公民館に集合して、お粗末な講師のくだらぬ講演など聞くことではない。親の生き方、考え方を、子に伝え、生涯、好奇心を抱きつづけ、問題意識を貫き通すことだと私は思う。

28 「あとがき」

書誌：作品集『波瀾万丈』（昭和49年11月1日発行　宝雲新舎出版部）
筆名：杉田瑞子
解説：結婚二十年目と姑の傘寿を記念しての出版決意であったことや小説を書き始めてからの支えであった小野正人へ感謝の言葉等が綴られている。
抜粋：

それがとうとう自費出版に踏みきったのは、今年がちょうど結婚二十年の「陶婚」にあたることと、長い間、身勝手な嫁の創作活動を認め許してくれた姑も、八十才をこえたということにある。

私は教育ママでもないいかわり、いい母ちゃんでもでもない。まして立派なヨメでなど断じてない。しかし、二人の忰《ママ》と、姑には、何かの形で遺し、伝え、酬いたかったのである。（中略）

この本の出版にあたっては、小説の書きはじめの時から、たえず励ましてくださった、小野正人氏の全面的な御協力をいただいた。

心からの感謝の意を捧げたい。

昭和四十九年十一月

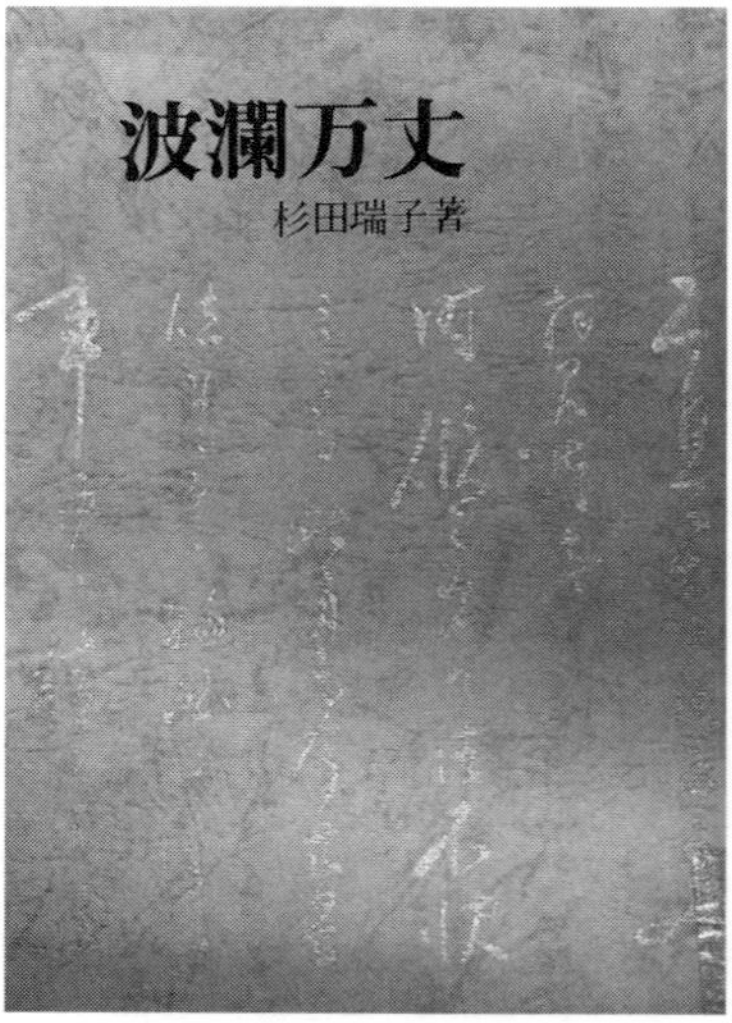

29　「倅との対話」

書誌：随筆雑誌『叢園』41巻89号（昭和49年11月25日発行）

筆名：杉田瑞子

解説：自らの息子らを登場させ、ユーモラスなやりとりを対話形式で綴ったものである。親としての子どもへの愛情がよく伝わってくる。

抜粋：

恋に悩んでいる室長Hさんに、「あなたの分ももつから、一緒に行こう」と誘われて、仙台では一番、アタルといわれている中田のバンツアンなる女性のところに手相を見て貰いに行ったのが、十七才の時。

「あんだは、オドコの子だけ産みます。四人――。」（中略）

中田のバンツアンは、そのあと、「どの子も、みんな揃ってアダマがええ。学資を惜しまずかけなされ」とのたもうたのだが、そのあとの件《くだり》は、見事にはずれたものの、Hさんも三男、こちらは二男と、共に、男の子にだけは縁が深かった。

以下は、そのバッチリ当った倅共との対話の一部である。Uは中三、Jは小六である。（中略）

×　×　×

U「お母ちゃん、秋の同窓会名簿見たけど、ひとりもいないのあるね。百年間に……」

私「ヘエー幾多の人材を世に送ったというのに。何？　そのひとりもいないというのは？」

U「あのサ、芥川賞と直木賞作家だよ。」

私「そうだね、千葉次平《ママ》は秋工だし、渡辺喜恵子は北高だもんね。」

Ｕ「でも、百二年目には、その可能性のあるのが入るよ。」
私「誰？」
Ｕ「ぼく」
私「あんた、また熱出したんじゃない？」

30「**牢名主**」

書誌：ヒューマン・クラブ機関誌『原点』41号（昭和50年3月1日発行）

筆名：杉田瑞子

解説：悪化した躁鬱病を心配して夫から入院を命じられた瑞子が、入院先の病院での様子をレポートしたものである。

抜粋：

十一月二十三日、ヒューマンクラブと文芸秋田の共催で出版記念会をやっていただいたあと二日おいて、私は、亭主の至上命令で、急遽、入院させられてしまった。

家を新築したあとには、よく病人がでるというが本を出したあとにも、発病するものなのだろうか？ 過労と睡眠不足が、悪循環となって、不眠症はつのる一方、とうとう、亭主にひきずり込まれて入院してしまったのである。

（中略）

七人のうち、神経痛が、三人、老人性の痴呆めいた患者が一人、急性多発性関節炎と、鬱病のソロ奏者が一人、うら若き二十五才にして、完全に鬱病の虜となったのが一人、それにまるで夜行性動物の如く、夜になると、益々アタマの冴えてくる私という次第である。（中略）

この七人が、一斉に行動を共にするのは、ものを喰う時と夜、眠る時（不眠症の私はベツ）だけだ、あとは、勝手に、行動している。しかも、その喰うこと、中には一升の米を持参して、ひそかに、飯を炊いて補食している大食家の七十七の婆さんもいる。

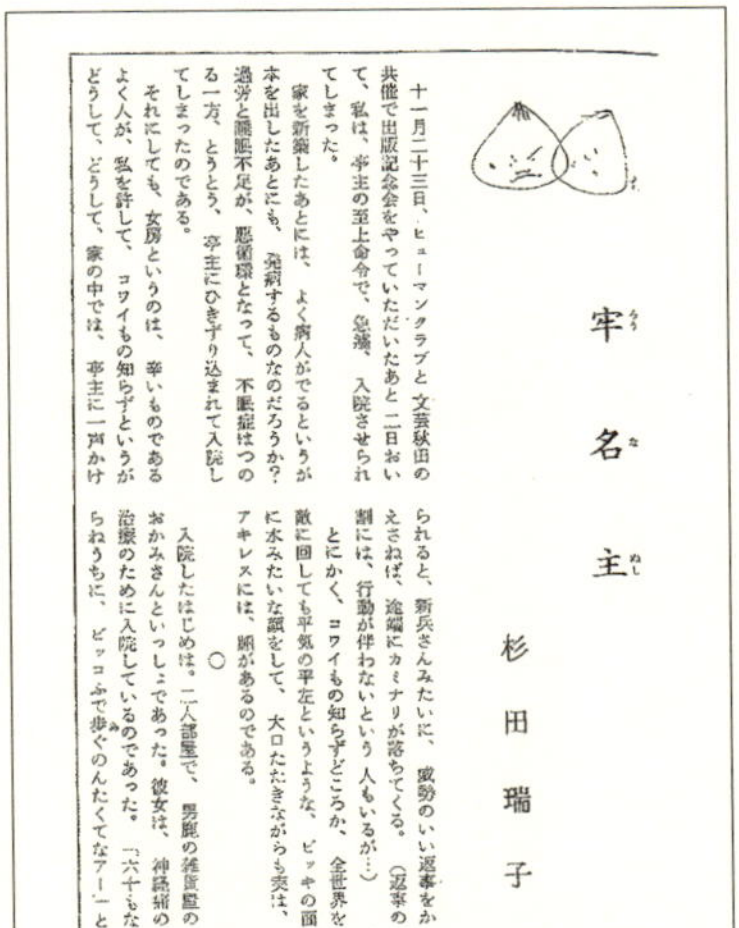

牢《ろう》名《な》主《ぬし》

杉田瑞子

十一月二十三日、ヒューマンクラブと文芸秋田の共催で出版記念会をやっていただいたあと二日おいて、私は、亭主の至上命令で、急遽、入院させられてしまった。

家を新築したあとには、よく病人がでるというが本を出したあとにも、発病するものなのだろうか？ 過労と睡眠不足が、悪循環となって、不眠症はつのる一方、とうとう、亭主にひきずり込まれて入院してしまったのである。

それにしても、女房というのは、辛いものであるよく人が、私を許して、コワイもの知らずというがどうして、どうして、家の中では、亭主に一声かけられると、新兵さんみたいに、威勢のいい返事をかえさねば、途端にカミナリが落ちてくる。（返事の割には、行動が伴わないという人もいるが…）

とにかく、コワイもの知らずどころか、全世界を敵に回しても平気の平左というような、ビッキの面に水みたいな顔をして、大口たたきながらも実は、アキレスには、踵があるのである。

○

入院したはじめは、二人部屋で、男鹿の雑貨屋のおかみさんといっしょであった。彼女は、神経痛の治療のために入院しているのであった。「六十もたらねうちに、ビッコふで歩ぐのんたくてなアー」と

— 37 —

一日中、口を動かしているようなもので、お蔭で私のウエストは、かなり太くなってしまった。(中略)

いつまで、ここにとじこめられているのか分らない。運動不足にならぬよう、一生懸命食事を運び、部屋の掃除をし、皆の茶碗をクレンザーで、ピカピカに磨きたて、大声で、ツンボ婆さんたちの仲介をし、まるで、これでは、牢名主だと、自嘲しながら退屈な日を送っている。

そろそろ、退院してもよさそうだと思うのに五十日以上たっても、退院の許可がおりないところをみると、ひょっとして、ドクターに、ホレラレタのではあるめえかと、この浮気ひとつせずに小説をかきつづけるモノカキは、思い悩んだりする。

31　「夕やみにゆらぐサイカチの樹」「創立百周年を迎え、先輩の声を聞く」

書誌：秋田市立土崎小学校創立百周年記念史『港魂』（昭和50年4月14日発行）

筆名：杉田瑞子

解説：秋田市立土崎小学校の創立百周年を記念して作られた冊子に、卒業生の先輩として寄稿したもの。

全文：

昭和十一年

（年表略）

◎夕やみにゆらぐサイカチの樹

この年、第二小学校に入学した杉田瑞子さん（作家）は当時の思い出を次のように語っている。『音楽のS先生が結婚なさって（モーレツな恋愛の後）新婚旅行のあとご出勤なされ、われわれは二階の窓から拍手で迎えた。それが担任の先生のゲキリンにふれ（そういう時代であった）、児童たちは、御真影奉安殿（ああなつかしや）の側のサルスベリの樹の根かたに懲罰として立たせられた。あやまりにきた者は帰宅してもよろしいというのに、最後まで立ちつくして抵抗した。（当時からナマイキであった）。校庭の向うはしのサイカチの樹影がお化けのように見えだした頃、とうとうあやまらずに帰宅した。あの花のあかさは今でも眼の底にやきついている……。』

＊　＊　＊

創立百周年を迎え、先輩の声を聞く

杉田瑞子（土小出身・作家）

ＮＨＫの学校放送で、土崎小学校を取材したことがある。「古い校舎・新しい学校」というタイトルだった。ちょうど新校舎が建築中で、古い校舎もまだ残っていた。古い校舎の床板に刻まれた節の、高く丸くすりへっているのに、年輪を感じた。百年の手ごたえというのは、ああいうものだと思う。数えきれない位多くの先人たちを輩出した学校である。日本のプロレタリア文学運動は、ここから誕生したことを、一つの大きなエポック・メーキングだったことを、今の子どもたちも、はっきりと覚えてほしい。

32　「金子洋文宛書簡」

書誌：秋田市立土崎図書館蔵（①昭和43年5月2日消印〔封書〕・②昭和43年5月19日付〔葉書〕・③昭和43年7月24日消印〔封書〕・④昭和46年12月14日付〔官製葉書〕）

筆名：杉田瑞子

解説：秋田市立土崎図書館に収められている郷土の先輩作家金子洋文に宛てた四通の書簡。

全文：

①

拝復、御懇篤なお便りありがたく拝見いたしました。未熟な作品でございますのに、お眼にとまり光栄に存じました。厚く御礼申上げます。本日、編集部より連絡ございましたので、お伝え申上げます。川端、丹羽、舟橋、石川の諸先生には芥川・直木両賞の委員であられますので、毎度、寄贈させていただいております。平林・円地の両先生には未贈とのこと。来る三日には、編集会議（十三号の）がございますので、その折、頂戴して、早速、こちらから贈らせていただきます。いろ〱御配慮賜わりまして、恐縮に存じます。生れてはじめて、百枚を超える作品を書きましたもので、まだまだ習作の域を脱しない御粗末なものでございますのに、お心にかけていただきまして、本当にありがとう存じました。同人誌の財政と、一挙掲載（分割して発表するだけの自信がございませんので）を目論見ました関係で、百六十枚というのが、限度でございました。「文学界」の同人誌評でも指適《ママ》されておりましたが、もっと枚数をかけ、じっくりと書くべき素材

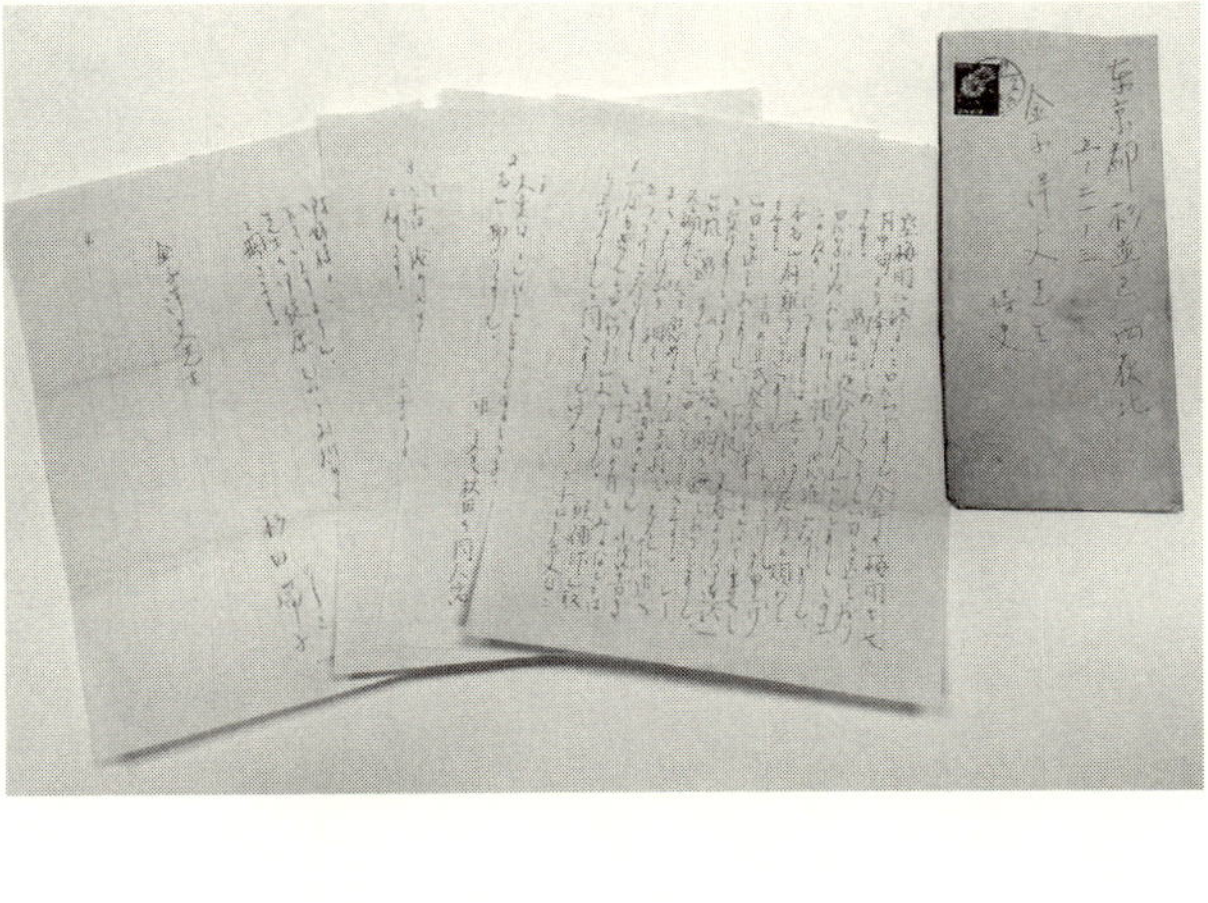

であったと思っております。後半が、急ぎすぎまして、それが全体のペースを乱してしまいました。いずれ、時間をかけまして、もっと完成度のある作品にして出直さねばと思っておりました。丁度十年前の三十三年秋、文芸秋田の発足と同時に、同人に加わ《ママ》えていただきましたが、この十年の間に二人の男児の出産、育児と最悪の状態の中で、やっと、書きつづけて参りましたこと、無駄ではなかったと痛感いたしました。育児に忙殺され、やめよう〳〵と幾度も思いながら、やっとつづけて参りました恰好でございました。三十七年、新潮の同人誌コンクールに推せんされました「死期待ち」、四十一年婦人公論の女流新人賞の候補作になりました「卯の花くたし」いずれも、地方在住の家庭の主婦という小さなレンズを通して、綴りました身辺の私小説風の作品で、題材の面で、膠着状態に陥《ママ》ておりましたが、「北の港」を書きまして、はじめて、眼の中のウロコのとれました思いでございます。地方にも素材がいくらでもある。地方在住者でなければ書けないもの、書くべきものがあると、はじめて、思い知った気持でございます。先生には、一度、「種まく人」顕彰碑のパーティでおめにかゝりました。あの折、御挨拶申上げました「野口陽吉の娘」でございます。「北の港」書きましたあと身内の者から、先生の港を書かれました作品を拝読するように云われ、亡父の書架かき廻してみましたが、新城町から、こちらへ移転の折、どさくさの間に見当らなくなってしまいました。亡父の従妹の前夫に当られる青江舜二郎氏の「河口港」も是非一度、拝読させていただこうと思っております。祖父野口直平の生涯のこと、大伯父銀平の娘たちの華麗にして、悲劇的な末路のことなど、いつかは、「ブテンブローク一家」風に書いてみたいと思っております。「北の港」はその意味で、私自身の転機となりました。新産都市指定以来、日毎に相貌をかえて行く自分自身の生れ育った土地のことは、町を歩くたびに、書かねばならぬものと考えさせられます。秋田北港の築港、火力発電所のプランの実施等、どれもこれも、興味を夌ゆ唆られます。文学の世界に足を踏み入れましたのは、亡父の勧めでございました。やっと、小説らしいものが書けるようになって参りましたのに、父は、最早、彼岸の人となり果てました。私の末妹が、東京におりまして、二年程前から、シナリオの勉強をいたしております。阿仁の鉱山にありました幕末の労働争議（？）を書いてみたいと申しております。芸術とか文学などというものは、このように、遺志の形でしか、開花しないものだということが、この頃、漸く分かりかけて参りました。これも、年のせいでございましょうか。人間の遺志の強靭さとはかなさを同時に感じさせられる昨今でございます。先生と御交友いただきました亡父の若い頃のことなども、いつか書いてみたいと思っております。十三回忌までに、亡父の日記、本にしたいと思っておりましたのに、仲々手が廻らず、母が存命中に、是非やりたいことの一つでございます。文芸秋田も長いこと、不定期発行で、低迷期を送りましたが、この頃やっと、年三回発行のメドがつきました。五月末発行予定の十三号などは、作品が集りすぎて収拾に手をやく有様と、今日伝えて参りました。私も、六十五枚の作品まとめてみました。十一号の同人小野一二氏の「殺人の研究」も文学界ベスト5に入り、このところ、好調に恵まれております。魁紙の編集部の人々大半の占めております「秋田文学」との拮抗の関係で、お互いに足を曳き合うことが多く、「文芸秋田」はいつも、冷飯くいの憂目に安んじております。私は、寧ろ、佐世保などのように、「秋田ペンクラブ」としても大同団結することも時には必要と思うのですが、夫〻一国一城の主で、仲々、望めそうもありません。残念なことに存じます。互いに據って立つ地盤は異にしても、「秋田」という、ユニークな風土の上に、立った連繋を保つことが必要だと常々考えているのですが——在京の大先輩の先生などは、こうした現状を如何お考えになりますか？　御帰秋の折、一度、話を入れていただき度う存じます。私自身は、女のせいか、秋田文学でも奥羽文学でも、又、文芸秋田でも、一向に気にならないのですが、こういう、あいまいさは、楽観すぎましょうか？　千葉治平氏の直木賞受賞以来、こんな空気が、災いして、折角の中央に開かれた窓を閉いでしまっているようで、残念でなりません。日頃の不満をつい申上げてしまいました。これからは、焦らず、毀誉褒貶に迷わされることなく、母親としては、不完全だらけな、自分自身の遺産として、書いて参るつもりでおります。長々とつまらぬこと書きました。お赦し下さいませ。この度は、本当にありがとうございました。厚く〳〵御礼申上げまして筆を擱きます。末筆乍ら母からも、くれ〳〵もよろしくとの伝言でございます。先生の御健康心からお祈申し上げます。

かしこ

杉田瑞子

金子洋文先生

②

拝復　石川先生には、本日、お送りいたしました。何度も御手数を煩わし、申訳ございません。この間の日旺日、お湯を沸かしておりまして、鍋つまみに火がつき、右手の中・薬・小指三本火傷してしまいました。目下通院中でございます。このところ、ずっと、書きたい病にとり憑かれておりましたので、天の配剤かと諦め、専ら本読みにあけくれております。一週間の絶筆（?）でさえ、こんなに■《書損》苦しいものかと、考えこんでしまいました。生来の悪筆に、この按配ですので、御判読下さいませ。粗酒およろこびいただいてうれしう存じました。先生御帰郷の折、お暇がございましたら、御連絡下さいませ。デンワ秋田⑤２６９２でございます。この間、小野正人氏宅に参上いたしましたら、先生によろしくとのおことづけをいただいて参りました。では又、度々恐縮に存じます。

③

空梅雨に終るかと思われました今年の梅雨も、七月中旬より降りはじめ、うっとうしい日を送って居ります。過日は、夜分に参上いたしまして、その上、思いがけぬおもてなしに預り、恐縮に存じました。この度のことにつきましては、色々と御厄介を煩わし、本当に有難うございました。心から御礼申上げます。十日の正式発表以来、何となく重苦しい日を送っておりましたが、昨夜、文春より御連絡を受けまして、ほっと安堵の胸を撫でおろしました。台風一過、すが〳〵しい思いでございます。レース編みで、心を慰めるような気持ちで、多忙に追いまくられながら、細々と、道楽のように、小説書きをつづけて参りまして、それが日の目をみるなどとは、一度も夢にも思わずにおりました。候補作に取り上げられたと伺いました時から、これは大変なことになったと、急に明るみに出された思いで、途方にくれておりましたが、入賞を逸しまして、正直の処、やれ〳〵又気の向いた時に、細々とつづけられると安心いたしました。新聞に出ましてから、思いもかけなかった人々から、御祝いやら、激《ママ》ましを頂戴いたしましたが、一度も考えたことのなかった、書いていることの社会的責任のようなものを覚え、荷が重くなり、困りました。もう少し、書いているものに自信の抱ける状態だったらとか、子供が大きかったら、虚心に歓ぶこともできましたが、まだ、今の状態では、力も及びませんし、家の中が整っておりません。内心の創作意欲からではなく、外からの意志で、書かせられることになりましたら大変なことになってしまうと案じておりました。本当に助かりました。唯、文芸秋田の同人諸氏が、このことを契機に、大変意欲的になって参りまして、うれしいことでございます。それに、私も今後は、ふわ〳〵した気持でなく、意外に沢山の方々が、心から歓んで、期待してくれたことと、噛みしめながら、机に向おうと思うようになりました。この意味では、この度のこと、いゝ刺激になりましたものと思っております。本当に、色々とお世話になりました。いい作品さえ書いていたら、いつかは認められると、昨夜も同人の一人申しておりましたが、今回のことは、先生の御助力なしには、あり得なかったことと深く感謝申上げております。父が生きていたらと兄妹たち申してくれましたが、父が存命でしたら、きっとこれは、俺の七光だよと、一笑にふして了ったろうと存じます。これからも、気楽に書きたいことがありましたら、今迄通りに書いて参りたいと思っております。何卆よろしく、御指導御鞭撻下さいますよう御願い申上げます。御妹様の御一家には、お序の折、よろしくお伝え下さいますように。先生の御健康、心からお祈り申上げまして筆を擱きます。

かしこ
杉田瑞子

金子洋文先生

④

拝復　御懇篤なお葉書有難く拝見いたしました。早速、編集担当の千葉三郎氏へ電話で問合せましたところ、芥川、直木両賞の選衡《ママ》委員には、全部差上げているからとの返事でした。舟橋・丹羽両先生にも、届いていることと存じます。お心尽しの程、心から御礼申し上げます。実は、私、去る四日、入院いたしまして、筋腫の開腹手術を受け、明後日、退院の予定でおります。経過は大変良好なので、思ったより早く退院の運びになりました。病巣をとって、来年は、もう少し元気になりたいものと思っております。先生の御健康と御健筆を心からお祈り申し上げます。佳いお年をお迎え下さいますように。

◇追　記◇

杉田が随筆・随想・コラム等を発表したのは、『あきた』『叢園』『秋田魁新報』『広報あきた』『原点』などである。

『あきた』は、昭和三十七年四月に創刊された、秋田県の広報誌である。杉田は、秋田県総合開発審議会専門委員をはじめ、複数の県の公的機関の役員になって活動した。『叢園』は昭和十年四月に創刊された随筆雑誌である。杉田の創作の秘密を知ることのできるエピソードがたくさん詰まっている。『秋田魁新報』は、明治七年創刊の秋田県内はもちろん、東北で最も古い地方新聞である。杉田は、新年文芸短編小説部門で、昭和三十六年と三十九年の二度、第一席を獲得している。『広報あきた』は、秋田市の広報誌である。小学校のＰＴＡ活動や秋田市教育委員会社会教育講師等での経験を生かした随想を発表した。『原点』は、「ヒューマン・クラブ」という文化団体の機関誌として昭和四十六年三月に創刊された。杉田は、四十七年一月に「ヒューマン・クラブ」へ参加し、三月から編集委員を務めた。座談会の司会を務めたり、対談やインタビューをしたりと活躍した。以下はその一覧である。

座談会

「『世代の断絶』を截《き》る」（13号　昭和47年5月1日）

「〃人間〃を考える」（16号　昭和47年8月1日）

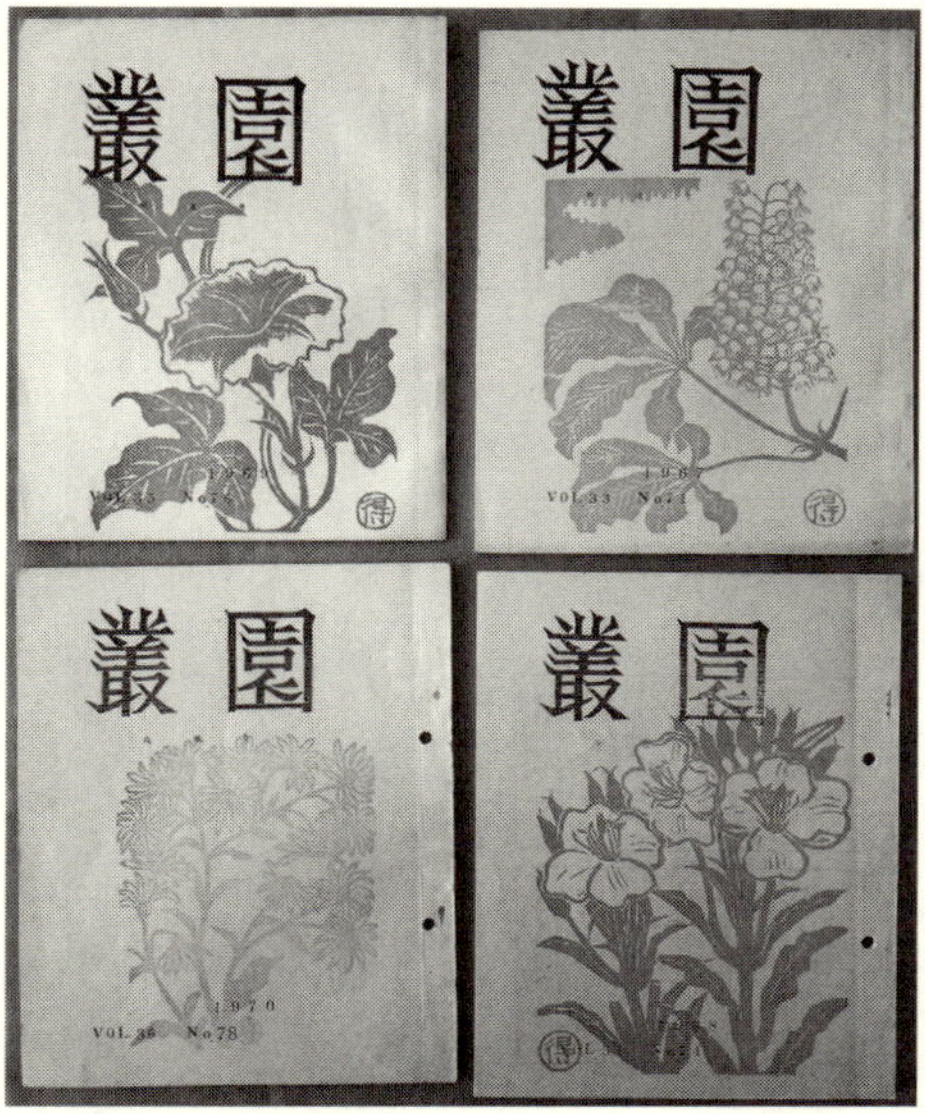

『叢園』（秋田県立図書館蔵）

「新春・ヤングと語る」（20号　昭和48年1月1日）
「ＰＴＡをむしる」（22号　昭和48年4月1日）
「ローティーン　ＴＶを語る」（23号　昭和48年5月1日）
「現代生活と宗教」（27号　昭和48年10月1日）
「'73年の回顧」（29号　昭和48年12月1日）
「奉仕を考える」（36号　昭和49年8月1日）
「〝わらび座〟を現地に見る～わらび劇場竣立式に参加して～」（38号　昭和49年10月1日）

対談

「婦人と職業」ゲスト　弁護士　西岡光子（18号　昭和47年11月1日）

インタビュー

「医は仁術か算術か」ゲスト　秋田大学医学部長　九嶋勝司（19号　昭和47年12月1日）

主な参考文献

『土崎発達史』（今野賢三編　昭和9年12月25日　土崎発達史刊行会）
『復興史―秋田精油所―』（昭和28年11月21日　日本石油株式会社秋田精油所）
『ある現代史』（小牧近江　昭和40年9月1日　法政大学出版局）
『秋田の先覚』全五巻（秋田県総務部秘書広報課編　昭和43年10月～46年5月　秋田県）
『石川達三作品集第二十五巻』（昭和49年2月25日　新潮社）
『雄物川往来誌』上・下（佐藤清一郎　昭和53年11月10日・54年5月15日　秋田文化出版社）
復刻版『土崎港町史』（秋田市役所土崎出張所編　昭和54年6月15日　歴史図書社）
『秋田陶芸夜話』（小野正人　昭和54年11月27日　加賀谷書店）
『芥川賞全集』（昭和57年2月1日～続刊中　文藝春秋）
『秋田市史』全十七巻（秋田市編　平成8年3月31日～18年3月31日　秋田市）
『続短編女性文学近代』（渡邊澄子編　平成14年9月25日　おうふう）
『図説　秋田市の歴史』（秋田市編　平成17年3月31日　秋田市）
『忘れ得ぬ人々』（菅禮子　平成22年11月6日　湖東印刷所）

杉田瑞子略年譜

和暦	西暦	月日	年齢	事項
昭和四年	一九二九	8・25	0	南秋田郡土崎港町新城町二八番地に、野口陽吉、テツの次女として生まれる。父陽吉は、大正初期に神戸に野口汽船を創設した直平の五男。陽吉の母は、幕末の商傑山中新十郎の孫娘。母テツは平鹿郡横手町（現横手市）の丹波春吉、イヨの五女。陽吉は青年時代、「雨郎」の号で短歌を作り、また『種蒔く人』同人とも親交があった。
昭和十一年	一九三六	4	7	土崎第二小学校入学。
昭和十七年	一九四二	3	13	土崎第二国民学校（16年改称）尋常科六年を卒業。
		4		宮城女学校高等女学部入学。
昭和十八年	一九四三	4	14	秋田市立土崎高等女学校（現秋田県立秋田中央高等学校）に転校。
昭和二十年	一九四五	8	16	生家に戸川雄次郎（後年の芥川賞作家菊村到）止宿。当時戸川は五十八部隊の見習士官で、秋田歩兵十七部隊兵舎内にて待機中だった。のち菊村は『文学界』に「風景の挨拶」と題して秋田と野口家のことを書いている。
昭和二十一年	一九四六	3	17	秋田市立土崎高等女学校卒業。
		5		宮城県女子専門学校（現東北大学）国文科入学。
昭和二十四年	一九四九	3	20	宮城県女子専門学校国文科卒業。
		4		弘前学院聖愛高校（ミッションスクール）教諭となる。
昭和二十六年	一九五一	3	22	弘前学院聖愛高校を退職。
		7		秋田県立秋田南高等学校（現秋田県立秋田高等学校）定時制教諭となる。
昭和二十八年	一九五三	3	24	秋田県立秋田南高等学校を退職。
		4		私立敬愛学園高等学校（現国学館高等学校）教諭となる。

昭和二十九年	一九五四	1・1	25	『秋田魁新報』新年文芸短編小説部門で「帰郷」（杉燁子）が予選通過作となる。
		7・27		杉田宏と結婚、秋田市楢山古川新町五番地に住む。
昭和三十三年	一九五八	1・1	29	『秋田魁新報』新年文芸短編小説部門で「再会」（杉燁子）が惜しくも入選を逃す。
		2・5		父陽吉死去。
		5・1		『婦人朝日』（13巻5号）に「アベック」（杉田瑞子）が掲載される。
		6・10		『奥羽文学』（12号）に「黝い海」（杉燁子）を発表。
		9・14		『河北新報』読者文芸に短編小説「エンジェル・フィッシュ」（杉燁子）が入選。
		12・1		秋田県警機関誌『秋田警察』（13巻12号～14巻5号）に、小説「青い梅」（杉燁子）を翌年五月まで6回にわたり連載。
		12・20		『文芸秋田』に参加。創刊号に「墓碑銘」（杉燁子）を発表。
昭和三十四年	一九五九	7・10	30	『文芸秋田』（2号）に「どぶ川」（杉燁子）を発表。
		9		私立敬愛学園高等学校を退職。
		12		長男出産。
		12・20		『文芸秋田』（4号）に「胚芽」（杉燁子）を発表。
昭和三十五年	一九六〇	4	31	ＮＨＫ秋田放送局学校放送シナリオライターとなる。
昭和三十六年	一九六一	1・1	32	『秋田魁新報』新年文芸短編小説部門で「履歴書」（杉燁子）が第一席入選。
昭和三十七年	一九六二	7・30	33	『文芸秋田』（6号）に「死期待ち」（杉田瑞子）を発表。
		12・1		『新潮』（59巻12号）に「死期待ち」が全国同人雑誌推薦小説として掲載される。
昭和三十八年	一九六三	2	34	二男出産。
		6・1		秋田県広報協会機関誌『あきた』（2巻6号）に随筆「唯今育児中」を発表。
昭和三十九年	一九六四	1・1	35	『秋田魁新報』新年文芸短編小説部門で「足音」（杉田瑞子）が第一席入選。
		6		秋田市教育委員会社会教育講師となる。
		12・1		『あきた』（3巻12号）に「政治家の条件」を発表。

昭和四十年	一九六五	8・29	36	『文芸秋田』（9号）に「歳月」を発表。
昭和四十一年	一九六六	7・10	37	『文芸秋田』（10号）に「冬の旅」を発表。
		10		「卯の花くたし」が『婦人公論』第九回女流新人賞候補作となり、最終予選通過作の四編に入るも受賞を逃す。
昭和四十二年	一九六七	8・27	38	『叢園』（33巻71号）に「万年浪人」を発表。
昭和四十三年	一九六八	2・15	39	『文芸秋田』（12号）に「北の港」を発表、第五十九回芥川賞候補作となる。金子洋文から芥川賞選考委員石川達三への推薦。
		6		文部省教育モニターとなる。
		7・20		『広報あきた』（386号）に「〃秋田市を学ぶ〃母親の会を企画して」を発表。
		9・20		『叢園』（34巻74号）に「オノノイモコ」を発表。
		11・5		『文芸秋田』（14号）に「あるブロンズ」を発表。
昭和四十四年	一九六九	1・1	40	『ABS Report』（№18）に「小鳥が……」を発表。
		2・14		秋田放送婦人サークル（ＡＦＣ）２月例会の討論集会「10代とラジオ・テレビ」で意見発表を行う。
		4・10		『文芸秋田』（15号）に「雪の暮夜」を発表。
		4・10		『秋田警察』（24巻4号〜25巻2号）に「北の港」を、杉燁子のペンネームで十回にわたって転載。
		5・7		秋田県中央児童相談所〃一日児童相談所長〃に招かれる。
		5・20		『ABS Report』（№19）に「10代とラジオ・テレビ」の意見発表が掲載される。
		5・23		『秋田魁新報』文化欄に「子供の周辺」を発表。
		7・1		『あきた』（8巻7号）に「男鹿への道」を発表。
		8・30		『叢園』（35巻76号）に「ゴーゴーダンスのメモ」を発表。
		10		秋田県立秋田図書館協議会委員となる。

昭和四十五年	一九七〇	4・20	41	『文芸秋田』(17号)に「小舟で」を発表。
		4・23		『秋田魁新報』文化欄に「古典の学習会」を発表。
		11・30		『叢園』(36巻78号)に「わが家の下宿人たち」を発表。
昭和四十六年	一九七一	5・1	42	『あきた』(10巻5号)に「未亡人」を発表。
		7・17		『秋田魁新報』文化欄に「宿題なんて知らないよ」を発表。
		10・12		『文芸秋田』(19号)に「池の話」を発表。
		12・4		筋腫手術のため14日まで入院。
昭和四十七年	一九七二	1・22	43	『秋田魁新報』文化欄に「おりおん号同乗記」を発表。
		1		ヒューマン・クラブに参加。
		3		ヒューマン・クラブ機関誌『原点』の編集委員となる。
		4・1		『原点』(12号)に「秋田県人論　わが内なる秋田県人」を発表。
		5・20		『文芸秋田』(20号)に「ゼブラ・ゾーンの中で」を発表。
		8・1		『原点』(16号)に「モノカキという人間たち」を発表。
		10・23		秋田県立図書館機関誌『けやき』(34号)に「夏炉冬扇」を発表。
		11・15		『秋田魁新報』文化欄に「おばあちゃんと一緒」を発表。
		12		秋田県総合開発審議会専門委員(生活部会)となる。
昭和四十八年	一九七三	3	44	秋田県性教育研究会に参加、幹事となる。
		3・5		『秋田魁新報』文化欄に「灯ともる窓の下で」を発表。
		5・1		『原点』(23～40号)に「波瀾万丈」を五十年一月まで連載。
		6・26		『けやき』(41号)に「児童図書の選び方」を発表。
		8・15		『文芸秋田』(22号)に「街道のマリア」を発表。
		8・24		『秋田魁新報』の企画〈私のアルバム〉に「不思議な時代　色恋ぬきの交際」を発表。
		9・1		『秋高百年史』に「小便ポプラ」が掲載される。

		10・4		秋田県の企画、若人の船洋上集会の講師として「さくら丸」（一万三千トン）に乗船、各国を視察して十日に帰国。
		11・1		『原点』（28号）にルポ「韓国素描」を発表。
		11・4		秋田県立秋田図書館協議会副会長となる。
		11・10		『広報あきた』（577号）に随想「李さんのこと」を発表。
		月日未詳		国土庁整備委員会セカンド・スクール建設構想研究会委員となる。
昭和四十九年	（一九七四）	6・5	45	『秋田魁新報』文化欄に「よみがえった川」を発表。
		7・15		『文芸秋田』（23号）に「ノラにもならず」を発表。
		7・1		『原点』（35号）に「生協運動と婦人の目覚め」の現地ルポを杉燁子のペンネームで掲載。『叢園』に「女史ぎらい」を発表。
		10・1		『あきた』（13巻10号）に「夫婦は一世親子は二世」を発表。
		11・1		作品集『波瀾万丈』を東京・宝雲新舎出版部から自費刊行。「波瀾万丈」「北の港」「小舟で」の三編を収める。
		11・23		ヒューマン・クラブ、文芸秋田社の共催による出版記念会を秋田グランドホテルで開く。参加者約六十人。
		11・25		『叢園』（41巻89号）に「伜との対話」を発表。
昭和五十年	（一九七五）	3・1	46	『原点』（41号）に「牢名主」を発表。
		3・23		午後二時四十分頃、自宅裏空き地で焼身自殺。
		3・28		秋田市大町、善長寺で葬儀。法名は文崇院禎月妙瑞。
		4・14		土崎小学校百周年記念史『港魂』に「夕やみにゆらぐサイカチの樹」、「創立百周年を迎え、先輩の声を聞く」が掲載される。
		6・30		『文芸秋田』（24号）は杉田瑞子追悼号。

石塚　政吾（いしづか　せいご）
1961年2月10日　秋田市に生まれる
1986年3月　早稲田大学教育学部国語国文学科卒業
1992年3月　上越教育大学大学院教科・領域教育専攻言語系コース（国語）課程修了
専攻　日本近代文学
現職　秋田工業高等専門学校人文科学系教授

主著・主要論文

『秋田市史』第十四巻（1997.3, 秋田市）
『秋田市史』第四巻（2004.3, 秋田市）
『秋田市史』第五巻（2005.3, 秋田市）
「藤村と友弥」（『国語と国文学』71巻10号, 1994.10, 東京大学国語国文学会）
「伊藤永之介の文芸活動」（『秋田市史研究』6号, 1997.10, 秋田市史編さん室）
「遠いことば近いことば」（『早稲田大学国語教育研究』37集, 2017.3, 早稲田大学国語教育学会）

物書きブライ漢　杉田瑞子　秋田出身の芥川賞候補作家

2018年11月1日　初刷発行

著　者　石塚政吾
発行者　岡元学実

発行所　株式会社　新典社

〒101－0051　東京都千代田区神田神保町1－44－11
営業部　03－3233－8051　編集部　03－3233－8052
ＦＡＸ　03－3233－8053　振　替　00170－0－26932
検印省略・不許複製
印刷所　惠友印刷㈱　製本所　牧製本印刷㈱

ISBN 978-4-7879-7861-5 C0095
http://www.shintensha.co.jp/
E-Mail:info@shintensha.co.jp